ザック・スナイダー監督作品

REBEL MOON
パート1：炎の子

ザック・スナイダー［原案］
ザック・スナイダー、カート・ジョンスタッド、シェイ・ハッテン［脚本］
V. キャストロ［著］
入間 眞［訳］

TAKESHOBO

Rebel Moon Part One – A Child of Fire
The Official Novelization
BY
V. CASTRO

This translation of REBEL MOON PART 1 - A CHILD OF FIRE: THE OFFICIAL MOVIE NOVELIZATION, first published in 2023, is published by arrangement with Titan Publishing Group Ltd. through The English Agency (Japan) Ltd.

日本語出版権独占
竹書房

CONTENTS

REBEL MOON

第一章

反逆とは、怒りにかられた者や向こう見ずな者のためにはない。
反逆とは、真理を求める者、たゆまず動く者、魂の叫びが奇跡を生むと信じて未来を見通す者のためにある。
さあ、答えよ、おまえは反逆する者か？

——ヘロン王が子どもたちにあてた手紙より

宇宙はよだれを垂らしながら獲物を求め、果てしなく舌を伸ばす巨大な獣である。その黒くくすんだ毛皮の下に、人間の心や目ではとうてい計り知れない謎をいくつも隠し持っている。だが〈王のまなざし（キングズゲイズ）〉にだけは隠しおおすことができない。この巨大宇宙戦艦の貪欲で冷酷な監視の目から逃れられるものなどひとつもないのだ。〈王のまなざし〉は、目的の惑星を取り囲む十二個の月のあいだを低い軌道で静かに移動していた。

アティカス・ノーブル提督は神官の一団とクリプト人の護衛官二名をしたがえ、壮麗な城塞内の広い廊下を歩いた。これからトアのヘロン王と予告なしの面会をおこなう。ノーブルは内心で王という称号を冷笑していた。外界の〝王〟は単なる行政官にすぎない。ヘロン王は三人の側近と衛兵をともない、立って待っていた。

「なんとも美しく豊かな都市でありますな」ノーブルは笑みを作りながら言った。ヘロン王は彼の笑みに応えなかった。なぜノーブルが降下艇で中央広場に着陸したのか、ヘロンにはよくわかっていた。レルムはいかなるときも自分たちの存在をそうやって相手に認めさせるのだ。

「恐れ入る。だが、そのような世辞を言うためにわざわざ来たのではあるまい？」

「そのとおりです。残念ながら。実はもっと重大な問題で来ました。わたしにはシャス出身のデヴラ・ブラッドアックスとダリアン・ブラッドアックスを見つけ出す責任がある。彼らがここに隠れ場所を与えられたと聞き、たいへん残念に思っている。そこであなたに頼みがある。彼らを引き渡していただきたい。そうしてもらえたら、わたしはそもそもこの地に足を踏み入れなかったかのように立ち去りましょう」

ヘロン王は一歩も引かなかった。「それはできぬな。彼らはわたしの客人だ。そなたと彼らのかかわりはわたしには無縁のこと」

ノーブルがさらに王に歩み寄り、神官たちとクリプト人の護衛官もあとに続いた。ヘロンは恐怖を顔にあらわすまいとした。彼はブラッドアックスきょうだいと約束を交わしていた。それは変更不可能なものだ。ノーブルは高い丸天井を見上げ、日差しをやわらげるステンドグラスを見やると、革手袋をはめた手をたたいた。彼にしか見えず、彼にしか聞こえない考えに笑みをもらす。「もう一度だけあなたに求めよう。反逆者ブラッドアックスたちを引き渡してもらう」

ヘロンは答えを考えあぐねる必要がなかった。「再度、謹んでお断りする」

ノーブルはヘロンを見すえた。ノーブルの冷たく暗いまなざしには魂の存在が感じられず、そこに彼の本質があらわれていた。「いいだろう。それがあなたの選択だな」

「そうだ」

ノーブルはうなずいた。「では、いずれまた」彼はきびすを返し、城塞を出て降下艇へ戻っていった。

将官がヘロン王に小声できいた。「このなりゆきで、これからいかがいたしましょう」

「ブラッドアックスの者たちに支度をするよう伝えよ。彼らは逃走の準備をせねばなるまい」

将官がうなずき、急いで立ち去った。ヘロンはひとり立ちつくし、またノーブルと会うことがあるだろうか、と思った。そして、そうならないことを願った。

ヘロン王は王位を継承してから在位中に経験した数々の苦難を日誌に記してきた。また子どもたちが成長して人生に関する助言が必要になったときのために、何通もの手紙を書き残してきた。子どもたちはやがてこの王国を引き継ぐことになるが、自分の知恵も受け継いでほしいと、ヘロンは願っている。子どもたちはレルムとの駆け引きの中で王国の舵取り(かじ)をしていかねばならないが、かの王が亡くなって以来、それも容易ではなくなっている。実のところ、ヘロンはマザーワールドとそれが体現するものを蔑視している。すなわち貪欲、流血、抑圧を。それゆえ、ブラッドアックスきょうだいの大義に手を貸したのだ。

マザーワールドが暴力による内政干渉でいかにシャスの国内問題を悪化させたか、ヘロンは嫌というほど知っている。バリサリウスが執権の地位に就いて以来、同盟はほとんど維持できなくなっていた。バリサリウスは権力をほしいままにし、レルムのあらゆる場所で病巣を広げ、戦争という病で多くの世界や数えきれない人びとを死にいたらしめている。圧政打倒のためなら、ヘロン王はなんでもするつもりだった。

ヘロンは城塞内の執務室にひとりこもり、経年や気候変化に耐えうるように作られた箱の中に手紙や日誌をしまいこんだ。箱は机の下の、動物の皮革におおわれた小さなくぼみにぴたりとおさまる。ブラッドアックスきょうだいが出発してから一時間もたっていないが、彼は何か書こうという意欲が湧き、文章をしたためたのだった。聞こえた叫び声とエンジン音に振り向くと、扉の外をいくつもの重い足音が走りすぎていく。執務室から歩み出てみると、百年ほど前に手作りされたステンドグラスの向こう側を見覚えのある形の影がよぎった。衛兵たちが城塞の守りを固めるべく、それぞれの持ち場へと走っていくようだ。城塞内で働く者たちは目に恐怖を浮かべて逃げまどっている。

走っていく者は誰ひとりとしてヘロンの存在に気づかない。今日にかぎって平服に身を包んでいる上、みなわが身を守ることに精いっぱいなのだろう。ヘロンは人や怒声を押しのけながら、正面の入口へと急いだ。領空に三隻の艦が飛来するのを見たとき、彼の目はビワ海の深淵のごとく暗く曇った。だが、彼はひるまなかった。これを受け止めねばならない。

彼は顔をそむけず、最初の火球が目の前の都市を爆破するのをしかと見た。大音量の警報が耳をつんざき、大地が揺れた。さらに大勢の衛兵が城塞内に押し寄せてきた。中尉の階級章をつけたひとり

がヘロンの腕をつかんだ。「お探ししておりました。すぐにお逃げください！　王宮には部下を派遣してあります。敵の接近に関する警告はほとんどありませんでしたが、ブラッドアックスから通信が入り、深宇宙で攻撃を受けたものの、逃げ延びた模様です」

「家族のところに行かねば」

「承知しました。すぐにそちらへ輸送機を向かわせます。万一のことがあればもう一機をこの城塞に送らせます」

「感謝する」ヘロンは衛兵に背を向け、家族のもとへと走りだした。王宮はここからさほど遠くない。王国の日々の営みを子どもたちに見せようと近くに建造させたのだが、逆にこの距離ゆえに、インペリアムの兵士たちに先を越されでもしたら、家族が大いなる危険にさらされてしまう。

ヘロンが王宮に着くと、生花と先祖たちの大きな肖像画で飾られている広い玄関ホールにマイアと三人の子どもたちが立っていた。爆撃で建物が激しく揺れ、今は肖像画も花も床に落ちている。それでも、マイアは王妃らしい威厳を崩していなかった。羽織っているローブの後ろから見えているのは、大剣をおさめた鞘(さや)の先だ。ヘロンは彼女の勇敢さを愛おしく思った。自分が死んでも、王国を彼女の統率力にまかせれば心配ないだろう。

クララとカリオペが母親の左右に並んでおり、末っ子のクララは一家のペットを入れた小さなケージを抱えている。ふたりの少女は母親と恐怖を分かち合っていた。十代の息子アリスはライフル銃を手に母親と妹たちに寄り添っている。息子は精いっぱい平静を装っているが、内心では動揺しているのをヘロンは察した。だが、それでよい。マザーワールドが進んでいる方向からすれば、早晩この子たちも戦争を経験することになるだろう。レルムは絶え間なく血に飢えており、その暴力への無分別な渇望はけっして満たされることがない。現におこなわれているこの破壊こそ、ブラッドアックスたちを助ける行為の正しさを証明している。

「ヘロン、何が起きているのです？」マイアが問うた。

「今は説明している時間がない。外で輸送機が待っているはずだ。すぐに出発しよう。手に持っているもの以外は置いていくのだ」王宮の壁がさらにばらばらと崩れ落ちた。爆撃が激化しているらしい。玄関ホールと居間をつなぐ通路から叫び声が聞こえてきた。ヘロンは息子からライフル銃をすばやく取り上げ、子どもたちの頭の上に向けて引き金を引いた。近づいてきた敵兵が血しぶきを散らし、娘たちが悲鳴を上げた。

彼はライフルをアリスに返すと、クララの手を引いて王宮の外へ向かった。末の娘は父親の手をしっかり握った。一家は正面の入口を抜け、外で展開する破壊のまっただ中に飛び出した。ヘロンはクララを姉の手に委ねると、足もとに放り出されてあったライフル銃を拾い上げた。王宮の庭は先端が鳥のくちばしの形になった高い鉄製ゲートと柵で囲まれ、その内側には巨大なヤシの木がぐるりと並んでいる。燃える建物が吐き出す煙を透かして見ると、美しく刈りこまれた芝生の庭に味方の輸送機が着陸するところだった。

兵士や民間人が敵の爆撃から逃れようとゲートの外に飛び出していく。一家が上空を見やったとき、自分たちの輸送機が炎に包まれた。思わずマイアが「そんな」とあえいだ。

インペリアムの艦の巨大な影が王宮の芝生の上を横切っていく。ヘロンは振り返った。彼らは王宮

を破壊するつもりだ。ヘロンたちが立っている場所からそう遠くない地点で砲弾が炸裂した。一家は飛び散る土くれや血をよけて身を伏せた。彼らの頭上を肉片が飛んでいく。「城塞へ！」ヘロンは大声で叫ぶなりクララを抱き上げ、走りだした。ふだんは精鋭の兵士たちが配置についている小さな通用門に向かう。ヘロンが網膜スキャン装置を覗(のぞ)きこむと、ロックが解除されて鉄製の門が開いた。

数名の兵士が足もとで死んでいる。残りはおそらく戦闘に向かったのだろう。城塞への道と王宮をつなぐ遊歩道を通り抜けたとき、大きな爆発が起き、彼らは身をかがめて背後を見た。王宮はもはや存在しなかった。ヘロン王は息子の腕をつかんで引き寄せた。「城塞の執務室の床板の下に、おまえや妹たちへの手紙がある。そのことはおまえの母上とカリオペが知っている。もしも万が一のことがあれば……」

さらなる爆発が起こり、ヘロンの言葉は途切れた。彼はふたたび立ち上がり、すでに爆撃を受けている城塞に向かって走りだした。脱出の希望はあそこにしか残されていない。レルムにとって議論や意見の相違が存在しないことは明白だった。彼らが望んでいるのは民族の純血と単一の思考を持った王国なのだ。

戦艦〈王のまなざし(キングズゲイズ)〉の船体側面にある格納庫が開くと、一隻の降下艇が出現し、はるか下方の地表に向かっていく。アティカス・ノーブルは無言のままモニターの前に立ち、画面に映し出されたトアの都の光景を見つめていた。燃えさかる炎の色は砂地と同じほど鮮烈で赤い。あれほど猛々(たけだけ)しい炎は、大地に広がる翡翠(ひすい)色の海の水でも消すことはできないだろう。浄化のための灼熱(しゃくねつ)。火炎の前にはあらゆるものが屈服する。これまでの歴史——何十万年分もの記憶——がほんの数時間で灰燼に帰す。石造りの都市がどれほど威容を誇っていたとしても、もはや誰も見ることができない。ノーブルはそうした損害や死体の山を見ても、なんの感情も湧かなかった。どの死体を見てもなんら区別がつかない。

人は傷つき、苦痛を覚え、あとに深い絶望が続く。そして、最後に目覚めながらの死に出会う。安らぎが見つかるのは、まさにその場所だ。なぜならすべてが消滅する領域には何も存在しないのだから。そこには戦闘の余地さえ残っていない。ノーブルはそれを熟知している。彼の内面はこれ以上ないほど死んでおり、そのことが彼自身に満ち足りた感覚と進むべき道を与えるのだ。

ノーブルはちらりと振り返り、息をひそめて祈りをつぶやく仮面姿の六人の神官たちを見た。彼らのかぶる仮面には目の下に赤い条痕が走り、口元に古代王国の文字が書かれている。彼らがまとう贅をこらした厚手の赤いローブとつば広の帽子には、金糸銀糸の刺繍がほどこされており、そこから香の煙と芳香が絶え間なく放たれている。あたかもひだの中にアロマを閉じこめることで、古来の宗教が常に敬虔さを求めることを人びとに思い出させているかのようだ。彼らの肩には金の角のついた髑髏がのっている。神官たちの存在は、宇宙の聖なるものと俗なるものを体現しているといえよう。

ノーブルはローブよりも制服と武器を身に着けることを好む。彼の到着を待つ五千の強大な軍隊は、祈りよりも武器や装甲に対して歓喜の声を上げることだろう。兵士たちは神よりも多くの死を見てきた。彼らにとって死こそ至高であるはずだ。

自分の命令で瓦礫の山にした都市の中央広場に、ノーブルは降下艇を着陸させた。艇の扉が開いた

とたんに木材や紙や肉の焼けるにおいが鼻をつく。さんざん嗅ぎ慣れたにおいだ。彼がタラップを下りると、あたかも血塗られたマントがたなびくかのように神官たちがあとに続く。前方に副長のカシウスが待っており、ノーブルが近づいていくと直立不動の姿勢で敬礼してきたが、後ろの神官たちには目もくれなかった。ノーブルの両脇にクリプト人の護衛官――フェリックスとバルバス――が配置につく。

ノーブルは目前に広がる破壊の跡を見渡した。おびただしい数のかがり火が空に向かって炎を上げ、そこへ燃料となる本が投げこまれている。連中の無益な言葉の数々がふさわしい末路を見つけたわけだ。負傷した民間人たちが命じられるままにひざまずいている。かつて空までそびえていた荘厳な影像や高層建造物は今やみすぼらしい廃墟(はいきょ)にすぎない。トアの女性神官たちは衣服を剝ぎ取られ、仲間が赤熱した焼きごてを押される様子を恐怖に震えながら見つめている。

ノーブルはカシウスに近づき、顔と顔をつき合わせる距離で立ち止まった。「どうやらすべて計画どおりに進んでいるようだな。真の服従は灰燼の中より始まる。よくやった。ここの統治者はどこにいる、カシウス？　彼と話がしたい」ノーブルは揺るぎない自信とともに告げた。彼の鋭くも空虚な表情は、頭蓋骨の上に単に皮膚のマスクをかぶせたようで、それが邪悪さを際立たせている。彼は危険な特性を見せつける捕食動物のように、自身の存在をおとなしく受け入れることを相手に求める。彼の目の前に立つ者はただ恐怖しか感じない。だが、逃げることは無意味だ。捕食動物の本性は狩りにあるのだから。

カシウスは平然とした態度で立っている。その点こそ、ノーブルがこの副長を誰よりも重用する理由のひとつだ。カシウスは何ごとにも動じない。ある種の実存的危機におちいることもないのだろう。彼はインペリアム内における自分の立場をわきまえ、それと折り合いをつけている。命令に忠実にしたがうのは、彼にとってたやすいことだ。「城塞付近におります。いまだ抵抗中です」

ノーブルは見当ちがいの英雄的行為を軽蔑する。それは時間と精力の無駄づかいにすぎない。いつであろうと人はあきらめどきを知るべきだ。

カシウスが広大な広場の向こうを指さした。兵士たちの頭上を越えた先で、倒壊しかけた城塞の塔が赤々と燃えながら真っ黒な煙を噴き上げている。

ノーブルはその光景に目を細めた。「よかろう。例のきょうだいはどうだ？　すでに捕えてあるのか？」

カシウスが不動の姿勢のまま奥歯を嚙みしめた。「いいえ。統治者が手引きして逃亡させました。連中は宇宙に協力者のネットワークを構築し、彼らをわれわれの追及から逃れさせ、戦闘を続けさせているのです」

ノーブルにとって耳にしたくない話だったが、カシウスが泣き言を並べるタイプでない点は評価に値した。カシウスは報告すべき事項をいつも率直かつ明解に話す。厳しい事実から逃げようとしない。

「それこそ、われわれが連中に慈悲を示さないもうひとつの理由だ。何人逃げた？」

「われわれは連中のほとんどの船を乗員もろとも破壊しました。デヴラ・ブラッドアックスとダリアン・ブラッドアックスについては、混乱の最中、数隻の船とともにまんまと逃げられました」

「自分が地に伏して命乞いをする運命に直面するまで、誰も彼もが逃げきれると考えている。ヘロン

を見つけたい。できれば生きたままで。ブラッドアックスたちもすぐに見つけるのだ」

ヘロン王と家族は倒壊した神の彫像――この慈悲の欠落した地に神が存在するはずもないが――の陰にしゃがみこんだ。煙が喉を刺すが、クララとカリオペは懸命に咳をがまんしていた。ヘロンの顔には汗がつたい、黒いチュニックもぐっしょり濡れている。彼は手のひらの汗をズボンでぬぐうと、城塞へと追いつめてくる敵兵たちに銃の狙いをつけた。

息子は今もライフルを手にしている。生き延びるためには全員で戦わねばならない。ヘロンが狙いをつけているあいだに、マイア王妃とふたりの娘が大きな石塊の隙間を進んでいく。ヘロンは兵士の額を鮮やかに撃ち抜いた。破壊されたトアの都から風に運ばれてきた火の粉が舞う中、兵士から真紅の血が飛び散った。その光景を目の当たりにしたクララが悲鳴を上げ、カリオペが辛抱強く妹をなだめようとする。

だが、射撃こそヘロンの得意とするところであり、娘たちの知らない一面だった。名うての射撃手に向かってくるなら、照準に捕捉されるのを覚悟するがいい。敵兵たちは立て続けに倒れていく。ヘロンは煙と銃声の中に十人の兵を認めた。何発も命中させたのに、さらに大勢の兵が怒濤のように迫ってくる。彼は息子を振り向いた。「後退せねば」

息子は動こうとしない。「ですが、父上……」

マイア王妃が息子の腕を強くつかみ、断固とした表情に母の威厳を見せた。「父上にしたがうのです。すぐに移動しなければ。娘たち、行きましょう。あの扉です」

ヘロンがうなずいてみせると息子もしたがい、一行は階段に向かった。ペットのベルゲンがケージの中できいきいと鳴いた。攻撃が開始されたとき、カリオペがペットを置いていくようにとクララに言い聞かせたが、まだ八歳の妹を爆撃を受け始めた王宮から急いで連れ出すには大目に見るしかなかった。このペットは父親から贈られたものだ。ヘロンもかつてその年齢だったときにペットを一匹飼っており、それがベルゲンの母親だった。体毛のない青色の身体をした生きものは、小さくて鋭い歯を見せながら興奮し、狭いケージをたたいては鍵の閉まった小さな扉を三本指の前足で引っぱる。クララが「しいい、ベルゲン」と生きものに言った。

姉のカリオペがしかめ面で「その子のせいで、わたしたち、殺されてしまうわ」と言いながら妹を押しのけていった。

六人の敵兵が階段を駆け下りてきたので、カリオペが悲鳴を上げて立ち止まった。彼女は兵のひとりに両腕で身体を抱えられてしまい、もがいて相手を蹴りつけたが、体格差がありすぎて逃げることができない。それを見たクララが泣き叫ぶ。ベルゲンもそれをまねて金切り声を上げた。ヘロンはクララの背後まで駆け寄り、カリオペの頭の上を銃で狙った。それを見たカリオペは身動きすべきでないと悟り、抵抗するのをやめた。その瞬間、捕えていた男の頭が吹き飛び、血しぶきがカリオペの顔や髪に降りかかった。

ヘロンは残りの兵も手早く片づけた。兵士の手から逃れたカリオペが、敵に備えて銃をかまえながら階段を駆け上っていく父親に駆け寄った。一家は敵兵を追い払い、走った。マイアが娘たちを引っぱって先頭を行く。追っ手を警戒して最後尾を進んでいたヘロンは階段の先で叫び声が響くのを聞い

た。マイアの声だ。

　ヘロンは筋肉の痛みと口の渇きを押し殺し、妻のもとへ駆けつけた。襲ってきた兵の首にマイアが短剣を突き刺していた。彫刻がほどこされた長さ三十センチの湾曲した刃を持つ短剣は婚姻の際に贈られたものだ。別の兵が飛びかかってきたが、彼女は見る間に相手の腹に短剣を突き立て、力強く確実な手つきで横に切り裂いた。

　金で装飾された木製の柄（つか）を握るマイアの手は震えていた。王宮から逃げるしかなくなったとき、彼女はローブの下にベルトでとめた鞘に短剣を忍ばせたのだろう。彼女の顔とローブが兵士の血潮で真っ赤に染まっている。ふいに静けさが訪れた次の瞬間、けたたましい警報音が鳴ったかと思うと、爆発が立て続けに起こって石や粉塵（ふんじん）がまき散らされた。ヘロンたちの後方にあった階段と柱が跡形もなく破壊された。

　背後の階段を失ったヘロンと息子は、逃げ場を求めて補強されたアーチ通路の下を走った。玉座の間を見やると、マイアと娘たちがすでに無事にたどり着いていた。彼女たちの髪や肌は土埃（つちぼこり）だらけで、それが汗でへばりついていた。マイアが階段のほうを見やり、うるんだ目をヘロンに向けた。子どもたちのために恐怖の涙をこぼすまいとしているのが、ヘロンには痛いほどわかった。爆発音と銃声がとどろくたびにマイアの心に新たな穴があき、生き延びる希望が吹き飛ばされていく。

　ヘロンは息子の肩に手を置いた。「母上と妹たちを連れて玉座の間のずっと奥へ行くのだ。できるだけ早く、音をたてずに」

　青年になりつつある少年は、手にしたライフルの銃身を強く握りしめてうなずいた。すぐさま末の妹の左腕をつかんで引っぱる。突然の動きに驚いた妹は、ペットのケージを取り落としてしまった。

「ベルゲン！」クララが叫ぶ。

「だめよ！　もう行かないと。その子がいると足手まといになるだけ」カリオペが告げた。

マイアがクララの頭の後ろに手を当て、もう一方の手をカリオペとつないだ。彼女は涙がつたう顔を最後にもう一度夫のほうに向けた。逆さになって落ちたケージの中では小さな生きものが逃げ出そうと無駄な努力を続けている。

ヘロンは物音に振り向いた。敵兵たちが階段の瓦礫をよじ登ってくる。すかさず銃をかまえたが、そこへ一斉射撃の銃弾が降り注ぎ、周囲の石材が弾(はじ)けた。どうにか避けようとしたが、身を隠す場所はほとんどない。一発が左の太ももに命中し、彼は痛みにうなり声をもらしながら歯を食いしばった。裂けた肉を見下ろして傷口を押さえる。ほんの一瞬だけ回復時間に当ててから、ライフルを敵兵に向けて最後の一発まで撃った。銃にさっと目をくれてから、まだ原形をとどめている柱の後ろに駆けこんだ。そこで銃を逆さまに持ち替え、彼の怒りの餌食がそばまでやってくるのを待つことにした。

この空(から)のライフル銃はまったく使いものにならないわけではない。ひとりの兵士が近づいてきたとき、ヘロンは銃床をその顔面にたたきつけた。兵士は折れた鼻から血をほとばしらせてのけぞった。さらに六人が突進してきた。ヘロンはすばやく目を配り、相手を見定めた。負傷の痛みも忘れるほど戦いの熱に身を委ね、狂気をともなう野獣の獰猛(どうもう)さで敵兵たちを蹴散らして血路を開くのだ。彼は野獣でも王でもない。家族の生存のために戦う父親であり夫であった。

彼は先ほど鼻をつぶした兵士をつかみ上げ、その身体を盾にして飛んでくる銃弾を防いだ。飛び散

る血が顔や口に跳ねかかってくる。盾の兵士が息絶えて銃を手放したとき、ヘロンは落ちる寸前にそれを左手でつかみ上げ、敵に反撃して狙撃手の首を撃ち抜いた。味方の血を浴びた五人の兵士が銃を撃ちながら迫ってきたが、銃弾は死体の盾によって浪費されるばかりだ。ヘロンは片膝をついて正確に狙いを定め、さらに三人に致命傷を負わせると、倒壊した彫像の後ろに這って隠れた。銃に目をやる。じきに弾切れになるだろう。あと数発で残り二名を仕留めねばならない。

ふと左を見ると、壊された彫像から折れ取れた鉄の棒が落ちている。彼はそれをつかんだ。敵兵を一掃する前に弾薬がつきた場合の保険だ。そこへ足音が迫ってきた。

「あそこだ！」兵のひとりが怒鳴るのが聞こえた。ヘロンは彫像の陰からわずかに顔を覗かせ、残りの銃弾を放った。ひとりの顔に命中したところで銃が機能しなくなった。彼はふたたび身を伏せ、鉄の棒を握ると、残ったひとりが次に装塡する機会を待った。ふいに銃声がやんだ。ヘロンはその機を逃さず身を起こし、傷の痛みで全身がこわばるのを感じながらも棒を斜めにかまえた。敵兵が突進してきたところへ鉄棒を突き刺した。相手は銃を取り落とし、目を大きく見開いて自分の腹に突き立つ棒に手を伸ばした。ヘロンは銃を奪い、弾倉が空になるまで相手を撃った。

串刺しになった兵士の死体を見下ろしながら、ヘロンは息を大きくあえがせた。太ももの痛みがひどくなり、思わず顔をしかめる。ズボンが裾まで真っ赤だ。階段のほうを見やる。軍曹の軍服を着た男が小隊を率いて立っていた。少なく見積もっても三十人。彼らは今しがたの死闘をにやにやしながら見物していたのだ。

ヘロンは表情を暗くしながら、アーチ通路のほうへ走った。あわてていたのか、死んだ兵士のブーツにつまずいてしまった。ずきずきする痛みと疲労を抑えこんで気を引き締めたとき、ベルゲンの姿が目に入った。そのとたん自分の子ども時代の記憶と、ベルゲンと遊ぶ娘のうれしそうな顔が脳裏をよぎった。それが希望を与えてくれた。小動物は身を震わせている。ヘロンはケージを床から拾い上げると、壁から崩れ落ちた大きな石塊の陰に身をひそめた。慎重にケージを開ける。生きものをそっと取り出してやると、すでに体温の上昇が感じられた。手で触れられた生きものはくんくん鳴いている。ヘロンは片手で抱き上げた生きものの頭部に自分の額を寄せ、ささやいた。「やつらがあの子を傷つけようとしている」その声と息づかいで生きものがおとなしくなった。血にまみれた親指で腹をさすってやる。小動物の体内が暗赤色に光り始めた。内臓の動きまで肉眼で見える。ヘロンが額を合わせ続けていると輝きがさらに増した。明るくなるにつれて血管の黒い糸が際立ってきた。「わたしがこの動物であればよかったのだが」とつぶやくと彼は目を開け、発光する生きものを床に下ろした。小動物は首を垂らし、後ろ足でバランスを取ってから四つんばいになった。その小枝のような脚とぽってりした足先を使い、敵兵のほうへ小走りに進んでいった。

ヘロンは深い悲しみを覚えつつ、光を放つ小さな身体が移動ビーコンのように床を照らしながら驚くべき敏捷(びんしょう)さで瓦礫の中を走っていくさまを見つめた。暗闇の中の希望。きっとあるはずだ。希望の炎はずっと燃え続けねばならない。流血と死のにおいがするレルムの息で吹き消されるまで、ずっと。彼は最後の力を振りしぼって身を起こした。走ろうとして、うめき声がもれてしまう。どうにか可能なのはすばやく足を引きずって歩くことだけだった。

「あそこだ！」兵士が叫んだ。

軍曹がヘロンのほうに顔を向けるなり、「始末しろ」と部下に命じた。兵士が一瞬のためらいもなく銃をかまえ、動く標的に狙いをつけた。その視界の隅で、赤い光が床の上を移動してくるのに気づいた。引き金にかけた指がゆるみ、視線をヘロンから自分の足もとに落とす。ある種の生物の姿を認め、彼は眉をひそめた。その生物が震える身を起こし、不自然で甲高い声を上げた。

金切り声で鳴く生物がみるみる輝きを増し、黒い血管の脈動がどんどん速くなるのを見て、軍曹が目を見開いた。「こいつは……」

次の瞬間、手榴弾(しゅりゅうだん)に匹敵する威力の爆発が起こった。生きものが高温で燃焼し、その火力で残りの敵兵たちを蒸発させた。ヘロンは彼らと同じ運命をたどらないよう、できるだけ遠くまで這ったが、それでも衝撃で床に投げ出されてしまった。頭を持ち上げたとき、吸いこんだ粉塵と灰によって思わず咳きこんだ。大きくうめきながら背後を見やる。生き延びた者はいない。

すぐに家族を見つけねば。もはや逃げるという選択肢はない。侵略者が瓦礫を攻撃するのに飽きるまでどこかに身をひそめるべきだ。ヘロンは足を引きずりながら玉座の間に歩み入った。アリスが父親の姿を見つけ、崩れた壁の陰から手招きしてきた。「これからどうします、父上?」とアリスがきいた。

ヘロンは息子に肩を貸してもらいながら床にしゃがんだ。痛みに顔をしかめ、傷口に触れてみた。「待つのだ。われわれに教訓を与えたという成果で侵略者を満足させ、立ち去らせる。そのあと、再建に取りかかろう。われわれを捕えてなんの意味があろうか。だが、今日のありさまを見るがよい。わたしがあのような行動を取らねばならなかったのは、これが理由だ。この種の力……他者に向ける意志の暴力。それは断じて疑わねばならぬのだ」
彼は愛のまなざしで三人の子どもたちを見た。
「約束しておくれ。おまえたちは常に疑いを持ち、自分が正しいと信じることのために立ち上がると」家族は彼を囲み、目に涙を浮かべながら温かく抱きしめた。

ノーブルは玉座の間へ向かった。入口を通り抜け、かつて偉大だった建物内で唯一残っている区画へと入っていく。廃墟の中には彼の足音の響き以外に存在するものはない。彼は革ブーツの表面を汚さぬよう、床に散らばる衛兵の焼死体をよけて歩いた。玉座には淡雪のごとく灰が降り積もっている。ノーブルは左右にクリプト人の護衛官、フェリックスとバルバスをしたがえていた。ふたりの顔はそのしわ一本一本に戦争の残忍さが刻みこまれている。その顔を見て、とりわけ片腕が鋭い剣になっているフェリックスの姿を見て、降伏しない者はまずいない。護衛官はもともとマザーワールドと同じ戦士の気質を尊ぶ世界から徴用されてきた。その世界の人びとは情け容赦なく戦うすべを心得ている。

ノーブルは探していた相手ばかりか、その家族も難なく見つけた。ヘロン王と王家の一族は音をたてまいと努め、割れたステンドグラスの破片の散らばる中でネズミのように身を寄せ合っている。ノーブルが近づいていくと、幼い娘たちの目が恐怖でまたたき、末娘のほうは母親の腕をつかんでその背後に隠れようとした。彼にとって意外な反応ではなかった。

ノーブルの背後に神官長が金色の笏(しゃく)を持って立った。笏は大腿骨(だいたいこつ)でできており、金メッキをほどこ

した表面には浄めの古代語が刻まれている。神官長の後ろにたたずみ、仮面の下で荒い息をしている神官が手にしているのはイコンだ。暗殺されたイッサ王女の肖像が純金の額の中に描かれ、肖像の周囲には何列もの人間の歯が祈りを捧げてぬかずくように並んでいる。幼い子どもには、いかにも恐ろしいだろう。

腐肉にたかるウジ虫のように、灰が降り続けている。ノーブルは肩から灰や火の粉を払い落とした。制服には一点の汚れもあってはならない。城塞の外に広がる都市は少なくともあと一日は燃え続けるだろう。ノーブルは王家の一族の前に立つと一礼したが、すぐにいつもの堂々たる姿勢に戻った。両手に娘たちをしっかり抱いている王妃を見やり、次にその夫に視線を移した。ヘロンが護衛官と神官たちを見定め、ノーブルはヘロンの様子を見定めた。もしもこの男の中に闘争心が残っているなら、年若い家族と名誉のために全員を殺そうとするだろう。そのとき、夫を見つめる妻の頬をひと筋の涙がつたった。

「教えてほしい。あなたは何を思い、そのように夫のことを見ている？　わたしは純粋にそれが知りたい」ノーブルは言った。

その声と奇妙な問いに驚いたのか、彼女はしばしためらってから答えた。「わたくしはただ……今年の初雪のことを思い出していたのです。わたくしたちは冬の宮殿にいました。それは美しくて……楽しかった」

ノーブルはヘロンに向き直った。「悲しいことだな。実に悲しい。今は雪の中で遊ぶのではなく、灰の中で身をすくめているのだから。このようなことは必要なかった。この結果を選んだのはあなただ」彼は革手袋をはめた両手を手のひらを上向きにして差し出した。その手を取りさえすれば別の選択肢を提供するかのように。ヘロンが顔をこわばらせた。ノーブルが何も提供する気がなく、ただ彼らをもてあそんでいるのを知っているのだ。

「ひとりひとりの名を教えてもらえるか」

王は姿勢を正した。「ヘロン王だ。おまえもよく知っておろう。これは息子のアリス、妃のマイア、娘のカリオペとクララ」

ヘロンが息子の腕に手を置いた。

「どうかわが家族を拷問にかけないでほしい。わたしを殺しに来たのなら、殺せばよい。彼らをこの地にとどめたのも、逃亡を助けたのも、わたしが判断したこと。だが、どうかお願いだ、わが妃と子どもたちの命だけは助けてくれ。家族は何ひとつ知らぬのだ」

ノーブルはなんの感情もなく一家を見渡した。あるのは純粋に計算だけだった。「わたしはあなたを殺しに来たのではない。実のところ、あなたの血統が途絶えることなく栄える未来を保証しに来たのだ。そのような高潔さとともに戦っているあなたをどうして殺すことができる？　とはいえ代償は払ってもらわねばなるまい、あなたの……こう呼んでもいいかな……反抗的なふるまいの」

ノーブルはマイアのほうへ一歩近づいた。その顔を見つめてから首筋、ボタンが三つ開いているドレスの胸元へと目を移す。鎖骨のくぼみに涙が一粒こぼれた。彼はふたたびマイアの目を見つめてほほ笑んだ。穏やかな表情をしてもその目に宿る冷酷さは隠せない。人さし指の先で彼女の頬から涙を取り去る。理解できない異物であるかのように、そのしずくを見つめた。

彼は歩を進め、カリオペに目を落とし、次にクララを見すえた。末娘はそびえ立つ彼から後ずさろうとした。「ああ、これは幼すぎる」やさしさのかけらもない声で言うと、彼はアリスのほうに向かい、足を止めた。「来い。姿をよく見せるんだ」

アリスは動こうとせず、あざ笑うクリプト人の護衛官をうかがった。フェリックスが銃の引き金を指先で軽くたたいている。アリスは母親を見た。母親はじっと息子を見つめ、ゆっくりと決然とした様子で首を横に振った。

ノーブルは怒りで顔をゆがめた。「来い、と言ったのだ！」

アリスが彼に近づいた。クララがめそめそしながら「だめ、行かないで」と兄の服を引っぱり、引き戻そうとした。兄が自分から離れていく一歩一歩が取り返しのつかない動きなのだと理解しているのだ。

ノーブルがひとにらみすると、クララは母親の背後に引っこんだ。ノーブルは「よし、いいぞ」と言いながら目の前に立った少年のうなじに手を回し、親指と人さし指を皮膚に食いこませることで支配下に置いた。そのまま少年を家族から引き離し、ふたりの護衛官のほうへ導く。ノーブルは嚙みしめた歯のあいだから、低く静かな声でささやいた。「自分がおとなへの入口にいると気づいた若い男は、必ずある瞬間を迎える。その瞬間のことはけっして忘れないし、あとから振り返ったとき、あの瞬間におとなになったのだとわかる。ある者にとって、それはひとりの女の濡れた唇と豊満な胸かもしれない。またある者にとっては、自立のために初めて家を出ることかもしれない。だが、おまえの場合は、みずからひとつの選択をすることだ」

　ノーブルはアリスの頭をねじって家族のほうを向かせ、その耳元に唇を寄せた。

「男になる準備はいいか？　おまえにもついにその瞬間が訪れたのだ。おまえの父親がレルムに楯突く選択をしたことでこのときを迎えたようにな」

　神官長が一歩進み出て金色の笏を捧げた。ノーブルは金メッキされた骨を片手で受け取って握った。

「いいか、執権バリサリウスはわたしに直接命じられた。わたしの目を見て、反逆の罪と反乱の罪によりデヴラ・ブラッドアックスとダリアン・ブラッドアックスのきょうだいに正義を行使せよと。わたしは彼らを追跡してここまで来た。そして、おまえの父親が彼らに隠れ家と作戦基地を提供し、彼らがそこからレルムの所有物をいくつか攻撃して破壊したことを知った」

「なぜこのようなことをする？」ヘロンが言った。

　ノーブルはヘロンを鋭く見やり、金色の笏でアリスの胸をそっとたたいた。「あなたの息子が理解することが重要だからだ……息子の名はなんといったかな？」ノーブルは涙をためたアリスの目を覗きこんだ。「おまえの名は？」

　アリスは笏を見下ろしてから、家族のほうに目を向けた。どの顔も疲労と汚れにまみれ、頬には涙のあとがある。

「アリスだ」

　ノーブルは彼のほうに首をかしげてみせた。「よく聞こえんな……」

「アリスだ！」少年が叫び返す。

　ノーブルは目を細め、密（ひそ）かな笑みを浮かべた。「よし。アリス、父親から最後の教えを受けられる

かどうか見てみよう。この聖なるものを手に取れ」

　アリスはごくりと唾を呑み、震える両手で笏をつかんだ。重みが加わった瞬間、腕がぐいっと下方に引かれた。

「重いだろう。だが、その重さこそ、ときとしておとなになるということが意味するものなのだぞ」ノーブルはからかいまじりに言った。「では、選択のときだ。おまえが父親の頭を砕けば……比喩ではないぞ、かつては美しかったこの床に脳髄をまき散らすまで頭を砕けば……」ノーブルは大股でヘロンに歩み寄り、王の剃り上げた頭をこぶしでこつこつとたたいてみせてから、アリスのそばに戻った。「母親とふたりの妹は生かしてやろう。だが、おまえが父親同様に嫌だと言えば……そのときは全員死ぬことになる」

　玉座の間は声もなく、遠くからかすかに響く破壊の音と人びとの悲鳴しか聞こえない。アリスは答えを求め、出口を求め、家族の顔を探るように見た。そこに彼の不安をやわらげるものはひとつもなかった。彼はノーブルを見た。見返すノーブルの視線には情けや感情のかけらもない。クリプト人の目を見たとき、アリスはそこに明確な答えを見いだし、最後のかすかな希望が消えた。護衛官の目には同情も興味もなく、ただ現状の理解があるだけだった。父親がようやく口を開いた。

「アリスよ、よく聞け。言われたとおりにせよ。母上と妹たちを救うのだ」

　マイアが涙を流しながら、腹の底から絞り出すように「アリス、なりません！」と叫んだ。クララとカリオペはすすり泣いている。ヘロンが必死の形相で家族を見やり、次いでアリスに視線を戻した。手の甲で額の汗をぬぐって告げる。

「王妃の言葉に耳を貸すでない。顔を見てはならぬ。わたしを見よ。家族を救うのだ。わたしはもはや死んだも同然」

幼い姉妹が母親の汚れたローブに顔をうずめて泣き声を上げ始めた。マイアが強くかぶりを振った。「アリス、わたしたちを行かせなさい。みなで行くのです。わたしはこのようなことに耐えられない。あなたもきっと耐えられない。あなたはもう戻れなくなってしまう。わたしたちは誰も戻れないでしょう。お願いだから、このようなことはしないでおくれ」

ヘロンがマイアに険しい視線を投げ、アリスに叫んだ。「母を見てはならぬ。わたしから目をそらすでない！」アリスが何度も母親と妹たちを振り返る。「見るなと申しておるに！　さあ、言われたことをせよ。男になって実行せよ。母と妹を救うのだ。早くせよ。おまえは強い。今こそ家族を救え」

アリスが笏を見下ろし、両手で握りしめた。何が正しい行動なのかを知ろうとするかのように目を閉じた。ノーブルは少年の手に自分の手を重ねた。「父の言葉にしたがえ、アリス。おまえの父は賢明な男だ」

アリスは目を開け、重い遺骨を振り上げた。幼い妹たちをまっすぐ見つめる。彼女たちは首を左右に振り、恐怖のあまり叫んでいた。その横で母親が怒りの涙を流している。

「そのとおりだ、息子よ。わたしにしたがい……今すぐやるのだ」ヘロンはそう言うと目を閉じた。

「愛している、息子よ。おまえを許す」

アリスはその若々しい力のすべてをひと振りにこめ、叫び声とともに笏を父親の額にたたきつけた。その叫び声は瓦礫と化しただだっ広い空間にこだました。少年が命令どおりにするとは思ってい

なかったかのように、ノーブルは息を呑んだ。マイアが嗚咽(おえつ)をこらえながら娘たちをきつく抱きしめ、目をそらした。クララとカリオペは母親の手で目をおおわれ、そのローブにしがみついて泣いている。ヘロンが白目をむいて倒れるのを見てフェリックスとバルバスが笑った。

「最後までやれ」ノーブルは静かに告げた。革手袋をした彼の両手はこぶしを握っていた。

アリスが涙と鼻水で顔をぐちゃぐちゃにしながら歯を食いしばった。骨の笏をふたたび振り上げ、父親の頭頂部に打ちつける。今度の一撃で皮膚がぱっくりと裂け、血がしみ出てきた。

「頭蓋骨をたたき割れと言ったはずだ！」ノーブルはアリスの激しく上下する肩に手を置き、ぎゅっとつかんだ。

アリスがノーブルから身を引き、頭上に笏をかかげた。それを父親の後頭部に突き刺した。どろどろの脳組織と血液が床にぶちまけられるまで何度も何度も。頭蓋骨の頭頂部は粉々に砕けた。ヘロンの顔は顎の骨がはずれ、両目とも眼窩(がんか)から飛び出してしまい、もはや誰だか見分けがつかない。アリスは家族を振り返った。母親はその手で娘たちの目を隠し、妹たちは小さな手で耳をふさいでいる。

肩で息をするアリスの首もとには、汗でずぶ濡れになったチュニックの襟が張りついていた。よろめくように後ずさると、彼は笏を神官長の足もとに投げ捨てた。床に膝をついても荒い息はおさまらない。アリスは破壊されてしまったステンドグラスを見やった。もはや修復する者も残っていない。日の出の光が部屋に射しこんできた。光の剣が床を切り裂き、ひとつの家族が破壊されたぞっとするような光景を映し出す。

ノーブルはヘロンの遺体とアリスのあいだに両膝をついた。歯を使って左手の指を一本ずつ引っぱりながら革手袋をはずすと、素手でヘロンの血まみれの頭をつかみ、頭蓋骨の割れ目を露出させてみる。「ふうむ。みごとだ、若者。おまえには学ぶべきことがまだ多くあるが、これはよい出発点といえるだろう」

遺体の観察はマイアと娘たちの泣き声で邪魔された。ノーブルは目を上げた。

「安心しろ、息子は力強く成長する。最初はつらいだろうが、その怒り、悲しみ、死んだ心は、みなわたしが必要とするものだ。息子は怒りを吐き出すことができるし、そうするだろう。なぜなら、あなた方がすべてを犠牲にすることになった要因である反逆者たちをわれわれは追跡し続けるが、その前には今後も誇り高き統治者たちが次々に立ちはだかるだろうから……息子が怒りを吐き出す機会はそう遠くない」

ノーブルは床に広がっていく血だまりと脳の残骸を見下ろした。落ちている肉片を親指と人さし指でつまみ上げ、目の高さまで上げると、眉間にしわを寄せてじっくり観察した。それから、細かくすりつぶした。

「これは彼があなたとバニヤンツリーの下で愛を交わした記憶。これは彼が娘が生まれた喜びに涙を流した記憶。これは彼が……あなたの寝顔を見て、目にかかった髪をそっとかき上げて額に口づけた記憶」彼は指先の肉片を床に落とした。視線をマイアに向け、血のついた人さし指の先を自分のこめかみに当てて軽くたたく。「いいか、すべてはここで生まれ、ここに蓄えられる。この部分をしっかりと破壊すれば、もはや何ひとつ残らない」

マイアの息が荒くなり小鼻がふくらんだ。「あなたは邪悪な人間です」

ノーブルが立ち上がると、神官のひとりが彼の背後を回ってヘロンの遺体の横にひざまずいた。金属プライヤーを差し出し、ヘロンの砕けた顎から歯を一本抜き取る。神官はその歯をつまむと、イコンの王女を取り囲む歯の列に加えた。

ノーブルはマイアの反応を確かめてから、バルバスとフェリックスに目配せをした。ふたりの護衛官が短いうなずきを返した。フェリックスが片手でアリスを床から乱暴に立たせ、身体を入口のほうへ向けさせた。「ちゃんと立て。おまえはおれたちと来るんだ」

アリスが振り返ろうとしたが、ふたりの護衛官に両側から強引に抱えられ、今なお炎地獄の様相を呈しているトアの都へと引きずられていった。

あたりに朝日の光と熱気が満ち、神官たちの詠唱が高まっていく。ノーブルはマイアと泣いている娘たちを振り返った。床をさまよった視線が、血にまみれた笏を見つけ出す。彼は身をかがめ、それを拾い上げた。

マイアが挑発的に言った。「このようなゲームはあなたに似つかわしくない」

ノーブルは笏に残っている脳組織や血を素手でこそぎ落とした。「ほう、それはまたなぜだ?」

マイアは手の甲で涙をぬぐい、背筋を伸ばした。「芝居がかった茶番。あなたらしくないまやかしに思えます。あなたは行動の人間。わたくしたちを生かしてはおかないでしょう。この世界の破壊が完了するならば、囚われの王女に希望などありません」

ノーブルは目をすがめて彼女に近づき、マイアと娘たちの頭上に笏をかかげた。

マイアが強い口調で言う。「ごらんなさい。純然たる軍人であるあなたに、道義心などないのです」

「確かに。そんなものはない」冷ややかに言うと、ノーブルは金色の大腿骨を振り下ろした。三人の血しぶきで視界が曇るまで、彼は撲殺の手を止めなかった。

アリスはクリプト人の護衛官に連れられ、城塞からまだ火のくすぶっている都に出た。若い女性が倒れた柱に横たわっていた。そのドレスは胸元から引き裂かれ、両脚をつたう血がつま先から地面にしたたっている。女性の目は殴られてふさがっていた。フェリックスがそれを見て笑った。「これでこの世界の連中も少しは思い知ることだろうよ」アリスはとても直視できなかったし、見たいとも思わなかった。これが自分の妹たちや母親の身に起きてもおかしくなかったのだ。他者に敬意を払い自分を尊重しろと、いつも父に教わってきた。この宇宙に存在するあらゆる生きもの、あらゆる性別、あらゆるヒューマノイドが尊重されなければならない。尊厳にはまだいくらか価値があるはずだ。

アリスは母親と妹たちが城塞から出てくるかどうか確かめたかったが、もはや振り向く気力もなかった。全身の感覚がすっかりなくなっていた。家族が無事なのか、自分のしたことが正しかったのか、それを知ることもできない。バルバスの手で無理やり前を向かされる。「こっちだ。背後のことはもうおまえに関係ない」

アリスはかすむ視界に明るい地平線をとらえた。自分が暮らしてきたただひとつの地がもはや存在しないのが信じられなかった。父の、そして祖父の王国が、消えてしまったのだ。顔に吹きつける粉塵と灰のせいで喉がつまり、彼は咳きこんだ。フェリックスがバルバスに言った。「こいつも早く慣れることだな。おれたちはこうやって息をし、生きてるんだ。おれが〈クリプテニアン・ガントレッ

ト〉で護衛官になる訓練を受けたときは、今のこいつと大して年が変わらなかった。あれは名誉なことだった」彼は剣でないほうの手でこぶしを握って胸をたたいた。

「こいつは軟弱すぎる。こんな場所で育ったんだぞ。ここはクリプトじゃない。こいつは鼻の下にひげの一本もないし、股にだって生えてるかどうか知れたもんじゃない」バルバスが言って笑った。

フェリックスもいっしょに笑ったが、すぐに真顔になった。「おれたちは今やひと握りしか残ってない。絶滅に瀕してる。少なくとも昔ながらの護衛官はもう存在しない。なんともひどい話だ」フェリックスはひとりでうなずきながら低くうなった。アリスはその話題について話すこともなく黙っていた。三人は降下艇に近づいた。こんな状況でも、その機体はアリスの目には壮観に映った。

タラップに男が立っていた。アーマーではなく制服を着用したその男は戦闘に参加した様子がなく、おそらくはノーブルに仕える将校だろう。男はアリスを上から下までじろじろ見たが、彼が連行されたことには驚いていないようだ。というか、感情というものがほとんど感じられない。アリスには男の内面が読めなかった。ノーブルや護衛官たちのように戦争を楽しんでいるようには見えず、かといって憐れみを持っているようにも思えないのだ。父がよく言っていた。危機的状況の際に最も危険なのは、どれほど残忍ななりゆきになってもそれに流される者だと。この将校も今の自分と同じようにレルムに取りこまれ、結局はあらがうことを断念した者なのだろうか、とアリスは思った。

「ノーブル提督はどちらに?」将校が尋ねた。

バルバスが薄ら笑いを浮かべた。「カシウス副長、提督は王に関する問題を解決しておられる。王がどうしてるかわかるだろ? ことわざでなんと言ったかな。〝子どもはみな叫び、母はみな泣く〟

だったか」

「ああ、それで合っている。いいだろう。この少年を乗船させろ。予定がつまっているんだ」アリスが横を通りすぎようとすると、カシウスに腕をつかまれた。「名前は?」

「アリス」

彼がじっと見つめてくる。「わたしが何か言ったら、そのとおりにしたがうこと。インペリアムは一も二もなく忠誠を求める」そこでアリスの腕を放し、燃えている城塞にふたたび目を向けた。

「ぼくをどこへ連れていく?」アリスはきいた。

カシウスの目が暗さを帯びた。「きみは今やインペリアムに所属している。これから地上軍の兵士となるべく訓練を受けてもらう。称号や私服は剝ぎ取られる。そのあとどうなるかはきみ次第だ」カシウスはそれ以上の質問を避けるように歩き去ったが、そこでちらっと振り返った。

カシウスが初めてノーブルと出会い、インペリアムの兵役に就かされたのは、ちょうどアリスぐらいの年齢だった。彼という人間のすべて、彼の知識のすべてはマザーワールドからもたらされたものだ。数年の兵役ののち、どんな局面でもレルムの意向に指図されない人生がどのようなものだったか、すっかり忘れてしまった。カシウスは炎に包まれている都市にふたたび目を向けた。

降下艇の船内に入ると、アリスはフェリックスによってベンチに押しやられ、腰を下ろした。身体がずっしりと重く、まるで何日も走り続けてきたような気分だが、実際はほんの数時間のできごとなのだ。激しく打っていた心臓の鼓動がようやくおさまってきた。汗が玉になってわきの下や首筋をつたうのが感じられる。着ている服が急に濡れて張りつくように思えてきた。もう何もかも二度と同じ

には戻らないだろう。戦争は心や魂だけでなく時間をもゆがめてしまう。アリスは膝の上に手をのせてすわり、混沌(こんとん)による真空の中で感覚が無になっていった。

足音と話し声が聞こえ、アリスは現実に引き戻された。顔を上げずとも目の前の床に見えるブーツの主が誰かわかる。ノーブルを見上げてみると、その顔は最後に見たときよりも血で汚れていた。その瞬間、アリスは悟った。自分以外の家族は全員死んだのだ。これで父の血統を継ぐ最後のひとりになってしまった。ノーブルの後ろに立つ神官たちが詠唱し始めた。その手にはまだアリスの一族の血のついた笏を持っている。人間の歯で取り囲まれた恐ろしい肖像も見える。

これが自分が忠誠を示さねばならないものなのか？　これのために罪のない人びとが死んでいったのか？　アリスはそのとき、父がなぜマザーワールドと敵対する者たちと会ったのかを理解した。ノーブルが血まみれの顔を素手でぬぐいながら、アリスに視線を向けてきた。やがてその虚(うつ)ろな目をそらすと、船内を歩いていき、清潔な制服と新しいブーツを持ってくるよう誰かに大声で命じた。ノーブルのような男たちにとって、みずからの手を血で汚すことなどなんでもないらしい。そして、カシウスのような男たちが彼らを存在させ続けるのだ。

神官たちが直立不動の姿勢を取り、仮面の顔をじっと向けてくるので、アリスは目を伏せた。彼らの凝視とエネルギーが自分を取り囲んで押しつぶそうとしているのが感じられるが、なぜ彼らが見つめ続けるのかわからない。凝視を受けているとアリスの頰と胸は、彼らを皆殺しにしたいという欲求で熱くなった。もしもできるならそうしたい。彼らの血でこの手を真っ赤に染めてやる。いつかきっと、と自分に言い聞かせた。

第二章

衛星ヴェルトの上空には輪を持つ赤色巨星マーラが君臨している。その下で畑を耕していたコラは、引いていた鋤が地中の大きな石に当たって急に止まったので、両膝をついてそれを掘り出した。土は軟らかく、湿り気がある。手のひらに土を取り、その豊かな香りを嗅いでみた。この大地とマーラはひと握りの希望を感じさせてくれる。死の中には再生が存在するかもしれない。星々がそうした物語を教えてくれる。彼女はこの地で、その物語が真実であるとあえて信じてみようと思った。それはまた、かつて唯一の真実だと信じていたものを超越していく過程に勇気が存在することを強く実感させてくれる。超越したのち、死を受け入れる中に勇気が存在するのだ、と。

自分に残された時間にとって、あるいは死ぬべきでないのに死んでしまった人たちにとって、そうした物語はどんな意味を持つのだろう。労働による筋肉の痛みは、胸のうちで感じる深い悲しみの痛みに等しい。とはいえ、身体には回復する力がある。心は癒しを、できれば忘却を必要としていた。彼女はこの地に新たな機会を見つけた。そんな資格が自分にあるとは思えないとしてもだ。コラは石をどかしてふたたび立ち上がった。しばらく地平線を遠く眺めていたが、鋤を引くウラキの動きでわれに返った。まっとうな一日の労働がそろそろ終わろうとしている。顔の前面に厚い骨板を持つこの大きな動物は鼻を鳴らし、蹄で土を蹴った。今耕している肥沃な土地はまるで暗い宇宙――彼女にとって子どものとき以来故郷と呼べるただひとつの場所――のようにずっと先まで続いている。

だが、今は二本の足を大地につけて立っている。なんとよい気分だろう。これまで幾度となく人生をひっくり返されてきた。そのたびに自分自身や過去を負って生きられるように記憶の傷を取りつくろってきた。ひんやりと湿った土。ウラキの糞で作った堆肥のにおいがし、それは樹皮や夏の甲虫を思わせる。実直な人たちの実直な仕事だ。この村は周囲を広大で美しい自然に守られた盆地に位置し、森から切り出した丈夫な木材で造った草葺き屋根の家々、集会所、石造りの穀物倉、家畜舎などがあり、村人に知らせを伝える鐘が無口な歩哨のように吊り下がっている。質素ながら穏やかな暮らしだ。

「コラ!」

聞き慣れた声に、彼女は石橋のほうを振り向いた。鼓動が少し速まった。名前を呼んだ男はマーラの赤みがかった光に照らされ、彼女が立っている場所からだと細身で背の高いシルエットでしか見えない。それでも誰だかわかる。グンナーだ。茶色い目でこちらをじっと見つめながら近づいてくる。額にかかった茶色の髪には金色の筋が入っている。コラが見つめていると彼の唇に笑みが広がった。彼がすぐ近くまで迫ったときウラキが鼻を鳴らし、低くいなないた。グンナーが立ち止まり、動物の耳の後ろを触りながら手のひらでそっとたたいた。

「そろそろ仕事が終わるんじゃないかと思ったんだ。今夜はみんな集会所に集まってる」

コラは集会所の建物を遠く見やった。祝宴の夜のために村人たちが続々と入っていく。彼女はこの村に完全に溶けこむことにまだどこかためらいがあった。もしも村にすっかり心を委ねたら、よいこ

とが長続きしないのではないか、という恐れが消えないのだ。部外者であり続けることが最も安全な選択肢に思えてしまう。「あともう少しだから、このまま最後までやってしまう」

グンナーはそれを聞いて彼女の顔を探るように見た。ふたりのあいだの空気が上空のガス惑星と同じくらい濃密になって震えた。「そうだな、わかった。ああ、それから、デンがきみのことを探してた。弟とふたりで雪ジカの雄を捕まえたらしい。さばく前にきみに見てほしいって」

コラは片方の眉を上げた。「なんでわたしに頼むの？」彼女はウラキの手綱を取って耕す作業を再開した。

グンナーは彼女の答えに困惑の表情を見せた。「だって、ほら、きみたちふたりは……ぼくはてっきり……」

「それはあなたの考え」コラは肩ごしに告げた。「さあ、行って」彼女はグンナーにそう言うとウラキの手綱を引き、前進するように大きな声をかけた。ウラキが荒い息をしながらグンナーの横を通りすぎる。彼は地平線に向かっていくコラの後ろ姿を見送ると、きびすを返して集会所へと戻っていった。暖炉に火が入れられたようで建物からは煙が立ちのぼっていた。

コラは畑に溝が掘られていくさまを見つめながら、この先ずっとこの地に暮らして骨をうずめることになったら、重い罰を逃れられるだろうと思った。この村は死に場所としては悪くない。

村の集会所は歓喜と誇りに満ちたざわめきに包まれていた。村人たちは何列も並んだ大きなテーブルに着き、甘いバターを塗ったパンや季節の根菜を茹(ゆ)でた料理を食べ、エールや去年収穫したサマーベリーのできたてワインを飲んだ。炉端では鉄串に刺された大きな獲物の胴体が回転し、あぶられた肉から脂がしたたり落ちている。ごちそうは全員が楽しむのに十分な量がある。集会所内の壁には過去の祝宴で食べた多種多様な動物の角や毛皮が飾られている。酔った者のあやふやな歌が高い天井に響き、寄り添ってすわるカップルたちが素肌の部分に触れ合う。春の気配が彼らの顔を赤く染めていた。

中央の列のテーブルでは三ヵ所で火が燃えており、いぶっているヒースの木があたりに官能的な香りを漂わせる。コラは自分を最初に村に迎えてくれたハーゲンの隣にすわり、皿に残った食べものの最後のひと口を食べたところだった。父親か祖父ぐらい年上のハーゲンが、白い顎ひげをなでながら彼女のゴブレットにワインを注いだ。彼の頭に残っている髪も顎ひげと同じように白い。唇と歯は紫色で、それを見れば彼がどれだけ今夜のワインを楽しんだかわかる。「さあ、これはおまえさんへの分け前だ」

ゴブレットに手を伸ばしたとき、コラはグンナーがこちらを見ているのに気がついた。畑仕事を終えたあと、彼女は汚れたカバーオールとコットンシャツから小さな花柄のついた淡い黄色のドレスに着替えた。細いネックレスが暖炉の炎に輝いている。ふたりの目が合うと、彼は抑えた熱望の感じられるまなざしを向けてきたが、すぐに視線をそらしてしまった。彼女の身体は火とワインのせいですっかりほてっていたが、あんなふうに見られると、また別のものが熱くなってくる。

それなのに、グンナーはけっして言い寄ってこない。コラはもうだいぶ長いあいだ、身体中から空気が抜けるほど誰かに愛撫（あいぶ）されたりキスされたりしていない。このヴェルトに来る前、彼女の人生は与えられた任務がすべてだった。そこで恋に落ちたことは一度もない。肉体的には満たされていたけれど。今は誰かに命令されることのないささやかな平穏の中に落ち着いている。ほかの誰かが立案した計画に厳格に規定されてきた長い年月を思うと、まるで嘘のようだ。

ハーゲンはコラたちの視線のやり取りに気づいているくせに何も言わない。「今夜の肉はなんてうまいんだろう。こんなにごちそうがあって、わしらは本当に幸せ者だな」

コラはワインをひと口飲んだ。「新鮮な肉が食べられるのは久しぶり。どれだけおいしいか忘れてた」

ハーゲンもうなずいてワインを飲む。「デンによれば、夏の群れが戻ってきてるのを見たそうだ。たぶんウラキで三日もかからん場所だ。やつはおまえさんを探しとったぞ」

コラの口元に思わず笑みが浮かんだ。デンはグンナーとはまたちがうタイプだ。天性の狩人で、自分のほしいものを手に入れるだけの攻撃性を持っているが、過度に粗暴になったり傲慢になったりはしない。「わたしも聞いた。すごくワクワクする」

ハーゲンが顔を覗(のぞ)きこんできた。「どっちの話をしとる？　獲物か？　それとも狩人のほうか？」

コラは無言で肩をすくめてみせるとハーゲンから目をそらし、人の群れの中からデンの姿を見つけた。彼がこちらを見ていない隙に舐(な)め回すように観察する。彼を構成するのは筋肉、髪、そしてたぶん性器。愛情をかき立てられる相手ではない。けれど、彼女の身体の中でとても原始的な何かが沸き立ってくる。夜行性動物は夜のいつごろ行動を起こすべきか本能的にわかるものだ。視線を感じたのか、デンがちらっとこちらを見た。

その瞬間、大工見習いのスヴェンが祝宴の角笛を高らかに吹き鳴らした。それを合図に村長のシンドリが立ち上がった。咳払い(せきばら)をし、上唇についたエールの泡をぬぐいつつ編みこんだ顎ひげをしごくと、室内がしんと静まった。青い瞳に誇らしさをたたえながら村人たちを見回す村長は、アルコールのせいで肌がピンク色に輝き、禿(は)げた頭は炎の明かりを照り返している。

「わが村人たちよ、わが友よ、冬を乗り越えて春まっ盛りになり、みなさんの前にこうして立てるのはわが名誉であります。畑が耕され、じきに種も蒔(ま)かれる。共同体の長の義務として、みなさんにこれだけは思い出してもらいましょう。豊穣(ほうじょう)の神々は感謝の贈りものを求めています」

シンドリはテーブルからゴブレットを取り上げ、隣にすわる妻のほうを向いた。妻の顔は愛と献身に輝き、部屋の熱気とワインのせいで頬がバラ色に染まっている。

「すなわち捧(ささ)げものです。ですが、ご承知のようにそれは盛大に腰を動かし、種が芽生える悦びに大きな声を出すことです。さあ、今夜は愛を交わしましょう。収穫物のために。われらが口にしているまさにこの食べもののために。神々のために！」

喝采と賛同の声が響き渡った。

シンドリが赤らんだ顔でゴブレットをかかげると、隣から妻が手を伸ばして銅のバックルがついた夫の革ベルトを引っぱった。彼はどさっとすわり、ワインが顎ひげをつたうのもかまわず妻にキスをした。

「妻よ、落ち着きなさい。まずは村長としての務めを終えさせてくれ。そうしたら、次は夫としての務めを果たすから」

たちまち歓声が沸き上がり、室内が笑い声に包まれた。

「さあ、音楽を！」シンドリが大声で言った。「ムードを盛り上げる音楽を！」

コラはこちらをうかがっているグンナーに視線を投げかけた。ところが、グンナーはまたしても目をそらしてしまった。彼はここにいる誰よりも酔っていない。コラは視界の隅に自分を見つめてくるデンを認めた。そちらに顔を向けると、デンはコラから目を離さずビールを飲み干した。そして舐めた唇に笑みを浮かべてみせる。コラは彼の口元を見つめ、大きく開いているコットンシャツの胸元へ視線を移した。胸の一部と胸毛が見える。ヴェルトの荒れ地で動物を追うきつい仕事で鍛えられた彼の肉体を想像した。彼女の中で期待が高まり、ゴブレットを彼に向かってかかげてみせた。デンはエールを空けた角カップを隣にいる弟の胸にたたきつけ、コラのほうに近づいてきた。

ハーゲンが彼女の耳に「わしはもう行かんと。年寄りにはちとワインが多すぎた。またあとでな」とささやいて立ち上がり、彼女とデンをふたりきりにしようと立ち去った。

コラが目を上げると、向こうでグンナーがこちらを見ている。彼は村人との会話を打ち切り、振り向きもせずに集会所から出ていった。

先ほどまでハーゲンがすわっていた席にデンがすべりこんできた。「今夜つき合う相手が必要じゃないか？　眠るにはまだだいぶ早い」

コラはほほ笑み、彼の目をまっすぐ見た。「そう？」

彼が腰を浮かせ、椅子を近づけてくる。汗のにおいと肌に残る石鹸の香りが感じられた。「まずおれが先にここを出て、きみが村の中をぶらついたあとで気がつくとおれの家の前に立ってるっていうのはどうかな？」

彼女はかすかに笑いながらデンの耳元に顔を寄せ、彼を赤面させると同時に興奮させる言葉をささやいた。

デンが立ち上がり、あたりを見回した。集会所に残っている人たちは彼のほうを見ないふりをしている。彼は誰にもさよならを言わずにそそくさと出ていった。コラはゴブレットをつかみ、ワインの残りをぐいっと飲み干した。ワインは舌の上では甘く、喉を流れ落ちるときは温かかった。デンのすぐあとに出ていくのを誰かに見られることも気にせず、彼女は集会所をあとにした。

デンは今夜、望みのものを手に入れ、彼女もそうするだろう。彼の家に近づくにつれて胸の鼓動が高まっていく。初めての身体を探索するという期待から全身に興奮の波がめぐっている。彼の家の玄関に着くと、髪に手ぐしを通してからノックした。

一度のノックで、すでにシャツを脱いでいる彼が扉を開けた。家の中は暗く、明かりはテーブルの中央で灯る二本のキャンドルしかない。「来てくれたね」

「まだ家に帰る気にならなかったから」

デンが脇にどいたので、コラは家の中に入った。この村へ来て以来、ハーゲンは別として、男の家にひとりで入るのは初めてだった。壁にはさまざまな大きさの角、羽根、鉤爪、歯といった狩りの戦利品が飾られているが、それ以外の装飾品はほとんど見当たらない。部屋は清潔で整頓されており、それは村で知られている彼の人柄にふさわしいものだった。奥の閉まっている扉の向こうが寝室だろう。振り向くと、デンが強いまなざしを注いでくる。きっと獲物を狩るときも同じ目をしているにち

がいない。彼女が満足するまでデンが行為をやめないのなら、コラは今夜、壁か床で身動きできなくされてもよかった。
　コラは彼のほうに歩み寄った。キャンドルの光が揺らめき、彼の筋肉の盛り上がりが際立って見える。彼女はデンの顔を見上げながら厚い胸に触れた。肌に唇を押し当て、指先でズボンの腰のあたりをなでていく。彼の興奮が高まっていくのが感じられる。なんの予告もなく腰を両手でつかまれ、持ち上げられた。すぐさま彼の首にしがみつき、力強い太ももを彼の腰に巻きつける。デンは彼女の尻を片手で抱きかかえる格好で寝室に向かい、肩で扉を押し開けた。扉を蹴って閉めてから寝室内に大股で三歩進み、そこでコラはベッドに下ろされた。
　デンが唇にキスしようとしたが、彼女が顔をそむけたので首へのキスになった。再度のキスも拒否すると、彼は下へと向かった。ドレスのボタンがひとつずつはずされていく。彼の口が胸へ、そして乳首へと動く。ついばまれているうちに乳首が硬くなり、彼女の口から低いあえぎ声がもれた。勢いを得た彼がさらに下に向かおうとするが、それは彼女の望んだものではない。ほしいのはより早く感じること。デンには愛の営みではなくファックをしてほしいのだ。興奮の中で天井を見上げていると、彼が口で探ろうとした。コラは彼の両腕をつかんで引き上げた。彼は導かれるままに動いた。
　デンがズボンを脱ぐのを見て、コラも自分の下着を剝ぎ取った。硬くなって濡れている彼の性器の先がふたつの満月の光に照らされ、大鎌のようにきらめいている。彼の太ももは筋肉で波打つ頑丈な木の幹だ。体重をすべて預けられたら押しつぶされてしまうかもしれない。できれば、ヴェルトの種馬を手なずけるときのやり方で扱ってほしい。焦らずにしっかりと、待つべきときと激しく乗りこなすときをわきまえたやり方で。デンはコラがその夜に欲するものをすべて備えている。たとえ数時間であっても、たとえ肉体だけのものであっても、このうずきにはケアが必要だ。

孤独はコラの暗い影の一部。こんな一夜は暗闇で燃える火矢であり、自分がまだ生きているというしるしだった。解放された無条件のエクスタシーには、じっとしていられない魂を落ち着かせる力がある。デンは彼女の内なる飢えを満たす新鮮な肉だった。リズミカルに突いて最高の絶頂に導いてほしいと、彼女は心から切望した。

コラは何も言わずに身体を入れ替え、彼の上になった。彼にまたがった格好でドレスを脱ぎ去る。肩から背中を通って太ももにまでいたるひだのある傷跡があらわになった。デンの大きな手で尻を強く締めつけられる。まるで湿った土を深く耕すときに二頭のウラキを操る手さばきだ。彼女は頭をのけぞらせ、相手の顔を見ないままデンの待ちきれない様子の性器の上で身体をグラインドさせた。

悦びを最大限に絞り出そうと身体を速く動かすにつれ、コラの褐色の肌が汗ばんできた。下腹部の締めつけが悦びを倍加させる。脚のあいだからにじみ出た興奮が太ももを濡らす。彼に腰を速く動かされ、彼女はたまらず唇を噛(か)んで叫び声を上げた。彼に激しく突かれ、温まった全身にエクスタシーが卵の黄身のようにあふれてくる。ふたりの荒い息が重なり、大きなうめき声の直後に彼も絶頂を迎えた。

コラは彼の胸に倒れこんだあと、ごろりと彼の隣に寝そべった。彼も荒い息をつき、目を閉じて横たわっている。そして、ほどなく寝入ってしまった。コラは暗い天井を見つめた。何年もずっと同じ屋根の下で同じ男の隣に寝るというのはどんな感じだろう、と考える。初めて降下艇の座席にすわって戦場に向かって以来、そんな概念とはずっと無縁だった。それは星図に載っていない恒星系と同じくらい手の届かないもの。そんな目的で彼とベッドをともにしたのではない。デンは深い眠りに落ちたようで、広い胸が大きく上下している。彼女はふとグンナーのことを考えた。今ごろひとりで寝ているのだろうか。小さな村のことだから、彼が誰かと寝たならばすぐに知れるだろう。コラは身を起こすと、音をたてずに衣服をかき集め、キャンドルの弱々しい光の中で身に着けた。帰る前に火を吹き消しておく。振り返ることなく、彼女はデンの家をあとにした。

コラは暗い夜道を川のほうまでそぞろ歩いた。なだらかな丘や木々の上に複数の月がかかっている。この場所の静かな美しさは大のお気に入りだ。オーガズムを味わった身体はゆるやかにほどけ、満たされていた。涼しいそよ風で胸や背中の汗が引いていく。絶え間なく聞こえるせせらぎもリラックスさせてくれる。彼女がこの村に来て以来一度として何かを要求してきたことのないハーゲンとの共同生活も楽しい。彼と暮らす家に入る前に物干しロープからぼろ布を取り、バケツの冷たく澄んだ水にひたした。肌に残る汗とデンのにおいをぬぐう。ハーゲンを起こさないよう、コラはできるだけ足音を忍ばせて家に入った。彼はベッドの上でまだ起きており、ランプの光を頼りに本を読んでいた。ベッドに向かうコラをじっと見つめてくる。彼女はベッドに腰を下ろし、ブーツを脱いだ。

「デンはいいやつだ」ハーゲンが言った。

「もう寝てると思ったのに」

「あの男は村一番の狩人であり、誠実な友人だ。おまえさんはずっと長続きする関係について考えたことがあるか？　やつはそうした関係を進んで受け入れるぞ。わしはやつから直接聞いたからな」

コラはハーゲンを見た。「わたしたちはこれが気楽なの。それ以上の関係になる必要がある？」

老人の目は穏やかさをたたえ、いつものように誠実さを映している。「それは単に……そうだな、おまえさんにとってそれが正式にこの共同体の一員になるための最後の一歩だからさ。言っておくが、今はもうここがおまえさんの故郷なんだぞ」

ハーゲンがよかれと思って言っているのは十分にわかる。彼には意地の悪さなどかけらもない。「それが本当であってほしいけど」

ハーゲンが訴えかけるような目で見つめてくる。「コラ、結婚して子どもを持つことは安定をもたらしてくれる。おまえさんはそれを望んでると思うんだ。それはここにあるんだよ」

コラは自分のベッドの端に腰かけたまま、たたんで置いてあるナイトシャツを持ち上げて鼻に近づけた。かすかにブラックブロッサムとうららかな春の日のそよ風のにおいがする。ハーゲンはこの家にコラを連れ帰った日から、気前よくなんでも提供し、壊れた身体を看病して生き返らせてくれた。魂を救ってくれたのだ。

「ここで暮らしたふたつの季節は、わたしに幸せをもたらしてくれた……わたしなんかにふさわしくないくらい。だけど、わかってほしい。わたしは戦争の子どもなんだ。本気で愛するとか、愛されるとか……そんなことが自分にできるのかわからない」

「そんなこと言うな。みんなおまえさんが好きだし、信用してる。それは感じてるはずだ。ここをわが家だと思っていいんだぞ。わしの愛するリヴも生きておったら、今はちょうどおまえさんぐらいの年ごろで、あの子の母親もおまえさんを娘同然にかわいがってただろうよ。あの子が残していったものをおまえさんが使ってくれて、わしはうれしいんだよ。何ひとつ処分する気になれなかったから」

コラはベッドのあいだにある仕切り布に近づき、ナイトシャツに着替えた。「愛とか、家族とか、まさにそういう考えをわたしは身体からたたき出された。愛とは弱さだ、と教えこまれたの。だから……そんな自分がどうやって変われるのか、わたしにはわからない」

「それはちがう。わしはおまえさんが変わるのをこの目で見てきた。この村に来たときのおまえさんとはもうちがうんだ。人は変わらないと言われるが、そんなばかなことがあるものか。変わるのが人間なんだよ。それも絶え間なくな。おまえさんにもわかる日が来るといいんだが」

コラは目を上げ、思いやりにあふれるハーゲンの顔を見た。

ハーゲンが穏やかながら断固として言った。「戦争はおまえさんにたまたま降りかかってきたにすぎん。おまえさんと戦争は別ものなんだ。だが、内心の恐怖は克服せねばならんぞ、戦士のように勇敢にな」彼はこぶしを胸に当てた。コラは気持ちがやわらぎ、娘が父親に向けるような笑みを見せた。ハーゲンの言葉には心がこもっており、口調にもそれがにじみ出ていた。

「ありがとう。さあ、もう眠って。邪魔してごめんなさい」

ハーゲンがじっと目を合わせてくる。「さっきの話だが、考えてみると約束してくれるか?」

コラはうなずいた。「さあ、少し休んだほうがいいよ」

「そうだな」ハーゲンが小さなテーブルに身を乗り出し、ランプの火を消した。コラは黒いカーテンを引いて閉めた。

ベッドに横たわりながらコラは考えた。もしもデンがあのすばらしいセックス以上の深い関係――

たとえば子どもを持つとか？――を望んでいるとしたら、彼をベッドにひとり置いて出てきたことを冷たい仕打ちだと思わないでほしい。コラが過去の事実をすべて打ち明けないかぎり、彼はこの傷の深さを理解できないだろう。お尋ね者の女と暮らす家族が送る人生とはいったいどんなものなのか。コラの心は今も粉々に砕け散っていて、子どもに必要な類（たぐい）の愛など持てそうになかった。

第三章

コラは早起きし、早朝からせわしく働く村人たちに加わるために、ハーゲンを起こさずに家を出た。今日は種蒔(ま)き作業なので、ハーゲンはあとから参加することになっている。コラは石造りの大きな穀物倉でサムという若い女性といっしょに仕事を始めた。サムはまだ決まった相手がいないが、じきに十八歳になるので、そのうちそんな噂(うわさ)も出るだろう。麦わら色の髪と青い目を持つ彼女は聡明でかわいらしいが、その外見以上に善良な心と、まだ少女の無邪気さを失っていない軽やかな魂の持ち主だった。

グンナーが穀物倉の扉のそばに立って種の入った袋の数を確認し、中身を村人たちに分配していた。彼は村に十分な量を確保できるようにいつも綿密な記録を取っている。コラがエプロンを広げて種を受け取ると、彼が目を合わせてきた。ふたりはたがいに動きを止めた。コラは彼にほほ笑みかけ、畑に向かった。デンとの夜のことをもう知られているだろうか。

グンナーの姿を見ていると、彼女は胸がちくりと痛んだ。この小さな村ではふたりの男とつき合うことなどできない。だが、コラの中にはそうした衝動が少なからずあった。このヴェルトでなら、バリサリウスとインペリアムの軍歴によって奪われた人生をようやく取り戻すことができるのだから。

彼女に続いてサムが穀物倉から出てきた。畑にはすでに数十人の村人たちが出ていて、朝露に濡(ぬ)れた耕作地に種を蒔いていた。コラも同じ作業を始め、そこにサムが加わった。サムが軽くひじでつつき、いたずらっぽい笑みを向けてきた。「ゆうべ集会所を早く出たでしょ？　疲れてたの？」

コラは顔を上げず、ひとつかみの種を手に取った。にやにや笑いを浮かべまいとしたがうまくいかなかった。「そうよ。早寝しようと思ってたから」

サムが片手を腰に当て、冷やかすように見つめてくる。「てっきりあなたも豊穣の捧げものをしてるのかと思ったわ。だって、わたしの家に帰るにはデンの家の前を通らなくちゃいけないけれど、中からそういう音が聞こえてたもの。あんなに大きな声だったら、この畑の種も全部芽が出るわ」

コラは無表情を装いつつも目は合わさないでおいた。「サム、いったいなんの話？」

「わかってるくせに」サムが無邪気に言う。

「あなたはどうなの、サム？」

若い彼女は首を振った。「わたしの相手はこの村じゃ見つからないと思う。自分とは全然ちがうタイプがいいけど、ほかのみんなとちがって家族がいないのがどういうことかをわかってくれる人がいいな」サムはそこで言葉を切り、腕を組んだ。「その相手はたぶん空から降ってくるかもしれない」

コラは笑った。「わたしみたいなよそ者がもうひとり増えてほしいわけ？」ふざけて種をいくつかぶつけると、サムもぶつけ返そうと種をつかみ取ったが、その視線がコラから空へと動いた。声もなく口をぽかんと開ける。サムの様子が急変するのを見て、コラの顔から笑みが消えた。肩ごしに空を見ると、サムの目を引いたものがわかった。たちまちエプロンをつかんでいた手が離れ、包んでいた種がブーツや地面にばらまかれた。

肥沃な丘を越えた地平線の彼方に一隻の巨大宇宙戦艦が浮かび、大気圏に突入してくるところだった。コラは即座にその艦を認識し、恐怖で身体が締めつけられた。頭の中ではウラキの群れが暴走するようにさまざまな思いが駆けめぐった。狼狽(ろうばい)しながら畑を見回すと、ほかの村人たちは興味深そうに艦を遠く眺めている。自分たちの世界にどんな地獄が入りこんできたのか、誰ひとり理解していないのだ。

「まずい……」コラはそうつぶやくと身をひるがえし、村落のほうへ走った。にわかに高まる心拍を鼓膜に感じながら懸命に腕を振る。顔にかぶさる髪が目や口を打っても気にしない。村落と農耕地を隔てる川にかかる石橋を飛ぶように渡る。目前に迫ってきた集会所の隣には、高さ二メートル近い砲弾の形をした大きな鐘が、村の発祥地から切り出されて石にはめこまれた木に吊(つ)り下がっている。今いる村人たちが生まれたときからそこにある鐘は、表面がルーン文字と村の風景で彩られていた。

コラは木製の架台に飛びつくと、重いハンマーをもぎ取るようにつかんだ。歯を食いしばってうなり声を上げながら、全身の筋肉をしならせてハンマーを鐘にたたきつける。残響が耳をつんざくのもかまわず、何度も何度も打ち鳴らした。昨夜の疲れで眠そうな目をしたシンドリが集会所からよろめき出てきたので、コラはハンマーを地面に放り出し、しびれている指で空を指し示した。シンドリの視線が彼女の指先を追う。たちまち村長は啞然(あぜん)とした顔で後ずさった。「あの連中は何をしに来たんだろう？」

コラは頭皮から汗が流れ落ちるのを感じた。涙が流れ落ちるよりましだ。なぜならあの連中は涙や痛みにはなんの反応も示さないから。彼女は頭をさっと振り、息を整えてシンドリの問いに答えた。

「すべてを奪いに来たの」

シンドリにはもはや昨夜のような威勢はなく、まるで迷い子のように見えた。彼が村長の座にあるのは勝ち取ったからでも、自分がその地位にふさわしいと証明したからでもない。叔父である前任者から後継に指名されたからだ。この村は武力衝突など経験したことがない。少しの不満ならこの村は受け入れてきた。「どうすればいい？」

「年寄りとおとなたちを集めて。みんなでひとところに固まるの」

シンドリがうなずき、畑のほうへ走っていった。コラはふたたび戦艦を見やった。なじみのある憎悪が腹の底で泡立った。全身の疲労が敵意へと変わっていく。宇宙は無限のはずなのに、彼らはそれを非常に狭く感じさせ、どこにも逃げ場がないように思わせる。ここへ来た目的が彼女であろうが、ほかの理由であろうが、関係ない。彼らの艦がこの星の軌道を回ったり、着陸すること自体が災厄なのだ。彼らがこの村や、戦う道具すら持たない人びとに何を求めているのか、コラには見当もつかなかった。

集会所内では昨夜の喧噪が再燃していた。だが、それは陽気な祝宴ではない。村人たちが不安から次々に疑問をぶつけ合っているのだ。コラは一番後ろで腕を組んで立ち、無言で見守っていた。正面にはシンドリとグンナーが立ち、たがいに険しい視線を向け合いながら五つの会話を同時に聞き取ろうとしている。顔を真っ赤にしたシンドリが手を後ろに組んで輪を描くように歩きながら言った。

「グンナー、あれがもたらす利益の可能性などどうでもよい。われらの空を脅かす戦艦がよいものであるわけがない」

グンナーはいらだちを隠そうともせず、シンドリに目を見すえた。

「そこがあんたの悪いところなんだ。あんたはいつだって怖がることから始める」

ウラキの飼育農家であるグレタが咳払い（せきばらい）をし、騒がしさを圧倒する大声で言った。「彼らが話し合いに降りてくるんだとしたら、少なくとも向こうの意図を確かめるために話を聞くことはできるでしょ」

グレタの意見を聞いて村人たちがそこかしこでつぶやきを交わし合う。

その機をとらえ、グンナーが自分の主張を推し進めようと聴衆のほうを向いた。「確かにそうだ！　マザーワールドには潤沢な資金がある。低空軌道にいるあの友人たちは、かなりいい値をつけてくれるかもしれない。ぼくたちの穀物を誰に売りつけてるかわからないプロヴィデンスの無慈悲な連中よりはずっとましだよ」

大勢が賛同の意見を口にした。シンドリが目をすがめ、場の空気を無視した。「あんたがあの戦艦の敵対者に余剰穀物を売ってきたことぐらい、みんな知ってるぞ。去年の余剰分がどこへ消えたのか知ったら、戦艦の連中は果たしてなんと言うかな」

グンナーは表情を変えず自分の立場に固執した。「ぼくは革命派でもなんでもない。最高値をつけてくれた相手に売っただけだ。ぼくは彼らの主義主張に関心なんかない」

シンドリも容易に降参しない。「ことは明白だ」

グンナーは食い入るように目と耳を向けてくる旧知の村人たちを見渡した。その目が一瞬やわらいだ。「シンドリ、ぼくはどちらか一方に味方する気はない。ぼくはこの共同体の味方だ。この村にだけ忠誠をつくしてる。ぼくが言いたいのは、彼らに対してまずは恐怖じゃなくて友好を示そうってことなんだ。ぼくたちが敵ではなくてパートナーだってことを伝えるんだよ」

コラは議論のあいだずっと唇を結び、腕を組んでいた。だが、もう黙っていられなくなった。村人たちを責めることはできない。自分たちの頭上に雷雨のように迫っている脅威が無差別破壊をもたらすことを誰ひとりわかっていないのだから。彼女は人垣をかき分けて前に出た。途中でデンと目があった。彼はひとつうなずいただけで、制止しようとしなかった。

「グンナー、今〝パートナー〟と言った？」

「ぼくは……言ったさ。それが何か問題なのか？」

コラはシンドリとグンナーのあいだに立って村人たちと向き合った。「あの戦艦は繁栄の象徴なんかじゃない。やつらの目的は破壊と支配と奴隷化。やつらに〝協力関係〟なんて言葉はないの。向こうが要求してきたものは素直に与えること。ただし、この土地がどれだけ豊かであるか自分から知らせてはだめ。あとは、グンナーが去年の穀物を売った相手を詳しく調べられる前に立ち去ってくれるのを祈るしかない」

「そうだな」グンナーはそう言いながら、コラの言葉を個人攻撃と受け取ったかのように暗い顔になった。集会所の中は静まり返った。シンドリの表情が石のように固まり、それを見たグンナーがあわてた様子で口を開いた。「シンドリ、できることなら……」

「話はわかった。自分たちからは余計なことを教えない。それでいいんだな？」村長が言った。

コラはふたたびグンナーを見た。話しかけようと口を開きかけたとき、集会所の入口からエルジュンという十歳の少年が駆けこんできた。少年は顔を紅潮させ、息を弾ませながら言った。「来るよ！　やつらが来る！　こっちに来るよ！」

コラ、シンドリ、グンナーの三人は顔を見合わせ、急いで出口に向かった。コラがエルジュンの前で足を止めると、少年は無邪気な目を丸くして見上げてきた。彼女は少年の頬に手を伸ばしかけ、すぐに引っこめた。「身を隠して。両親の声があなたを呼ぶまでは絶対に出てきちゃだめ。たとえ安全に思えても」少年がうなずいて走り去る。遠くから降下艇の接近音が聞こえる。彼女は村落の中を歩いていった。

飛来した三隻の降下艇の機体に陽光と赤色巨星マーラの光が反射し、村人たちはまぶしさに目をすがめた。次に何が起こるか、コラは見なくてもわかった。降下艇は種を蒔いたばかりの畑の真ん中に着陸した。種まじりの土が風圧で四方に飛び散った。ほんの短い間があってから三隻でそれぞれ扉が開き、長い金属タラップが耕作地の上に伸ばされた。

将校帽を目深にかぶり、一点の汚れも疵（きず）もないぴかぴかのブーツを履いた男がタラップを下りてきた。彼と同様に服装に一分の隙もないものの装飾が少ない制服を着たもうひとりの男をともなっている。そのあとに続く長いローブ姿の六人は仮面で顔をおおっており、おそらくある種の教派に属する者たちにちがいない。大挙して降りてきた兵士たちはインペリアムの軽量アーマーと汚れた縞柄（しまがら）ズボンを着用し、村人たちが手にしたこともない武器を携行している。そんな必要などまったくないというのに。

シンドリとグンナーが石橋を渡り、相手のリーダーを半ば迎えるように歩み出た。シンドリがありったけのカリスマ的魅力をかき集めて言った。「こんにちは、わたしはシンドリ。この村の父です。ようこそいらっしゃった」

降下艇から降りた男が胸に片手を当てた。「わたしはアティカス・ノーブル提督。〝討たれし王〟の忠実なる代理人である」

ノーブルがシンドリに両腕を回し、まだら沼ヘビのようにきつく抱きしめた。シンドリがためらいがちに抱擁を返したが、はるかに弱々しかった。ノーブルのすぐ後ろには副官とおぼしき男が立っている。神官でもなければ正規兵でもない。従順に身動きもせずに沈黙している姿はまるで像のようだ。シンドリは後方の兵士たちが武器をかまえて村人たちに冷たい視線を送っているのを見た。ノーブルはシンドリから身を離したが、その両手は指が肉に食いこむほどきつく村長の肩をつかんでいる。広大な畑と村落を見渡したノーブルの口元に、会ったばかりにしては友好的すぎると思われる大きな笑みが浮かんだ。

「このたいへん美しい村の父として、村のことをいろいろと教えてほしい。わたしは何もかも知りたいのだ」

シンドリはちらっとコラを振り返ってから、ノーブルに視線を戻した。

「集会所までご同行願いましょう。エールでも召し上がっていただきながら、村の暮らしについてお話しします」

ノーブルはシンドリから手を離し、小さくうなずいた。「ああ、それはすばらしい。ぜひとも案内

してもらおう。素朴でうまいエールはもう長いあいだ飲んでいない。会合にはカシウスも加わる。ほかの者たちもついてこい」彼が後ろの副官を指さす。カシウスは何も言わず、すべてをじっと観察していた。

シンドリは対面の様子を黙って見ている村人たちを振り向いた。彼らは集会所へと歩きだしたシンドリとノーブルに道を空けた。カシウスがふたりのすぐ後ろについていく。会話を残らず聞き取れるほどの近さだった。その目はすべてをとらえていた。村人の人垣の中にいるコラは、ノーブルの話を盗み聞きしようとできるだけ近づきながら追いかけた。ノーブルが彼女の視線を一瞬とらえたが、すぐに目をそらした。進んでいく一団の頭上では、村にジグザグに張られた紐に取りつけられた四角い小さな布がそよ風に吹かれて揺れている。

「われらは素朴な生活を送っています。共同体を愛する心に誇りを持っており、どうにか生きていけるよう懸命に仕事をしているのです」シンドリが落ち着いた口調で言った。

ノーブルは歩きながら村人や家屋の観察に余念がない。彼は集会所から遠くない家畜囲いにつながれている三頭のたくましいウラキに目をとめた。三頭とも餌や飲み水の桶に鼻面を突っこんでいる。

「なるほど、村の者たちは健康そうで、食糧にも不自由していないようだ。この豊かさは村の長による功績が大きいのだろうな」

村長はかぶりを振った。「われらは共同体です。誰かひとりの手柄ではありません」

「ああ、確かに順調なときは手柄を分かち合うものだ。しかし、商店の棚が空であるとき、その責任がどこに生じるかは承知しているだろうな」

シンドリは集会所に入ったところで足を止め、ノーブルと向き合った。「指導する立場の者ではないかと」

ノーブルが革手袋をはめた手をたたき、唇をすぼめた。「つまり、あなたは……子どもたちを食べさせる必要性について、父のようにその気持ちを理解しているのだな？　実はここへ来たのは、この星系に身を隠している革命派の小さな集団を捜索するに当たって、この村と村人たちに協力を期待してのことなのだ。わたしは、わが司令官である執権バリサリウスから、連中を見つけて正義を行使せよと命じられている」

「われらはしがない農民、マザーワールドの政治についてはとんとわかりませんで」

「それでも役には立てる」

シンドリはどう答えてよいかわからない様子で、集会所の前に集まった人びとを見た。シンドリをじっと見つめるノーブルの目は、捕食者のそれだった。片手を村長の肩に置くと、ぎゅっと力をこめた。

「われわれが探している反逆者たちは、当方の補給港を相次いで攻撃した。集団を率いているのはデヴラ・ブラッドアックスという女とそのきょうだいダリアン・ブラッドアックス。彼らは必ず捕獲される。しかしながら予想以上に時間がかかり、正直なところ艦内の備蓄が底をつこうとしている。知ってのとおり、腹を満たさねば動ける兵も動けない。そちらと協力関係を結び、われわれに食糧を供給してもらおうと考えてきたのだ。むろん余剰分でかまわない。その代わり埋め合わせと言ってはなんだが……市場価格の三倍を支払うということでどうだろうか？　それだけの大きな臨時収入があれば何台もの収穫機械やロボットを買うことができ、手を使うきつい仕事をせずにすむぞ」

「この手を使うことによって、われらは大地と絆（きずな）を結び、命をもたらす神聖な畑に敬意を払えるのだと信じています」シンドリは熱心すぎたり冷淡すぎたり思われないよう努めているが、笑みを浮かべようとする唇がこわばっていた。

　ノーブルは肩をつかんでいた手を離すと、手のひらで村人たちを示した。「マザーワールドの敵を根絶するという重要な任務において、自分たちがかけがえのない役割を果たしていると知れば、そこには常に心の平安がある」

　シンドリは目をすがめ、群衆の中をすばやくうかがった。コラは腕を組み、顔をうつむけていた。首をかすかに横に振ってみせる。レルムは狡猾（こうかつ）な方法を用いて犠牲者たちにすべてうまくいくと信じこませてきたのだ。

「まことにありがたい申し出です」

「そのとおり」

「ただ、提供できる余剰分があればいいのですが。ごらんのとおり、ここは岩の多い土地柄なので、かろうじて自分たちが食べる量しか生産できません。というわけで本当に心苦しいのですが、この件はお断りせねばなりますまい。とはいえ、これほど強力で善意ある庇護者（ひごしゃ）に来ていただき、感謝しております」

　ノーブルは無言で周囲を見た。どちらを向いても豊作をもたらしそうな畑がどこまでも広がっている。ノーブルの顔から苦々しげな表情がにわかに消え、シンドリに向き直ったときには柔らかい笑みを浮かべていた。「ほう。余剰がないだと？　少しもか？　なるほど。しかし、ここの土地はいかにも豊かに見える。この広さなら村の人口分よりも多い収穫がありそうだ」

「確かに見た目はそうかもしれません。ですが、作付面積の広さは土地が痩せている証拠なのです。しかも厳しい冬のせいで農作期間が長くありません。それより、ごいっしょにエールはいかがでしょう？」

ノーブルが村人をひとりひとり見た。「言葉を返すようだが……この美しい村人たちを見ていると、この輝くばかりの顔色が不毛の土地で育まれたとはとても想像できない。さて……この中で収穫を管理している者は誰だ？　ほかの誰よりも畑仕事の才能に恵まれた者がいるはずだ。誰かいないか？」

誰も答えようとしないが、数人の目が引き寄せられるようにグンナーのほうを向いた。ノーブルもすぐにそちらを見やり、指先に相手を壁に押しつける力があるかのようにグンナーを指さした。

「おまえか？」

村人たちがグンナーを見つめたまま少し遠巻きになった。グンナーはわずかに顔を上げ、ノーブルをまっすぐ見返した。「そうです。ぼくです」

「そうか」

「はい、ぼくが……収穫を管理してます」

ノーブルが近くに寄るよう合図する。「みながおまえに信頼を置いているなら、わたしもそうすることにしよう。わたしはただ理解しようとしているだけだ、この土地の生産量に関してわたしが誤っているという理由を」

グンナーはシンドリに視線を向けられなかった。「はい、あの、シンドリは……この村の愛すべき父は、いつも村の暮らしぶりに目を配っていて、いつ来るかわからない飢饉や干ばつに備えて備蓄をするよう主張してます。もちろん、それが長の責任です。でも……でも、ここ数年は運よく豊作続きで、ぼくたちが備蓄できる以上の余剰があります。だから、ひょっとすると多少は分けられるかもしれません。もちろん、そちらが必要とする量によりますが」

ノーブルが半ば笑うように唇をゆがめ、シンドリに目を向けた。「ふむ、よし、よし。いくらか蓄えておくのは賢明ではないか、村の父よ。だが、わたしはとまどいを感じている。解せないのは、なぜこの土地の収穫が人口分ぎりぎりだと、わたしに信じさせねばならないかだ。それがまったくの真実とは言えないようなのに」

グンナーがノーブルに近づき、あわてて手を振りながら言う。「いや、待ってくれ、ちがうんだ。提督、誰もあなたをあざむこうなんて思ってない。シンドリは備蓄に関してぼくよりも少し保守的な意見を持ってるだけなんです。でも、ぼくたちはふたりとも協力関係にはすごく興味を持ってます。どうかぼくたちが現実にどれだけのものを供給できるかに目を向けてください」

ノーブルがシンドリのほうに首を回す。「村の父よ、この男は何者だ?」

グンナーがそれに答えようとして口ごもる。「えっと、ぼくは……ぼくの……」

シンドリが頬を紅潮させ、荒々しい口調で言った。「彼は何者でもない。村人たちから代弁する権利を与えられてきたのはわたしです。この男にはなんの権限もない。あなたも彼を無視するのが賢明でしょう」

ノーブルが群衆を見渡した。その場の緊張によって村人たちは身動きもせず、声もたてない。「なるほど……亀裂か。最初に感じたのどかな共同体とはほど遠いな」

コラは口の中で悪態をつきながら三人のほうへ近づいていった。シンドリの妻がエールの用意がしてあるテーブルに歩み寄り、ノーブルに差し出すためのゴブレットにエールを注ぎ始める。

「村の父よ、ひとつ忠告しよう。立場をわきまえるべき下位の人間に対するとき、人は利害関係を見失うものだから、権力を持つ者が持たぬ者をどのように扱うかを丁寧に思い出させてやらねばならん」

コラは神官たちがいっせいにノーブルのほうへ動きだしたのに気づいた。カシウスは一片の感情もあらわさずに眺めている。神官たちがまるでカシウスを避けるように距離をおいて横を通りすぎた。そのひとりが金メッキされた特大の大腿骨(だいたいこつ)を手に持っている。コラは不安な思いでグンナーのほうを見た。笏(しゃく)を持つ神官がノーブルの隣に立つと、それを差し出した。ノーブルは両手で笏を受け取ると、にやりと笑った。

「つまり、こういうことだ」

ノーブルを見つめていたシンドリの頭に笏が振り下ろされた。笏の先がまっすぐ突き刺さって額がぱっくりと裂け、シンドリは群衆のほうへ倒れた。すぐそばにいた村人たちに血が飛んだ。倒れたシンドリの頭蓋骨をノーブルが殴り続けるあいだ、村人たちは息を呑(の)んだが、誰ひとり身動きすらできない。ノーブルは顔をゆがめて鋭い息を吐きながら、ありったけの力で笏を振り下ろした。シンドリの妻が夫の名前を叫びながら人びとをかき分けて駆け寄ろうとした。そのとき、村では聞いたことのない大きな音がして、彼女の悲嘆に終止符が打たれた。神官たちの後ろにいたクリプト人の護衛官のひとりがオラクル鋼の剣で彼女の背中を真横に切り裂いたのだ。青い熱の一閃で彼女の命は奪われた。妻の遺体はシンドリの隣に倒れこんだ。ふたりから流れ出た血が混じり合い、地面に血だまりを作った。

ノーブルが村人たちを見た。「ほかにいないか?」彼の死んだような目は、誰でもかまわない、と語っていた。この村の血筋をすべて絶やすことは村人たちを赦すことと同じくらい合理的で、ただ少し面倒だというだけのことなのだ。静寂が満ちる中、ノーブルが血に染まった笏でグンナーを指し示した。「おまえ」

グンナーは呆気にとられた表情でシンドリ夫妻の遺体を見下ろしていた。顔をゆっくりと上げる。

「なんてことを……」

「わが収穫を受け取れるのはいつだ?」ノーブルが問いつめた。

「そんな……まだ……」

ノーブルが一歩近づき、グンナーの顎の下に笏を当てた。白いコットンの粗末なチュニックにシンドリの血が付着した。「わたしはこう尋ねたのだ。わが収穫を受け取れるのはいつだ、と」

グンナーはコラを見やった。彼女は全身の筋肉を弓の弦のようにぴんと張りつめて立っていた。彼が目を伏せて答えた。「あの、あの、九……九週間後に」

ノーブルはグンナーから笏を離してうなずくと、快活な笑みを浮かべた。あたかもそこに死体などなく、笏も血で汚れておらず、ブーツに頭蓋骨の破片など付着していないかのような笑みだった。

「けっこう。それでは十週間後に戻ってくることとしよう。わたしの艦に一万ブッシェル分を積めるよう準備しておいてくれ。わたしが探しているお尋ね者が前の季節にこの星に滞在し、誰かが彼らに数千ブッシェルを売ったことはわかっている。おまえたちの嘘が村の父とともに死んだのであればよいが」

村人たちがひそひそと言葉を交わし始めた。ノーブルは彼らを気にもとめずに制服についた血をぬぐうと、笏を神官のひとりに手渡した。神官が深い一礼とともに受け取る。

ノーブルが群衆のほうを向き、一同に聞こえるように大声で告げた。「また、おまえたちが取引の条件を確実に守るよう、人員と武器を残していく。くれぐれも彼らの扱いは丁重にな」

グンナーがようやく自分を取り戻したように口を開いた。「一万二千……ぼくたちに作れるのはせいぜい一万二千ブッシェルなのに、一万も取られたら飢え死にしてしまう。どれだけ要求すれば気がすむんだ？」

表情を微塵（みじん）も変えずにノーブルがグンナーに一歩近づき、目を合わせた。「単純なこと。わたしはすべてを要求する」

ノーブルは村人たちには目もくれずにグンナーの横を通りすぎた。カシウスがグンナーに険しい一瞥（いちべつ）をくれてから、ノーブルのあとについて降下艇に戻っていった。そのあとに続く神官たちが低い声で歌いだし、やがて異国の詠唱となってあたりに響いた。神官のひとりがシンドリの口の中に金属プライヤーを差し入れ、一本の歯を引き抜いた。それをイッサ王女の肖像を取り囲む歯のモザイクの中に加えた。

彼らの姿が見えなくなると、村人たちの慟哭（どうこく）が大きく響いた。膝から崩れ落ちる者たちもいれば、

死んだ村長夫妻を囲む者たちもいる。グンナーとコラだけが身じろぎもせず、たがいにじっと見つめ合った。コラは憐(あわ)れみを隠しもせずに近づこうとしたが、グンナーのほうはかぶりを振り、制止の手を挙げた。コラは「だから言ったでしょ」などと傷に塩をすりこむ言葉をかける気はなかった。彼が少し時間を必要としていることはわかっている。それがふたりで分かち合えない時間だとしても。グンナーは集会所に背を向け、たったひとりで立ち去った。

降下艇が上空の戦艦〈王のまなざし(キングズゲイズ)〉に向けて飛び立ったとき、小さな竜巻が起こって土が空中に舞い上がった。あとにはインペリアム軍の兵士たちが残された。かたわらにはノーブルが戻ってくるまで十週間のあいだ宿営するのに必要な物資が入った大きな金属製クレートがいくつも並んでいる。最年長兵であるファウヌスが周囲の状況を確認した。五十代の彼はインペリアム軍の伝統的な髪型にならい、黒い髪を短く刈って額のあたりで水平に切りそろえている。彼が穀物倉に目をとめた。「いいか、よく聞け。装備品をあのでかい石の建物に運ぶぞ。差し当たりあそこがちょうどよさそうだ。マーカス、いっしょに来い。今いる住人を立ち退(の)かせる。いいな?」

「了解、ボス」金髪で青い目をしたマーカスが答えた。

ほかの兵士たちが命令にしたがって動き始めたが、その中の若いひとりだけがぐずぐずしていた。ファウヌスが眉間にしわを寄せた。「おまえもだ、アリス。特別扱いはしないぞ」

ファウヌスとマーカスが穀物倉のほうへ歩きだし、アリスは積まれたクレートの列に歩み寄った。一番大きな箱がまだ残っている。彼は興味を引かれて箱の表面を見た。パネルとレバーが付属し、パネルには古代文字が刻まれている。周囲をうかがってから、レバーに指をからめて引き下ろしてみた。中から機械音が聞こえ、カチンと音がした。金属製クレートの中央があくびをするように口を開けたので、アリスは数歩さがった。箱の中で人影が立ち上がるのを見たとたん、アリスは子どものように目を輝かせた。「バトルロボットだ」と思わずつぶやく。

ロボットには顔の造作がなく、前面のプレートに付属している十四個の小さな円形のうち目の位置にあるふたつだけがクエーサーのように光っている。首から下は兵士と同色のアーマーによって人間の基本的な骨格が構成されている。金属の外観はクレートのパネルに書かれていたのと同じ古代王国の文字で装飾され、胸部の中央には円の中に線画で描かれた聖なる杯が見える。ロボットの頭部がアリスのほうを向いた。抑揚のない声がしゃべりだす。「わたしはＪＣ１４３５、機械ミリタリウム所属、王を、もとい、討たれし王をお守りする者。お仕えできて光栄です」

アリスは無邪気な驚きでロボットを見た。「ぼくはアリス二等兵。この物資をあの建物まで運ぶんだけど、手伝ってもらえるか？」

「ありがとうございます、アリス二等兵。その仕事はプロトコルに該当します」

ロボットはクレートの中から歩み出ると、作業を開始した。彼がいることでアリスは孤独が少しやわらぐ気がした。訓練を終えてから六ヵ月間をともにすごした兵士たちよりも、一体のロボットのほうが友人としてはずっといい。

ファウヌスとマーカスは石橋の欄干にもたれ、畑で作業する村人たちや穀物倉の周囲で宿営の準備を進める兵士たちを眺めていた。ファウヌスが刻んだヘムピルの葉を骨パイプにつめたとき、水の入った水差しを持ったサムがふたりに近づいてきた。男たちは彼女の姿を舐めるように見た。彼女が何か言う前にマーカスが水差しを奪い取り、冷たい水をむさぼるように飲んだ。水が顔からシャツにこぼれ落ちた。彼の目がまだそこに立っているサムに止まった。「何をじろじろ見てんだ？」悪意を覗かせながら笑う。

彼らの粗野な態度にもかかわらず、サムは純真さと陽光で目がきらめいている。「ごめんなさい。お代わりの水がいるかと思って待ってるの」

「お代わりの水だと？」マーカスがげっぷをし、サムの足もとに唾を吐いた。彼女はそれ以上何か言われる前にそそくさと立ち去った。

ファウヌスは急ぎ足で遠ざかっていく彼女を目で追いながら、マーカスをひじでつついた。「ああいう娘はいいな。若くて、いい具合に抵抗する強さがあって。ヤるときは口の中に血を感じるぐらいがいい」

マーカスが笑ったが、急に驚いた顔で身を乗り出した。畑のほうを指さす。「ボス、あれを」そう言って胸をこぶしでたたいた。「上はおれたちに〝ジミー〟を一体置いてったんだ。あれはジミー・ロボットですよ。まだ残ってたなんて知らなかった」

ファウヌスもそちらを見て鼻に筋を寄せた。「おいおい、どういうこった？」

マーカスはロボットの姿に感嘆しているようだ。「あいつら、もう戦わないそうですよ、ボス」

ファウヌスは不審な顔でロボットを見やり、パイプに葉をつめた。「もう戦わない？　どういう意味だ？」

マーカスが底意地の悪そうな笑みを浮かべ、ライフル銃を持ち上げた。「プログラムがどうとかって。あいつら、王が殺されたら、ただ武器を下ろして戦闘を拒否したんです。見ててください。おれが何したって反撃してこないですから」ふたりはジミーのほうへ歩きだした。

ふたりから離れた場所で、アリスは〝ＪＣ１４３５〟というジミーとともにクレートを運んでいた。彼はジミーが抱えているクレートの上にさらにいくつか小さな箱を注意深く積み重ねた。「よし、気をつけて。あの橋までは地面が平らじゃないから」

「ありがとうございます、アリス二等兵。ですが、どうにかできると思います」ジミーが言った。

大きな音がとどろいた。突然の音に驚いたウラキがいななき、蹄を踏み鳴らす。歩いていたジミーが急に地面に倒れこみ、持っていた箱があたりにばらまかれた。マーカスとファウヌスが大声で笑い、倒れているジミーに駆け寄った。マーカスは銃の照準をロボットに合わせたままだ。

「おい！　荷物は気をつけて扱え、まぬけな機械め。スクラップにしちまうぞ。聞いてんのか？　聞いてねえな」ロボットは地面から起き上がらず、ふたりの兵士はそのまわりを歩いた。マーカスが至近距離でもう一発撃つと、ジミーのボディがぶざまに跳ね飛んでウラキの糞の山に突っこんだ。マーカスが耳ざわりな声で笑い、ウラキがまたしてもいなないた。

アリスは地面にすわりこんでいるジミーの前に飛び出した。「おい。やめろ！」

マーカスが銃口をアリスに向けた。「じゃあ、代わりにおまえを撃とうか？」

アリスはジミーの盾になりながらじっとしていた。村人たちが作業の手を止め、このにらみ合いの行方を見守っている。マーカスが引き金に指をかけてアリスに近づいた。

「今すぐ殺してやろうか。誰も気にしやしねえぞ」

「だったら、ぼくはここをどかなくても同じだな」アリスがひるまずにどこか悲しみをたたえた強さで言うと、マーカスが顎をこわばらせ、銃口をアリスの顎に突きつけると、人さし指を引き金にとんとんと当てた。

「そこまでだ」ファウヌスが怒鳴った。

「どうだ、死にたいか？」マーカスが銃の狙いをつけたまま言う。

「やってみろ」アリスが応じた。

「もうよせと言ってるんだ！」ファウヌスが言うと、マーカスがいらだたしげな視線を返してから銃を下ろした。村人たちとアリスが安堵（あんど）の息を同時に吐き出した。アリスがマーカスから目をそらすと、視線の先に事態を見守っていたサムの姿があった。ふたりの目があった。「今すぐクレートをあの建物に運べ、二等兵」ファウヌスが命じた。

ジミーの金属の関節がきしみ音をたてた。ファウヌスが見下ろし、損傷の程度を目視で調べた。

「おまえ、故障したのか？」

ジミーが立ち上がる。「いいえ」

「立ち上がったら、川に行ってこい。汚れをきれいにするんだ」ファウヌスが兵士と村人たちを見回した。「ぼやっと見てないで、仕事に戻れ」

ジミーが顔に相当するプレートに触れてから自分の両手を見た。首をひねり、指に付着した糞を視界に認めると、ひとつうなずいてから歩き去った。

「仕事に戻れ、まぬけども」マーカスがそう言ってライフルを村人たちに振ってみせた。

ファウヌスがその手から銃を奪い取った。「おまえもだ、マーカス」

アリスは小さなクレートをつかんでマーカスの手に押しつけた。マーカスは渋々ながら運搬の命令にしたがうほかなかった。

ジミーは兵士や村人たちから遠ざかり、川辺をぶらぶらと歩いた。ウラキやヴェルトの馬が放牧されていたので、それを観察した。ジミーが両手を差し伸べると、数頭のウラキが近寄ってきて、彼が身体に触れるのを許した。川沿いをさらに歩いていくと急に開けた場所に出て、そこから山々がきれいに見渡せた。彼は澄みきった川の穏やかな流れの中にゆっくりと足を踏み入れてみた。小さな川魚が彼の足首の関節をかすめて泳いでいった。ずっとここにいたい、とジミーは思考した。水の中を泳ぐ魚のように、土手に咲く花々の上や川面を飛び回る小さな昆虫のように自由になりたい、と。

ジミーは水を浴び、汚れの落ちたボディから水滴をしたたらせながら岸辺に上がると、腰を下ろした。太陽が山々を赤く染めながら沈んでいく。その赤みは頭上にずっと存在する赤色巨星によって強められていた。

「あの」小さな声が聞こえ、ジミーは平和な風景から目を動かした。そこにはタオルを手にした若い女性が立っており、見知らぬロボットに対してそれを差し出している。

ジミーは細やかな手つきでタオルを受け取った。「感謝します。どうもご親切に」彼は手と顔から水気をぬぐった。

女性が立ったまま彼を頭のてっぺんから足の先まで観察した。「あなたは兵士なの？」

ジミーはうなずいた。「遠い昔に」

ためらうようにエプロンの裾を触ってから、彼女が近づいた。「ここ、いいかしら。わたしはサム」

ジミーは手のひらを返して小さく動かした。「どうぞ」

サムが石の上にすわり、にっこりと笑った。ジミーの表情のない顔が横にかしぎ、小さな目が輝度を増した。

彼女のシルクのように柔らかい蜂蜜色の髪が、暖かい陽光に照らされて金糸のように輝く。地平線とキスする明るいオレンジ色の太陽と赤色巨星の光が水面に反射し、彼女の瞳をきらめかせた。

「おききします、サム。われらが〝討たれし王〟とその美しき娘であられるイッサ姫の話はご存じですか？」

サムが土手に生えた黄色い花と白い花を摘みながら首を横に振ると、まだ幼さの残る顔に髪がはらりと降りかかった。「知らないわ」

「そうですか。実はあなたを見ているとイッサ姫を思い出すのです。神話では、姫は〝聖なる杯〟もしくは〝救いし者〟と呼ばれていました。〝救い主の子〟だったのです。姫がお生まれになるずっと前から、わたしやわたしの同族たちは自分の全存在で、この金属の皮膚の中に宿るすべてで、姫の名のもとに戦うことを誓ってきました。それゆえ、遠い戦場にいたわたしたちに、神話で予言されたとおりに姫が生身の人間のもとに生を受けたという知らせが届いたとき、わたしは宇宙に対して大いなる真心を感じ、この子がわたしたちに命令する人びとの心を曇らせている戦争の狂気を止めてくれるだろうと信じました。姫が成長するにつれて、わたしのもとに噂が伝わってきました。姫はまさに予言された方であり、癒しの力を持っていると。そればかりか、かぎりないやさしさと年齢をはるかに超える叡智を備えているので、やがて新たな平和と慈愛の時代をもたらし、わたしたちを故郷に帰してくれるだろうと」

サムが人さし指を伸ばし、ジミーの胸に描かれた聖なる杯をなぞった。「すばらしい方なのね」

ジミーはふたたび川を見やった。「姫は魔法を超える存在でした。王というのは生身の人間であり、失敗も裏切りも犯します。しかし、神話は壊すことができない。不滅なのだと考えられていました。ところが姫の戴冠式の日、姫と誉れ高き王と王妃は、王家が最も信頼を寄せていた者たちの手で無惨にも暗殺されてしまいました。あの裏切り以降、わたしたちは名誉を失ってしまったのです。わたしたちの思いやりもやさしさも喜びも、あの若い姫とともに死んだのだと思います。悲劇が起きたまさにそのときまでずっと、わたしたち騎士団は姫から遠く離されていました。執権バリサリウスが影響力を持つにつれ、わたしたちが姫をお守りする力は弱まる一方でした。わたしたちに残されたのは、自分たちが造られた際に与えられた記憶だけ。わたしはマザーワールドについて知っているし、記憶がありますが、一度も行ったことがありません。わたしたちは任務を遂行するのに必要なもの以外、何ひとつ与えられなかったのです」

サムがジミーを見つめ、すっと立ち上がった。その手には黄色と白の花で編んだ冠があった。「そうしたものたちはあなたの中で生きてると思うわ。暗くなってきたから、もう家に帰らないと」

「そうですね。ご家族に心配をかけてはいけません」

サムがかぶりを振る。「家族はいないの。今はわたしひとりきり」彼女が花冠をジミーの頭にのせた。その指先がジミーの左の頬をそっとなでる。夕暮れの薄明かりの中で思いやり深いほほ笑みを浮かべると、サムは帰宅の途についた。ジミーは彼女の後ろ姿を見送りながら、彼女に触れられた部位に手を当ててみた。内なる何かが回路をスパークさせてほとばしるかのように、顔のプレートにあるライトがひとつ残らず赤く光った。兵士たちのいる宿営地には戻りたくなかった。これまでの自分は宿営地と戦場にしか存在してこなかった。今や大いなる自然が彼を呼んでいた。

集会所の騒がしさは言わば感情のカオスだった。おおいをかけられて部屋の中央に安置されたシンドリと妻の遺体にはみな敬意を払っているが、それ以上に熱い議論が戦わされていた。ウラキを飼育しているグレタがグンナーをにらみつけて指を突きつけた。「あんたのせいだからね、グンナー！」グンナーは首を横に振り、彼女の非難に満ちた視線を避けて顔をうつむけていた。とはいえ、部屋の中に黒煙のような重苦しさをもたらしているのは怒りではなく、村人たちの恐怖心だった。「やつらが村長夫妻を殺すなんても思いもしなかった。ぼくはあの穀物を公明正大に売っただけだ、ほかの買い手に対するのと同じように。ごまかしや政治的意図はこれっぽっちもない。マザーワールドのことなんか頭に浮かばなかった。村が繁栄することだけを考えてたんだ」グンナーは率直に答えているが、自信は感じられない。表情にも声にも身ぶりにもそれがあらわれている。グンナーはすっかり打ちひしがれていた。部屋中に新たな議論が持ち上がるのを、コラはじっと見守り、耳を傾けた。

「そんなことはどうでもいい。現に彼は死んだんだぞ」群衆の中で誰かが怒鳴った。

「全部あいつのせいだ」別の声が同調する。

「穀物倉にいる兵はどうするの？　次は別の家を取られるわよ」

「皆殺しにされるぞ」うろたえた声が叫んだ。

「待て、待て！　ちょっと待ってくれ」ほかの者たちよりも落ち着きと信頼感のある声が響いた。デンだ。「農作物を提供して、寛大な措置を求めるのはどうだろう。おれたちに価値があることを知らしめるんだ。そしたら殺すなんてできない。向こうだっておれたちが必要だろうから」

「わしらだって立ち上がって、戦えばいい！」ハーゲンが大声で言った。

たちまちいっせいに声が上がり、ぶつかり合った。次々に質問を投げつけてくる村人たちとデンが議論を始めた。

コラは大きく息を吸うと、誰の耳にも届くよう声を張り上げた。「それはだめ！　あなたたちは戦えない。やつらを相手にそれは無理。分別があるなら、持てるものだけ持ってここから逃げ出したほうがいい」

「あたしたちが懸命に生きて、働いて得てきたものを全部差し出せってこと？」グレタがきいた。

コラは引き下がらなかった。「そう、命以外の全部を。正直に言えば、あなたたちの何人かは、何をしたところで命も差し出すことになる」

エール醸造業のトーヴァルドがテーブルを力まかせにたたいた。「おれは村を出ていかんぞ！　受け継いだものを捨てたら、親父に殺されちまう。おれたちゃ、何代も前からここにいるんだ」

「あたしも出てくもんか！」ハンナが叫んだ。

デンが村人たちを見回してからコラに視線を戻した。「みんなのほうが正しい。おれたちにとって、この村がすべてなんだ。自分たちの歴史なんだよ。ここを離れてやつらに破壊されるわけにはいかない。その代わりに頭を下げて、穀物を提供し、やつらの情けにすがるのはどうだ？　おれたちがすごく役に立つことを示すんだ。そしたら、おれたちを殺すことはできないさ。やつらにはおれたちが必要なんだから」

「やつらに服従したら、あなたたちはあらゆる面で奴隷になってしまう」

グレタがコラに辛辣な目を向けた。「デンの言うとおりさ。あたしたちは農業が仕事で、とてもうまくやれる。やつらにはできない。腕のいいところを見せてやれば、あいつらもわたしたちの分け前を増やすしかない」

デンが彼女の意見にうなずく。「これで合意したか？　おれたちは畑仕事で戦うんだ」

コラは村人たちに取り囲まれ、ぽつんとひとり立たされていた。彼女はデンの肩に手をかけたが、肩を引かれ、手がそのまますべり落ちた。「じゃあ、好きにすればいい」

「畑仕事で戦う。それでいいな」

弱々しくも楽観的なつぶやきがそこかしこで交わされ、デンを支持した。ノーブルに人間らしい心がかけらもない可能性については、誰も口にしない。たとえ彼が人間性を持っていたとしても、それを見た者はひとりもいないのだ。今まで兵器や戦艦を目にしたこともなかった村人たちにとって、ノーブルの出現は本当に驚きだっただろう。彼のような男に会ったことがなかったから、その底知れぬ残酷さを理解する勇気もまだない。コラはすでに理解していた。だからこそ、デンの目をまっすぐ見られなかった。

「これで決まりだ」デンが告げる。「やつらにおれたちの価値を見せる。それで向こうは残す穀物量を再考せざるをえない。穀物倉にいる兵たちに訴えるんだ。彼らの情に訴えよう。彼らだってそんなにひどい連中じゃないだろ？」

コラはグンナーの前を通って集会所の出入口に向かった。彼はあれからずっと黙ったままでいる。通りすぎるとき彼と目があったが、たがいの顔にはとまどいと悲しみしかなかった。集会所から外に出ると、コラは空を見上げて自分に残された道について考えた。村を離れ、この星系から脱出する手段を探すことになりそうだ。駐留しているのは軍でなく数名の兵士だから、脱出はむずかしくないだろう。

コラはハーゲンの家の中央に立ち、部屋を見回した。荷物はほとんどないから、身軽な旅になるだろう。それでも、気持ちは苦い。悪循環の中に捕らわれている気がする。また別の移動、また別の仮住まい。二度と旅暮らしにならないと確信していたのに。安らぎや喜びというものは本当に存在するのだろうか。それとも、この人生では単に暗示されるだけのものなのか。彼女は荷造りを始めた。最初に手に取ったのは、ハーゲンがくれたナイトシャツだった。

耳になじんだ床のきしみが聞こえ、彼女は振り向いた。ハーゲンが戸口に立っていた。夕陽に照らされて輝く様子が天使のようだ。

「また逃げるのか？　おまえさんは逃げるのにうんざりしてるんだとばかり思ってたが」

「みんなの意見を聞いたでしょ。どうかしてる。目の前でシンドリを殺したやつらが情けをかけてくれるなんて、本気で信じてるんだから」

「あの船の残骸の中にいるおまえさんを見つけたとき、わしは置き去りにしようかと思った。おまえさんが何か災厄をもたらすかもしれんと恐れてな。だが、おまえさんをここの暮らしに招き入れたことを、わしは一瞬でも後悔したことがあるか？　いいや、一度もない。おまえさんはもうこの村の一部になったんだ。それなのに、一番いてほしいときに出ていこうとしとる。村のみんながおまえさんを必要としてるときに」

　コラの頰をひと粒の涙がつたった。それを手の甲でぬぐい、背を向ける。

「わたしにはできない……」

「できないのではなく、やろうとしないだけだ」ハーゲンが隣に来たので、コラは顔をそむけることも話をそらすこともできなかった。

　彼女は老人のマメだらけで節くれだった手を握った。「この村はすでに失われたも同然なの」

　ハーゲンが彼女の目を覗きこむ。「だが、それを変えることができるとしたら？　わしらが戦ったとしたら？　わしらだけでなく助っ人とともに」

「助っ人って誰のこと？　ほかの誰がここに来て戦ってくれると思う？」

「誰かだよ。マザーワールドが体現するものを心底嫌う理由のある誰か。コラ、おまえさんはいろんな星のことを知ってるはずだ、わしなんかよりずっとな。やつらが追ってる戦士やお尋ね者を見つけて、いっしょに戦ってもらうのはどうだ？」

コラは荷造りの手を止めてハーゲンと目を合わせた。「わたしがヴェルトのために戦ってくれる戦士を見つけたら、村のみんなに希望を与えられる。希望を与えたら、みんなは戦い、そしてまちがいなく敗れる。わたしはこの手で血を流させたくないし、村のみんなと同じように命を捨てる気はない。ごめんなさい、ハーゲン。あなたはわたしのことを買いかぶってる」彼女は革製サッチェルからナイトシャツを取り出してベッドに置くと、扉の外へ歩み出た。

ハーゲンが立ちつくしたまま言った。「買いかぶってなどおらんさ」

家畜舎までの短い道のりでは誰とも行き会わなかった。じきに死んでしまうかもしれない人たちに何度も事情を説明したり別れを告げたりするのは気が進まなかったので、ほっとした。朝になるずっと前に姿を消すつもりだ。ウラキの背に揺られながら、ここからはるか遠くまで行こう。インペリアムのいない土地なら、どこでもいい。鞍（くら）をのせるとウラキが干し草を蹴り上げ、鼻を鳴らした。ふいにどこからか叫び声が聞こえてきた。女の声だ。コラは一瞬動きを止めた。鞍を締める最後の紐に手をかけようとしたとき、また叫び声がした。今度は女と男。コラはぎゅっと目を閉じた。わたしにはもう関係ない。ちゃんと警告はしたのだ。出かけよう、今すぐ。誰にもなんの借りもない。

何かがぶつかる音と、さらに悲鳴が聞こえた。くそっ。コラはサッチェルを放り出し、家畜舎から飛び出した。夜の闇を透かすと、離れた場所に兵士二名とサムの姿が見える。コラは腹の底に怒りとしこりを感じた。走る向きを変え、一軒の家屋の後ろに隠れた。壁に背中をつけ、子ども時代に見た光景を忘れようと目を閉じた。そうした場面が当たり前に無視されてしまう軍事作戦の数々を忘れようと。だが、あそこにいるのはサムだ。友人なのだ。コラは後頭部を壁に押しつけ、冷たい石壁にこぶしを打ちつけた。選択の余地はない、もう出かけなければ。そのとき、切り株に突き立ったままの斧（おの）が目にとまった。

　夜の闇が太陽に取って代わろうと、暗い紺色の筋が空をおおい始めたころ、川から家に向かっていたサムは、穀物倉の横に差しかかった。そこにマーカスとファウヌスが立っており、食後のパイプを吸い終え、歯をせせっていた。

「おっと、あそこ」マーカスがファウヌスの注意を引いた。「よう、水のお嬢さん。こっち来いよ」午後から飲んでいたエールで目をとろんとさせたマーカスが呼びかけた。ふたりは村人に命じて貯蔵してあったエールの樽（たる）をほぼすべて穀物倉に運ばせ、夕食用の食糧も用意させたのだ。

サムは歩調を落とした。「何かご用ですか？　水がほしいの？」

「そう、少しだけ……水をな」

サムは唇を噛（か）んであたりを見回した。誰もいない。ジミーか村の誰かが通りかかってくれないかと願いつつ、用心しながらマーカスのほうへ近づいた。彼女にとって生まれて初めて会った外部の人間はコラだった。コラはすてきな人だけれど、この相手はそうは思えない。マーカスの手には水差しがある。サムは安全な距離を保って立ち止まったが、ファウヌスが近づいてきた。「もっと水がほしいの？　わたしは家に帰るところだけど、もしほしかったら穀物倉のそばで飲めるわ。川の水はきれいだから」彼女は言いながら左のほうを見た。ファウヌスがすぐ隣にいて彼女の背後に回ろうとしている。彼から離れるにはマーカスのほうへ進むしかない。ふたりにはさまれてしまい、次に何をされるかわからない以上、逃げるという選択肢はなかった。

「こっちへ来いって言ってんだよ！」マーカスが怒鳴り、水差しを地面に投げ捨てた。彼女に近づいて左右の手首をつかもうとしてくる。

「やめて！」サムは叫び、彼から身を引きはがした。

マーカスの顔が恥辱と憤怒でゆがんだ。「だったら、こうだ」言うなり手の甲で彼女の頬を殴った。サムが倒れこまなかったのは、にたにた笑いのファウヌスが背後から腰をつかんでいたからだ。

「助けて！　お願い、助けて！　手を離して！」サムは村の誰でもいいから注意を引くよう、できるだけ大きな声で懇願した。

マーカスの大きな手で髪を鷲づかみにされ、彼女は穀物倉のほうへ引きずられた。「静かにしろ！」蹴ったり叫んだりして抵抗したものの、ファウヌスが笑いながらマーカスに手を貸しているので意味がない。

「助けて！」

「うるせえ！」

サムは男ふたりの手で穀物倉の床に投げ出された。「いや！　お願い、やめて！　お願いだから！　誰か助けて！　どうか助けて！　手を離して！」必死で立ち上がったとき、視界の隅に別の誰かの姿が見えた。マーカスが理由もなくジミーを射撃の的にしたとき、その前に立ちふさがった若い兵士だ。彼は腰かけていた樽の上から飛び降りると、サムのもとに駆けつけ、彼女を守るように両手を広げた。すぐ近くで見ても、彼の体格はふたりには圧倒的におよばない。

「やめろ。やめるんだ」アリスが言った。

マーカスが彼を見て軽蔑をあらわにした。「またお出ましか。何考えてる?」

アリスが目を怒らせ、腕を振りながらマーカスに飛びかかった。顔面に強烈なパンチが決まり、マーカスが鼻梁を押さえながらよろめいた。彼がちらっと周囲を見ると、ほかの兵士たちがすわってカードや武器をいじっている。「おまえら、立て。この鼻たれ王子に身のほどを教えてやろうぜ!」

マーカスが怒鳴った。

数名の兵士たちが命令に応じ、カードや銃を放り出してアリスに向かっていった。アリスは俊敏かつ獰猛に動き、無造作に飛びかかってきた最初の兵士を苦もなくかわした。思わずつんのめった兵士は、アリスに肋骨と腎臓に鋭いパンチをたたきこまれ、横腹を押さえながらうずくまった。ほかのふたりが驚きの目を見張り、アリスを制圧する機会をうかがう。

別のひとりが突進したが、あえなく回し蹴りの餌食となり、口から血と折れた歯を飛ばしながら倒れた。三人めの兵士がクレートの上から大きなレンチをつかみ、それを振りかざしながらアリスに襲いかかった。アリスはとっさに身を沈めると同時に相手の両脚をなぎ払った。兵士が衝撃で転倒し、その手からレンチが離れる。宙を飛んだレンチは兵士の上に落下し、さらに負傷を重ねた。

ふたりの兵士が痛みをこらえて起き上がった。回復した勢いでふたり同時にアリスに向かって走った。血だらけの口に歯が一本欠けている兵士が途中でレンチを拾い上げ、アリスに殴りかかる。アリスは跳びすさってその一撃をかわしたが、運悪くもうひとりの兵士の攻撃圏に入ってしまった。たちまちアッパーカットを食らったが、少し朦朧としながらもガードを上げ、反撃のこぶしを当てた。ただちに相手がアリスの肝臓に二発打ちこむ。アリスは後退を続けた。さっと振り向いて壁までの距離を測ったとき、もうひとりがレンチを振り回してきた。それを上腕に受け、アリスが痛みに歯を食いしばったとき、急に立ち上がった三人めに両手で首をつかまれてしまった。そのまま首を絞め上げられ、ほかのふたりに腕をつかまれて左右に広げられた。マーカスが近づいてきてアリスの目を見ながら冷ややかに笑った。

それを見たサムは逃げ出そうとしたが、ファウヌスに腹を蹴られて倒れてしまった。逃亡を許すまいと隣に立つファウヌスを見上げ、サムは身をよじりながらすすり泣いた。

アリスの前に立ったマーカスは鼻血で唇が赤く染まっている。その血を舐め、こぶしを握りしめた。「二度とおれに楯突くな、小僧」マーカスが放ったアッパーカットで、アリスは肺が空になるほど咳きこんだ。穀物倉の中に兵士たちの笑い声が響いた。マーカスがアリスに目をすえたまま、サムの横に膝をついた。またもや髪をつかんで引っぱり、彼女の頭をのけぞらせると、その頬を舐め、耳たぶを噛んだ。それを見たアリスはどうにか身体の自由を取り戻そうともがいた。サムがぎゅっと目を閉じる。マーカスがまたしても頬に舌を這わせた。「おまえを柱に縛りつけて、この女が農家の娘から淫売に代わっていくところを毎日見せつけてやるぜ」

アリスは自分を押さえつけている男たちに抵抗を試みたが、どうしても拘束から逃れられない。彼はサムを見つめた。ふたりは絶望の目を見交わした。

ファウヌスが笑いながらマーカスの脚を蹴った。「マーカス……確かにそいつはおもしろそうだが、おまえは何もできないぞ、このおれがまず手をつけるまではな。そのあと、おまえも好きにしろ。お

まえたちもだ！」

兵士たちがどっと笑い、声が冷たい石壁に反響した。

「彼女を離せ！」アリスが叫んだ。

ファウヌスがサムを見下ろして立ち、ベルトをはずし始めた。

「やめな！」

兵士たちが声のほうを振り返ると、そこにはコラが立っていた。決然とした目つきで顎を引き、手に大きな斧を持っている。

「二品めの料理か……言うことなしだな。あいつも捕まえろ！」ファウヌスが怒鳴った。

コラは建物の中を見回し、状況を評価した。握っている斧の柄を人さし指で軽くたたくと、敵を殲（せん）滅（めつ）するときのぞくぞくするような興奮がよみがえってきた。ほんの一瞬、自分は容赦ない殺人者の本能をまだ持っているのだろうか、という思いがよぎる。彼女が受けてきた訓練の最も残忍な側面のひとつは、いかに効率的に殺すかだった。倒した数が多いほど点数が高くなる。そして、彼女の順位はトップだった。コラは超人的な正確さで、その場のすべての武器と標的全員の位置を把握した。兵士のひとりが彼女に銃口を向け、もう一方の手のひらを上にして突き出しながら迫ってくる。彼が四本の指をくいっと曲げ、斧を手放すよう要求した。彼女は降伏の姿勢を見せ、柄を先にして斧を差し出した。

「いい子だ。こっちへ来て持ちものを見せてみろ。いろいろ持ってそうだな」マーカスが吐き捨てるように言った。

コラの目前まで来た兵士が斧にゆっくりと手を伸ばした。その手が柄をつかんだ瞬間、コラはにやりとした。身を回転させ、柄をつかんだままの兵士を引き寄せる。彼が反応する前に斧を引き抜き、その柄でひじの関節をたたき折った。兵士のもう一方の手の握りが甘くなったところで、銃を奪い取る。彼は前腕をだらんと垂らした状態で悲鳴を上げた。ひじだった部分から骨が突き出ている。コラが斧を横に払って首を切り裂くと、悲鳴が途絶えた。喉から血を噴き出させながら、兵士の死体が崩れ落ちた。

コラはくるっと反転してクレートの背後に身を隠した。アリスを拘束していた男たちが彼を手放してコラに向かってくる。彼女はほとんど反射的に狙いをつけるなり、奪った銃で三発撃ち、歯のない兵士の胸と頭に命中させた。血が弧を描いて飛び散ったが、別のふたりが発砲してきたので、彼女が自分の手際に感心している暇はなかった。ふたたびクレートの陰に身をかがめ、残弾数を確かめる。兵士たちがクレートに近づいてきたので、彼女は右手に銃、左手に斧をかまえた。複数の足音を十分に引きつけてから跳躍し、目の前まで迫っていた兵士の腹部に斧を投げつけると同時に左側にいた兵士に銃を撃った。ふたりとも倒れ、床が血だまりでぬるぬるになった。

一方、アリスは床に落ちている銃に飛びつき、すぐにサムに駆け寄ろうとした。だが、ファウヌスが片手で彼女の髪をつかみ、もう片方の手を首に回していた。

コラはライフル銃をつかみ、ひとりの額を撃ち抜いた。

マーカスが倒れて床に血を流すのを見たファウヌスが、さっとアリスのほうを向いた。アリスはこの数秒のあいだに十歳も年を重ねたように見える。ファウヌスがコラに目を戻した。彼は無理やりサムを立たせると、根っからの卑怯者らしく自分の前に抱きかかえて人間の盾にした。

「やめて」サムが言った。

「彼女を離せ！」アリスが怒鳴って銃口をファウヌスに向けた。ファウヌスは自分の銃をサムのこめかみに突きつけた。

ファウヌスがコラを見た。彼女もファウヌスに銃の狙いをつけている。「この女を殺すぞ。そうしてほしいか？　え？　どうなんだ？」

三人がにらみ合う中、穀物倉の戸口に重い足音が近づいてきた。金属のきしみ音が聞こえ、三人とも戸口に注意を向けた。

音の主があらわれたとたん、ファウヌスが安堵の様子を見せた。「やっと来たか、ロボット。あの女を殺せ！　あのふたりを始末しろ！」

頭にサムの花冠をのせたままでいるジミーが三人を順番に見やり、動きを止めた。ボディをかがめ、落ちていた銃を拾い上げたが、誰にも狙いをつけない。まるで使い方を知らないかすっかり忘れてしまったかのごとく、銃を異物のように見つめる。

「何をぐずぐずしてる。命令したぞ。あいつらを今すぐ……」

コラはすかさず銃口を動かしてジミーに向けた。次の瞬間、ファウヌスの頭ががくんとのけぞり、身体ごと後ろに倒れた。ジミーの銃がまっすぐファウヌスに向いていた。飛び散った血しぶきがサムの頬をつたい落ちる。ファウヌスの手から解放されたにもかかわらず彼女は身動きもできず、ただ震えていた。彼女は涙をためた目に安堵を浮かべながら、ロボットのほうを見た。

ロボットは武器を捨て、夜の闇の中へと走り去った。重い足音が遠ざかり、やがて消えた。コラはアリスを振り向いた。若い兵士は片手を挙げながら銃を置いた。彼に敵意がないのを認め、コラも武器を下ろした。アリスはすぐさまサムに駆け寄った。彼女は自分を抱きしめて泣きじゃくっている。アリスはサムに両腕を回し、彼女の頬についた血痕を手でぬぐった。サムは彼の腕の中に身を委ねた。

コラは荒い息をつきながら虐殺の現場を見渡した。手から斧がすべり落ちた。嫌というほどよく知ってる光景だった。侵略と征服にともなう暴力。それが凶暴で獰猛な獣のようにふたたび彼女を見つけ出したのだ。穀物のためにいつも清潔に保たれている床に大量の血と肉片が飛び散っている。小石を踏む音で彼女のもの思いは断ち切られ、即座に戸口に銃を向けた。誰かが近づいてくる。彼女はいつでも撃てる姿勢を取った。戦闘の予感に呼吸と心拍が速まっていく。

やってきたのは数人の村人を引き連れたデンだった。彼らの口からもれたのはショックによるあえぎ声とささやき声だけだった。汗と血にまみれたコラの顔を、デンがまじまじと見た。彼の顔には大きな当惑が浮かんでいた。

コラは銃を下ろした。「これで、わたしたちは戦うしかなくなった」

村人たちをかき分けてハーゲンが進み出てきた。死んだ兵士たちを見たあと、コラとサムの破れた衣服に目をやる。サムの目からはまだ涙があふれていた。ハーゲンはうなずいた。「薪の山を作らねば。でかいやつを。死体を裸にして跡形もなく焼きつくすんだ」

デンがコラを見つめたまま、ハーゲンの肩に手を置いた。それから村人たちに向き直った。「今のを聞いたな。すぐに始めよう。ここを片づけるんだ」

サムが顔を上げてアリスを見た。「ありがとう」

アリスは首を振った。「撃ったのはジミーだよ。ぼくじゃない」

「そうだけど、彼らを止めてくれたのはあなた。わたしの前に立ちはだかってくれた。これであなたはまずい立場になってしまったけれど」

アリスは村人たちが兵士の死体を穀物倉から引きずり出すのを見た。床に血の帯が残されていく。

「ぼくはあいつらの一員だったことは一度もない。どうしてもそうなれなかった。ぼくは家族を救えなかったんだ。でも、少なくとも今は……わからないけど、すべてを埋め合わせられるかもしれないと思ってる」

「今夜はもうここにいられないわね。わたしの家に泊まればいいわ」

アリスは柔らかい笑みを彼女に返した。「ありがとう。心から感謝するよ」

第四章

太陽がいつもの朝よりも早く昇っているように感じられる。昨夜、睡眠を取った村人はひとりもいなかった。死んだ兵士たちは火にくべられ、穀物倉はきれいに掃除され、兵士の武器と制服は隅に片づけられている。村がふたたび通常の様子に見えるよう、デンが指示を飛ばし続けた成果だ。穀物倉からハーゲンが出ていき、ほどなく戻ってきた。クリーム色をしたヴェルトの亜麻布でくるんだものを持ってコラに歩み寄った。「コラ、おまえさんにはこれが必要かもしれん。墜落現場で見つけたものだ」

コラは包みを受け取った。重みがあり、形状に見覚えがある。布を開いたとたん、彼女は目を大きく見開いた。「てっきりなくしたとばかり思ってた」

「わしらの暮らしにこのような武器は似合わん。危険のないよう隠しておいたんだよ」

コラは革製ホルスターとそこにおさめられている護衛官用拳銃に指先を這わせた。金メッキされた外装。細工にふさわしい筆記体で刻まれた「わが命は姫の命のために」の文字。この美しき死の配達人を、コラは何年ものあいだ常に身に着けていた。王家を守る任務のために王から贈られたものだ。

「あなたの判断は正しかった。ありがとう」

コラは亜麻布をハーゲンに返し、損傷がないか拳銃を点検した。何せ墜落の衝撃を受けているのだ。彼女は状態に満足し、拳銃をホルスターにしまった。

「どこへ行くつもりだ？」ハーゲンがきいた。

「タイタスという名前の将軍がいるの。かつてはレルムの真の英雄だったけれど、自分の軍勢を率いてマザーワールドに反旗をひるがえした人。最後に聞いたところでは、まだどこかで生きてるらしい。将軍と、彼に率いてもらう戦士たちを見つけられたら……」

ハーゲンがコラを抱きしめ、コラも両腕を彼に回した。

抱擁を終えると彼女は、疲れ果てた村人たちが家に帰ろうとしている様子を眺めた。誰とも話さずぽつんとひとりでいるグンナーの姿があった。この数時間というもの、村人たちは彼に疑念のまなざしを向け、近づこうともしない。直接的ではないが不平を口にする者もあった。グンナーは精いっぱい気づかないふりで混乱の後片づけを手伝っていたが、やはり失意ととまどいは隠せない。

「グンナー」彼女は名を呼んで近づいていった。

彼が顔を上げた。そばで見ると、何日も眠っていないかのように疲労がにじんでいる。

「去年、あなたはプロヴィデンスでレジスタンスに穀物を売ったでしょ」

グンナーは聞き耳を立てている村人たちを見やり、声をひそめた。「そうだよ。あそこで、ある男と知り合い、その男がレジスタンスを紹介してくれた。それがブラッドアックスのきょうだいだ」

「その男は彼らを見つける方法を今でも知ってると思う？」

グンナーは首を振って肩をすくめた。「たぶん」

コラはグンナーが彼女には嘘をつかないと知っている。「それじゃ、その男のところまで連れてってくれる?」

彼が目を上げ、身じろぎした。村人たちが固まってひそひそ話をしている。グンナーは動揺を感じているようだが、コラに対してではない。彼はさらにコラに近づいてまっすぐ目を見た。「もちろん連れてくよ」

村人たちのひそひそ話の声が大きくなり、視線が冷たく疑わしげになった。

「今から行くから、必要な支度をして」コラはそう言うと家畜舎に向かった。グンナーも荷物をまとめるために駆けだした。村人たちが走っていく彼を目で追い、次いでコラのほうに目を向けた。

「コラ」

彼女がその声に振り向くと、デンが小走りに近づいてくる。彼も疲労がにじんでいるが疲弊してはいない。大したスタミナと根性だ。

「さよならも言わずに行くのか? 確かにきみは自分の身を守れることを証明したが、それでも危険であることに変わりはない」

コラはまだグンナーが戻ってこないのを確かめた。「できれば、これがさよならになってほしくないからね。あと数年は生きていたいから」

デンの身体がわずかに彼女のほうに傾いたが、そこでためらい、結局はその場にとどまった。「どうか気をつけて。無事に戻ってきてくれ」

「ありがとう。みんなを守って」彼女はデンに背を向け、家畜舎に向かった。彼とベッドをともにしたのは大きな過ちだったかもしれない。それでも、彼女にとって人生最後のセックスになるかもしれない。いずれにしても、すんだことを気にしてもしかたがなかった。

家畜舎の中に入ってからコラは拳銃をおさめたホルスターを装着し、なめし革の長いマントでそれを隠した。自分の能力と目的は、必要な相手以外には極力知らせないほうがよい。ウラキは長旅を前に餌と水を十分与えられているようだ。プロヴィデンスまでできるだけ距離を稼ぎたいのでありがたかった。

昨夜のうちにウラキに縛りつけた自分の荷物はまだそのままだった。そこへ息を切らして顔を真っ赤にしたグンナーが飛びこんできた。彼は別の一頭に鞍と自分の持ちものをくくりつけた。作業を終えると、彼はコラを見てうなずいた。

コラはウラキをつないでいた紐をはずし、家畜舎から外に連れ出すと、グンナーに笑みを向けた。彼女は何も約束したくなかった。これは今まで直面してきた戦いとまったくちがうものだ。ふたりが家畜舎の前でウラキにまたがったとき、ハーゲンがひとりでやってきた。「将軍に軍隊か。わしらにも希望があるかもしれんな」

コラはやたらと楽天的なハーゲンにほほ笑んだ。「約束はできないよ。でも、ふたりでなんとかやってみる」そう言ってグンナーを振り返る。

「旅立つ前にひとつきいておかんとな。おまえさんが乗ってきた船に何かほかに役に立ちそうなものはあるか？」

コラは少し考えてから答えた。「銃器。もしもまだ作動するなら、あの降下艇はすごく役に立つと思う」

ハーゲンがうなずいたが、具体的にどうすればよいのかわからない様子だ。

「わたしたちを助けてくれたあの若い兵士にきいてみたら？」コラは提案した。「彼がインペリアムの仲間じゃないのは明白だもの。彼のしたことがやつらに知れたら反逆罪で死刑になるんだから」

「いい考えだ。では、ふたりとも道中無事でな」

コラは最後にもう一度ハーゲンにほほ笑むと、革の手綱を取り、ウラキの胴体をかかとで蹴った。グンナーがそのあとに続く。村にとってただひとつの希望が旅立つのを村人たちが見つめる中、ふたりは振り返りもせずに歩を進めた。

森におおわれた山々を通り抜けるあいだに暗くなり、これ以上夜道を進むのは危険だと判断したコラとグンナーは野営することにした。この時期の天候は安定しているので、ここまでかなりの距離を進むことができた。夜は静かで、眠っているウラキの激しい寝息と薪のはぜる音しか聞こえない。コラとグンナーはそれぞれの寝袋にもぐりこんで空を見上げた。焚き火はすでに消えかけ、星の光がよく見える。コラは手の届く場所に拳銃を置いた。

グンナーがずっと心にあった疑問を口にした。「それで……きみはかつてマザーワールドの兵士で、レルムのために戦ってたのか？」

「まあ、そんなとこ」コラはグンナーのほうを見ずに答えた。

「きっと高い地位にいたんだろうね？」

その問いに応じたのは、残り火のたてるかすかな音だけだった。

「てことは……」グンナーが質問を続ける。「きみは脱走して指名手配されてるのか？」

コラは笑った。「罪状はそれだけじゃないけどね」

「なるほど」

「ほかに質問したいことは？」

グンナーは少し黙ってから寝返りを打ってコラのほうを見た。「やつらはぼくたちをただ殺したりしないよな？　ぼくたちをおとなしくさせるために見せしめでシンドリを殺したにしても、ぼくたちはただの農民だし、脅威でもなんでもないんだから。きみはどうしてやつらが村を破壊するとわかるんだ？」

彼女は夜空を見上げ続けた。「わたしの故郷が初めて彼らの襲来にあったのは、わたしが九歳のときだった。やつらからはなんの要求もなかったし、期限もなかった。あったのはただ破壊したいという欲望だけだった」

中にいなければならない。目が覚めたとき、九歳のコラが思い出したのはそれだった。母はいつになく張りつめた様子で、階下の仕事場にも行っていなかった。コラに服を着なさいとも、家のお手伝いをしなさいとも言わなかった。家族で経営するティーショップの上階にある質素なアパートの部屋で、せわしなく歩き回ってはカーテンの隙間から外をうかがっている。一方、父はコラの兄と姉とともにアパートを出たり入ったりしていた。

父があわてた様子で駆けこんできて、扉を勢いよく閉めた。

「ここを出るんだ、今すぐに！　町はずれの森に向かい、できればほかの人たちと合流しよう。洞窟

ならいくらか安全なはずだ。ずっと奥まで続いてるからね」そう言うと鍵のかかった衣装ダンスに駆け寄り、ときどき狩りで使うライフル銃を取り出した。

母がコラを振り返って「運べるものだけ持ってくのよ」と言ったとき、頭上で大きな爆発音がとどろき、遠くで悲鳴や叫び声が上がった。

「もっと時間があると思ったのに」父が心からの失望をあらわにしてつぶやく。「町の人たちが懸命に応戦してる」アパートが揺れ、炎と焼けた肉のにおいが窓から押し寄せてきた。「あの音からすると、やつらはすぐそこまで来てるぞ」父がライフル銃をきつく握りしめた。戦闘が扉のすぐ外まで迫っているようだ。

母が荷造りの手を止めた。「彼らはいったい何がほしいの？」

父がまっすぐ母の顔を見た。父の顔は恐怖と疲労のせいで筋肉がたるんでいる。「何もかもさ」

母がコラを一瞥（いちべつ）した。「自分の部屋に行って出かける支度をするのよ。もしも怖くてしかたがないなら部屋でじっとしていて、それからまっすぐ森へ向かってもいいから。お兄ちゃんとお姉ちゃんはじきに戻ってくるわ。お店の戸締まりをしてるの」

コラはうなずき、母の言いつけにしたがった。自分の部屋に入ると扉を閉め、この前の誕生日に姉からもらったバッグをつかんだ。コラの名前が手縫いの刺繍（ししゅう）で入っているものだ。ものすごい爆発がアパートの建物を襲った。コラは母の悲鳴と窓が割れる音を聞いた。思わずその場にひざまずき、両手で耳をふさぐ。それでも正体不明の男たちの怒鳴り声と両親の叫び声を閉め出すことはできなかった。

兄と姉が今まで聞いたこともない声で何かを訴えている。たくさんの銃声。静寂。コラの小さな心臓がどくんどくんと脈打った。ようやく立ち上がって扉に近づき、わずかに開けてみる。そのまま居間に入ったところで足を止めた。家族が静かになったのは、死んだからだった。

両親の血がソファの上の壁まで飛び散り、兄と姉がダイニングテーブルの足もとに倒れている。その瞬間を目撃せずにすんだのはよかったが、みんな死んでしまったことを認めねばならないのはつらくてしかたがなかった。家族の姿から目を離せずにいたら、階段に重い足音が聞こえた。コラはどうすればよいかわからず、じっとしていた。ショック症状で身動きもできない。

戦闘用マスクで顔をおおった兵士が押し入ってきた。彼女に目をとめたが、建物内で別の叫び声が聞こえるなり出ていった。またもや爆発が起こり、コラは粉々になった窓から外を見やった。昼間なのに太陽も雲も見えない。視界に映るのは戦艦、銃撃しまくる降下艇の群れ、そして煙だけだった。数少ない生存者の泣き叫ぶ声が、建物が倒壊する音や銃声を切り裂くように聞こえてくる。

コラは窓から目をそらすと、倒れている家族のほうを振り向きもせずにアパートの部屋を出た。大勢の兵士が建物になだれこみ、動くものすべてに銃口を向けている。別の部屋に住む女性がふたりの兵士に髪をつかまれて引きずり出され、路上に投げ出された。いつもお茶を買いに来て、たまに部屋でほかの住人のゴシップを聞かせてくれた女性が、兵士に服を引き裂かれながら命乞いをしている。コラは階段を勢いよく駆け下り、通りの混乱のまっただ中に飛び出した。

いたるところに死体が転がっていた。地面は内臓や血でいっぱいだ。住人の一団が射程の長いパルス拳銃や熱感知ライフルを空に向けているのを見て、コラはそこから先へ行くのをためらった。頭上

で速い連射音がしたので、ふたたび耳をふさいだ。武装した町の人たちが何発も撃たれてひとり残らず倒れていく。どこから撃たれたのかわからずに殺されてしまうなら、どうやって逃げればいいのだろう。しばらくしてひとまず危険が去ったように思えたので、コラは移動を再開したが、そのとき拳銃を握ったまま死んでいる太った男の人が目に入った。

死体は目と口をかっと開き、胸には大きな穴があいている。出血はすでに止まり、まわりをハエが飛んでいた。コラは間近で死体を見るのが怖かったが、侵略者に対する恐怖のほうが上回った。両親がティーショップに置いていた強盗対策の拳銃を何度か見せてくれたことがある。死体の拳銃はまったく同じではないが、たぶん役に立つだろう。彼女はひざまずき、そろりそろりと手を伸ばしてから、できるだけ死体に近づかないようにすばやく拳銃を取り上げた。

彼女は路地裏を進んだ。銃撃や砲撃が空を明るく染め、耳をつんざくような戦闘の音がとどろいたときは、崩れた建物や捨てられた車両の陰に身をひそめた。何隻もの艦が落とす影と放たれる光が町をないでいく。兵士や町の人びとが発する身の毛もよだつような悲鳴や怒声を耳にして彼女は泣きたくなったが、そんなことをしていたら森にたどり着けない。まだ安全な避難場所がありますようにと願う。

次の角を曲がったら何があるかわからないが、彼女は鼓動が速まり息が上がるのもかまわず、今まで生きてきた中で一番速く走った。商店が建ち並ぶヴェガ・スクエアに入ったとき、放置された果物屋台の後ろに飛びこまねばならなかった。兵隊が進んできたところだったし、休息が必要だった。小さな身体は今にも倒れそうだった。小休止したことで、喉も口もすっかり渇いていることに気がついた。近くに飲みものはない。唾を飲みこもうとしたが唾さえ出てこなかった。どこもかしこも痛くて、身も心も停止させたかった。

兵隊が立ち去るのを待ってから、脚をふらつかせながら一本の路地に入り、誰にも見られないよう身を縮めながら通り抜けた。拳銃がどんどん重くなって今にも腕の力が限界に達しそうだったが、必死になって握りしめる。激しく息をするうちに煙を吸いこみ、あまりの胸の痛さに咳きこんでしまった。恐怖はますますつのる。それでも涙は出てこない。身体にそれだけの水分が残っていないのだ。死体や吹き飛ばされた身体の一部を見ないようにして、彼女はよろよろと走った。一軒の玄関扉をたたいてみたが誰も応答しない。振り向いたとき、路地の端あたりの煙が晴れてきた。コラはぎくりと立ち止まった。

疲れきった全身の筋肉が張りつめるのを感じた。ひとりの男——侵略者のひとり——が路地の入口に立っていた。ゆっくりとこちらに歩み寄ってくる。手にヘルメットを持ち、それは金と銀のアーマーによく似合っていた。もしも人を殺すための装備でなく、血で濡れていなかったら、美しいデザインだと思えただろう。血は男の顔にも飛び散っていた。たぶん彼自身の血ではない。コラは今にも泣きそうなのをこらえ、拳銃を持ち上げた。使い方もわからないが、とにかくやってみるつもりだった。死んでしまった家族や命を賭けて戦う隣人の顔が脳裏をよぎっていた。

濃い黒髪の男が彼女の前にそびえるように立った。「怖がらずともよい、子ども。しいい。おまえは本当に勇敢な子だ」

コラは震える手で拳銃を相手の胸に向け続けた。男が拳銃のほうへそっと手を伸ばしてくる。

「わたしには理解できる。おまえの痛み、恐れ、孤独。わたしの名はバリサリウスだ。おまえの名は？」

男がひざまずき、引き金に指をかけている彼女の小さな手を両手で包みこんだ。見つめ合うふたりの視線は激情と苦痛が拮抗していた。

「コラ」彼女はささやくように答えた。

「わたしの魂を解放してくれ。おまえならできる。きっとできる……頼む」バリサリウスが銃口を自分の額に当てて目を閉じた。

彼女は呼吸が速くなり、すすり泣きの涙をこぼした。コラは引き金を絞った。カチンと虚ろな音が鳴っただけだった。バリサリウスがかっと目を見開き、彼女の瞳に宿る恐怖を見て身震いした。彼女は全身をわななかせながらまぶたを震わせると、男の腕の中に倒れこんだ。彼はコラの汚れた顔を見つめ、汗でまぶたに張りついている髪をそっとかき上げてやった。「おまえはアルテレーズと呼ばれることになろう。そして、この町や暮らしのことをほとんど忘れてしまう」コラを抱いたまま苦もなく立ち上がると、バリサリウスは路地の入口のほうへ戻っていった。戦闘は収束しつつあり、彼が祝福を受けにマザーワールドへ帰還するための降下艇が待っている。この小さな戦利品は彼自身と血統への贈りものとなるだろう。すべての統率者には後継者がいるものだ。

コラが目覚めたのは、絵も飾られていない殺風景な部屋の大きなベッドの上だった。部屋には窓がひとつあるが、そこから見えるのは宇宙空間の暗闇だけ。彼女の生まれた星はもう見えない。シーツは清潔で人工的なにおいがした。ベッドの横を見るとトレーの上で冷たい水の入ったグラスが汗をかいており、ボウルに新鮮なカットフルーツが盛ってある。仕切りのドアが勢いよく開いた。その音で彼女は跳び上がった。入ってきたのは彼女が銃を突きつけた相手だった。

「目を覚ましたな。気分はよくなったか」

コラはうなずいた。彼の視線がトレーに移る。

「それを飲んで食べなさい。まだまだ旅は長い。体力をつけておかねば」

「わたしをどこに連れてくの？」

彼がベッドの端にすわった。「モアと呼ばれる地。マザーワールドだ。そこがおまえの新たな故郷となる……そこでわたしと暮らす」

「どうして？」コラは相手を観察した。もう血はついておらず、兵士らしくもなかった。

「今は質問ではなく感謝の時間だ。おまえのような子がもらったことのないものをプレゼントしよう」

コラはうつむき、泣き始めた。「お願い、痛いことはしないで」

彼は横にすべるように近づき、コラの顎を持ち上げた。「するものか。わたしの意図はそのようなことではない。おまえも今にわかる」彼は手でコラの涙をぬぐった。「マザーワールドに到着したら、どれほどすばらしい場所であるかを見せてやろう。おまえは宇宙やレルムについて驚くようなことをたくさん学ぶのだ」

コラの腹が大きな音で鳴った。彼がほほ笑みかける。

「さあ、食べなさい。気分がもっとよくなる。そして、眠るのだ。あとでこの船の中を案内してやろう」

彼女はサイドテーブルににじり寄った。フォークで果実を突き刺し、ひと口かじる。その味にすっかり恐怖も忘れ、さらに口に入れた。

「ほら、気分がよくなったろう。おまえの安全はもう完全に守られている」

コラは彼のほうを向いてうなずき、果実を飲みこんだ。「ありがとう」

「わたしは別室にいるが、この部屋のことは見える。何かあれば手を振ればよい。わたしがすぐに来る。左のドアがバスルームだ。そこにサイズが大きめかもしれぬが新しい服があるから、好きなときに風呂を使うといい。バスルームの中は誰も見ることはない。そのあと、ぐっすり眠るのだ」

コラは何ひとつ拒絶したくなかった。ほかにどこに行くというのか。自分がどうなるというのか。ここは宇宙船内の部屋なのにまるで宮殿だ。彼らは本物の宮殿に行くのだろうか。

バリサリウスが立ち上がった。「おまえはとてもよい子だ。わたしと同じようにマザーワールドを愛し、われらの王を愛することを学んでいく。王のことは知っているか?」

彼女は首を横に振った。

「それをこれから知っていくことになる。だが今は、食事と入浴だ」彼はもう一度ほほ笑むと、先ほど入ってきた仕切りのドアから出ていった。

彼がいなくなると、コラは早速ベッドから飛び降りてバスルームに入った。寝室と同じくらいそっけない部屋だ。黒い服を見つけてトップスを広げてみるとサイズが大きすぎるが、どうやら上下セットのパジャマらしい。絵も文字もない。浴槽の蛇口を開けてみる。たっぷりの湯がなめらかに出た。

アパートの共同パイプのように咳きこむ音をたてて途切れることはないし、水が熱くなるのを待つ必要もない。湯を全部使ったからと、兄や姉に叱られたことを思い出す。自分ひとりだけがまだ生きているという罪悪感が、破壊された町に横たわる死体の悪臭とともに身にまとわりついてきた。

心が壊れてしまったように感じられる。もう入浴したくないし、甘い果物も食べたくない。脳みそを壁にぶちまけてこちらを見つめていた両親の遺体の様子を思い出し、コラはまた泣き始めた。出しっぱなしの湯がバスルームを湯気で満たしていく。両親の最期を思い出したら急に気持ちがこわばった。風呂には入らなければいけないし、果物を食べなくてはいけないのだ。

彼を怒らせたら、わたしも殺されてしまうのだろうか？　両親を殺した兵士たちもこの船に乗っているかもしれない。コラは湯加減を調節すると、急いで服を脱いで湯に浸かった。浴槽で身体を伸ばし、きっと悪いようにはならないと想像した。彼に悪気があるのなら、どうしてこんな贅沢を与えてくれるだろう。

入浴を終えた彼女はサイズの大きすぎる服に着替え、ベッドに戻った。身体がぽかぽかし、とても眠い。知らぬ間に目を閉じていた。

バリサリウスは子どもが寝入る様子を見ていた。彼女が心から信用して安心するのが望ましい。まだあの年齢であれば、マザーワールドやそこで得られるものを目の当たりにしただけで容易に元気を取り戻すはずだ。彼女を新しい生活に円滑に迎え入れ、誰に反対されることもなく宮廷の生活に溶けこませるには、計画を練らねばならない。名前、身分、生まれ故郷、それらをすべて消し去り、幻の記憶にする必要がある。彼女の古い人生が新しい人生に取って代わられ、その忠誠は揺るぎないものとして彼とレルムに向けられるだろう。バリサリウスの人生はあらゆる点において完璧でなければならないのだ。

コラはアルテレーズと呼ばれ、髪を肩の長さで無造作に切られ、前髪を額で切りそろえられた。子どもから若者に成長するにつれて、バリサリウスの影となっていった。マザーワールドの芸術にも触れた。彼女の教育には費用が惜しみなく注ぎこまれた。ヴェイイの貴族たちがバリサリウスの前でひざまずいたとき、コラは彼の隣に立っていた。バリサリウスは最上級の制服を着用し、コラもヴェイイ訪問のために特別にあつらえられた縮小版の制服を着ていた。「ぬかずく者たちに慣れるのだ」彼がコラの耳元で言った。彼女にはその意味がわからなかったが、尋ねようとも思わなかった。コラは戦争とは無縁の新しい人生を与えてくれた彼に対し、まるで実の父親であるかのように従順であり続けた。血のつながった家族の記憶は年を経るごとに薄れていった。

ヴェイイへの訪問は平穏無事なものだったが、それも最終日を迎えるまでだった。ヴェイイの貴族たちが低頭して服従の意を示し、降伏条件が決定したところで、バリサリウスと銃をかまえた護衛官たちが貴族たちを取り囲んだ。出入口はすべて封鎖された。コラは何がなんだかわからず、養父の隣に立ちつくし、身体の震えを止めるために上着の裾を握りしめていた。コラとさほど年齢の変わらない少女が助けを求めるように、涙を浮かべた目を向けてきた。コラは少女を見返し、唇を噛(か)んだ。インペリアム軍の兵士たちが貴族たちに近づき始めたとき、人びとが混乱した様子で周囲を見回した。コラは不安と恐怖が胃からせり上がってきて、顔が熱くなるのを感じた。彼女もひたすら混乱していた。その様子に気づいたのだろう、バリサリウスが彼女の手を握った。そして、彼はもう一方の手をさっと振り下ろした。警告も逃亡の機会もなく兵士たちが発砲した。あの少女が大量の銃弾を浴びて壁にぶつかり、跳ね返って床に倒れる様子を、コラは感情もあらわせずにじっと見つめた。貴族たちはひとり残らず撃たれて死んだ。

バリサリウスがコラを振り返り、目に涙を浮かべながら言った。「さあ、わが娘よ、おまえの訓練が始まる。やり遂げられる者がいるとすれば、それはおまえだ。わたしを失望させないでくれ。おまえがいなくなると寂しくなるだろうな」

ヴェイイから艦に戻ったあと、コラはボイラーやエンジンの並ぶ機関室を当てもなく歩いた。動力炉の上方に設置された鉄骨のキャットウォークを進んでいくと、前方に巨大な金属容器があるのが見えた。全裸の女性が後ろ手に縛られてひざまずいた形状をしており、胴体と顔が下を向く格好で天井から吊り下がっている。開いた口には太いチューブを通じて赤いエネルギーが流れこみ、頭頂部からは青いエネルギーのチューブが髪のように無数に伸びて機関室に接続されていた。コラは金属の顔に触れられるほど近づいてみた。その中で何かが生きていた。

そのものが〝カリ〟と呼ばれるのを耳にしたことがある。コラは目を閉じた。悲しみがおもてにあふれ出るのを自分に許した。その瞬間、容器に閉じこめられている存在も同じ感情を抱いていると感じた。その存在のエネルギーによってコラの全身がざわめいた。ふいに、それが目を開けた。コラは目の中を奥深くまで覗きこみ、こうべを垂れた。わたしは孤独で、囚われの身――そう感じているのは自分だけではなかったのだ。彼女は部屋まで歩いて戻りながら、自分が経験してきたことを理解し

てくれる誰かがこの艦にいるかもしれないと思った。

数年後、コラは首都にほど近いインペリアムのエリート士官学校に送られた。異なる世界出身の人びとがこれほど大勢集まった光景を見たことがなかった。みな同じ制服を着用し、天空の光を放つような真新しいアーマーを装着して行進していた。彼らも自分と同じように略奪された孤児なのだろうか、とコラは思った。だが、バリサリウスからは過去や出自を明かすなと常に言い聞かされてきた。そんなことはどうでもよい。自分は故郷の星に属し、そしてここに属しているのだ。

狭いアパートでお茶を売って暮らしていては望むべくもなかった、もっと偉大な人間になるのだ。それはどのような人生だろうか。彼女に新しい人生を、よりよい人生を与えたという意味では、両親の死は祝福だったといってよい。これは自分たちだけの秘密。彼女にとってひとつだけ確かなのは、自分が一番にならねばならないということだ。

コラが登録手続きのために特徴のない質素な建物に入っていくと、赤一色の制服を着た書記官が近づいてきた。彼の顔は神官のようにベールでおおわれている。コラは一歩進み出て告げた。「アルテレーズです」

「承知しています。入口を通り抜ける際に身元スキャンがおこなわれますので。さて、服と靴のサイズはすでに承っています。ですが、まずは髪を短く刈る必要があります」

コラは自分の伸びた毛先に触れてから、書記官が石板の受付カウンターに置いた訓練兵用の地味な制服を見た。ヴェイイでバリサリウスから言われた言葉が、惨殺された貴族たちが血を流す光景とともによみがえった。――わたしを失望させないでくれ。

「今後のことを質問してもいいですか？」

「いいえ。あなたは適応することを学び、指示があったときにはその指示にしたがえばよいのです。その出入口から進んでください。この段階の訓練期間に眠る部屋を伝えられます」

「ありがとう」コラはそう言ってカウンターから制服を取り上げると、ほかの訓練生たちと同じ短いスタイルに髪を刈ってもらいに行った。今のところそれほど悪い話には思えなかったが、実際に待ち受けているものに対しては何ひとつ覚悟ができていなかった。

考えうるあらゆる環境下における過酷な肉体訓練と、複数の骨折をもたらした戦闘訓練を数年にわたって受けたのち、彼女は自分が憎んでいたはずの完全なる殺人マシンに仕立て上げられた。卒業前の最終試験は、最も残酷で魂が破壊されるようなものだった。最高得点でクラスのトップになった彼女には、ほかの者には与えられない試練が課せられた。ふだんは格闘訓練で使用される砂地の訓練ピットで、彼女は上官から拳銃を手渡された。「アルテレーズ、わたしはバリサリウスからの言葉を伝えるように言われている。今日は最高の幸運を祈っているとのことだ。彼はきみが問題なく合格することを確信している」

コラはうなずき、待った。射撃練習場や武器庫から遠く離れた場所で拳銃を持って何をするのか、予想もつかなかった。ここは集団訓練がおこなわれるメインスクエアから裏手に歩いて十五分の場所なので、あたりにはほかに誰もいない。小規模レッスンに使用される隔絶された訓練ポッドのひとつなのだ。遠くからエンジン音が聞こえてきた。内側の見えない輸送車両が接近し、コラたちの横で停

車した。ドアが開くと、二名の訓練指導官によって男が連れ出された。男は頭に袋をかぶせられており、訓練ピットの中まで引きずられると砂地でひざまずかされた。

コラは吐き気をもよおした。これが試験なのか。手が震え、唾を飲み下す。強烈な太陽光が肩に当たり、汗が首筋と胸の下をつたうのが感じられた。彼女は汗ばんだ手のひらを片方ずつ訓練服にこすりつけた。訓練指導官が男の頭から袋を取り去る。男の顔は傷とあざだらけだったが、その目は一心に彼女を見つめ、良心に訴えかけようとしていた。

「この男は反逆者だ。有罪を宣告され、罰を受けることになっている」

コラは隣にいる上官を見た。「わたしにどうしろと言うのですか？　彼は何をしたのです？」

上官が笑みを浮かべた。「アルテレーズ、きみは頭がいい。彼の処罰の裁定を下してもらう。その銃で狙いをつけ、引き金を引け。彼が何をしたかはすでに話したぞ。反逆者だ。反逆者はレルムに背き、混沌(こんとん)をもたらす」

彼女が振り返ると、男が首を振った。「頼むからやめてくれ。そいつらは嘘をついてるんだ」と言って涙を流す。

コラは銃が装塡されているか、実弾であるかを確認した。完全に使用可能な状態だった。上官が顔を寄せてくる。「これが最終試験だ、アルテレーズ。きみはここでしくじるために今まで訓練を積んできたのではない」彼の息はにおいが不快で、存在自体が重苦しかった。

日差しの暑さにもかかわらず、コラは全身が冷たい石と化すのを感じた。疑念も良心の呵責(かしゃく)も持たずにこれをやらなければならないのだ。――わたしを失望させないでくれ。バリサリウスの言葉が亡霊のささやきのごとくよみがえった。心のどこかで、これはバリサリウスに対するコラの忠誠を試すために彼自身が直々に手配したのではないか、と思う。彼女はひざまずいている男に向き直った。拳銃を持ち上げ、腕を伸ばす。両親を殺害し、隣人を蹂躙（じゅうりん）した兵士たちを頭に思い描こうと試みる。悪辣な男たち。死んで当然の男たち。

だが、自分の指が引き金を引くのを感じた瞬間、バリサリウスの頭が彼女の怒りによって破裂する光景を見ずにはいられなかった。もしも彼に向けたあの拳銃が弾を発射していたら、自分の人生はどうなっていただろうか。ひざまずいた男の頭に非の打ちどころのない三発が命中した。男が地面に倒れ、その顔が見えなくなった。上官が彼女の肩に触れ、拳銃を受け取ろうと手を差し出してきた。「よくやった。きみが最優秀の成績で卒業することになる報告書を送っておく。この試験は合格だ。バリサリウスも喜ぶことだろう。もう行っていいぞ」

コラは感覚のないまま上官の手に拳銃を返すと、訓練ピットを出て兵舎に向かった。振り返りたくなかったし、遺体を車両に積みこむ音も聞きたくなかった。引き金を引いた瞬間、彼女の中で何かが砕け散った。これが自分の新しい人生。これが自分の務め。その夜、彼女は個室のベッドで枕に顔をうずめた。声を殺して泣き、一面識もないのに殺した男に許しを請うた。そして、わたしはわたし自身を許せるだろうか、と思った。

みごとな成績ゆえ、自分の部隊を持つことになるだろう。そして、すぐにも宇宙のどこかへ送られるのだろう。

式典の日は王が列席し、卒業する兵士たちに祝辞を述べた。王は演壇で頭を高く上げて立ち、その

顔を王冠と同じくらい輝かせていた。王が会場を見回しながらほほ笑むと、そろいの制服を着た卒業生たちが大きな歓声を上げた。卒業生の後ろには多くの来賓が並んでいた。コラは王の右側の貴賓席にバリサリウスがすわっているのを認めた。こちらに目を向け、今にも演説を始めそうな雰囲気だった。訓練を開始して以来、彼とはホログラム通信上の対面だけで、直接会っていない。彼女の訓練は訪問による中断も許されないほど重要なものだったのだ。彼はコラに関する壮大な計画を持っている。コラがバリサリウスから王に目を移すと、王が聴衆に手を挙げて静粛をうながした。

「今日から長い年月にわたってそなたたちが進んでいく道は、容易なものではない。この中の多くがより大きな善なるもののために、すなわちレルムとレルムが象徴するすべてのもののために、命を捧げることになるであろう。そなたたちの犠牲は称賛され、死は名誉となるので心配にはおよばぬ。マザーワールドの先人たちと同じようにみずからの義務に忠実であるかぎり、神々の殿堂へと迎え入れられるであろう。神々の寛容と愛を忘れず、なお常なる厳しさを持つのだ。そなたたちの目には、マザーワールドが求める気高さと栄誉が見える」

卒業生たちが喝采し、帽子を空に向かって投げた。コラの心はいつしか身体から切り離され、誇らしげに祝福している周囲の家族たちを見ながら、子ども時代へとさまよった。ヴェイイで死んだ少女のことを思い出す。生きていたなら今ごろはあの少女も教育を終えていたはずだ。

コラは王のことをよく知らないが、王に代わってバリサリウスが遂行した仕事のことは知っていた。貴賓席のバリサリウスは涙を流しながら王を見つめ、拍手をしている。養父は彼女のほうを一瞥し、小さくうなずいてみせた。それを見て彼女はふと、最初の任地がどこであろうとそこが自分の死地になるかもしれないと思った。数百人もの群衆の中にいて、これ以上ないほどの孤独を感じる。だが、これが自分の務めであり、自分が知っている唯一の人生、今まで聞かされてきたよりよき人生なのだ。

彼女はほかの卒業生たちとともに歓声を上げた。腕を引っぱられたので振り向くと、学校の助言にしたがって見つけた恋人が立っていた。コラには死が忍び寄っていた。彼女はふたりがたがいの死を目撃する日を予感していたが、彼のひと触れがそんな考えを吹き飛ばしてくれた。彼が熱烈なキスをし、ほほ笑んだ。彼女はひとりではない。最期の日を迎えるまで、この仲間たちと同じように自分のものでない場所の栄光のために戦うだろう。ともに戦う仲間が、たがいのために戦える仲間がいるからこそ、果てしない戦争で疲弊しても兵士たちは前進し続けられるのだ。

コラがヴェルトに来る前の人生の一部をグンナーに聞かせ終わったとき、焚き火はもうほとんど消えていた。

「きみはインペリアムに助けられたのか」

コラはようやくグンナーに顔を向けた。「多くの地を征服し、何百万もの人びとを殺す中で彼がなぜわたしを救ったのか、理由はまったくわからない。ただ自分たちの一員にするだけなのに。わたしは何年も戦艦ですごした。家族もないし、愛を感じたこともない。ひたすら戦うだけ。戦争をするだけ」

「きみはいくつだった？」

「士官になって自分の部隊の指揮を執ったのが十八のときだった。まさに子どものときに見たり聞いたりしたことをさせられた。やつらはわたしを破壊し、自分たちに必要な人間にしようとしたの。それがやつらのやり方だから。そこに異論をはさむ余地はない。重要なのはマザーワールドの思想と文化だけ。それ以外のものは存在すら許されない」コラはふたたび仰向けになって、目を閉じた。

「話してくれてありがとう。ぼくにとってはすごく意味のあることだ」

「わたしがどんな人間かを知ってもらうために話しただけ。どうしてやつらが村を破壊するとわかるのかと、あなたはきいたでしょ？　それは、わたしだったらそうするだろうから」

グンナーは星の薄明かりを頼りにコラを見つめた。彼女がもう動かないと知ると、彼も仰向けになって眠った。

ウラキで谷に入ってからプロヴィデンスまで行くのにさほど時間はかからなかった。プロヴィデンスの街は大小さまざまな建物が密集し、街全体が堅牢な壁で囲まれ、さらに正面は巨大な鉄のゲートで防御されている。ずんぐりした建物は両脇に瓦葺きのとがった屋根がそそり立っているのが特徴で、それらはゲートの外からも見ることができる。多層階の建物も存在し、そこから一望できる街の景色は狭い路地が曲がりくねっており、姿を見られずに移動したい者にとっては保護の役目を果たしている。街の外周部は商売やビジネスのための場所で、内側は住人たちが居住する場だ。

住宅は犯罪者の目を引かないようできるだけ質素に造られている。街には商売の暗部をになうために連れてこられた人間が大勢いるからだ。一見しただけではわからないが、プロヴィデンスは闇取引の一大拠点になっている。この星は目立った生産品もなく、貴重な天然資源もないため、注目が集まりにくいのだ。プロヴィデンスの大物商人たちは評議会を組織しており、ゲートの保全からある種の平和の維持まで、あらゆることがそこで管理されている。苦情のある者は誰でも週に一度開かれる会合で申し立てが可能だし、見て見ぬふりをしてもらうために少し余分な金を手の中にすべりこませることもできる。評議会にとって最優先事項は、街を安定的な繁栄状態に保つことなのだ。それが合法であるかどうかは関係ない。

街には夜間外出禁止令も、売り買いできる対象の制限もない。もしもトラブルに見舞われたら幸運を祈るしかない。プロヴィデンスはグンナーたちが村の外の多様な世界を味わうには最も近い場所でもある。闇市場を別にすれば、この街は交易所として、あるいは旅する前の燃料補給所として利用されている。プロヴィデンスを離れると、風景はまた山地と田園ばかりになってしまう。裕福な商人たちは街の中に小さなアパートを所有しているが、ぽつんと離れた土地にもっと大きな邸宅をかまえるのがふつうだった。

コラとグンナーがプロヴィデンスに到着したとき、天候は一転して激しい雷雨になっていた。ふたりがゲートに近づいていくと何も問われずに開かれた。グンナーがウラキをコラのほうに寄せて言った。「先に言っておくよ。ぼくたちが行く建物は……娼館なんだ。接触者からデヴラを紹介されたのがそこだったから」

コラは少しも表情を変えなかった。「わたしはかまわない。デヴラ？　その人は娼婦なの？」

「いや、全然ちがう。デヴラはブラッドアックスたちのリーダーだよ、お尋ね者で……ぼくが穀物を売った相手の」グンナーが顔をうつむけた。

馬宿はいっぱいだったが、わずかに空きがあった。ウラキに水と餌を与えてもらう代金を支払うと、ふたりは〈クラウン・シティ・エンポリアム〉に向かった。娯楽の館には看板がなく、深い赤色の扉が目印だった。多層階の建物で鎧戸(よろいど)の開いている窓はひとつもない。入口のベルを鳴らそうとしたら扉が勢いよく開き、中の騒音が通りまであふれてきた。デンよりも大柄な男が店から飛び出してきて地面に顔から倒れこんだ。そのあとから彼を追ってふたりの男が出てきた。彼らの着ている黒とグレーの制服を見て、コラはすぐに正体を知った。彼らの外見は世間の評判どおり獰猛(どうもう)そうだった。まだら模様の肌、多色の目、鋭い歯、嗅覚が発達した鼻。ひと目見れば、誰でもわかる。グンナーが喧嘩(けんか)騒ぎから後ずさった。

「彼らはホークショー族。賞金稼ぎよ。インペリアムの仕事をしてる。わたしたちの新しい〝友人〟がすぐそこにいるしるし」コラはそう言いながら、争いを見守った。

ホークショーのひとり、顔に大きな傷跡が走っているほうが、倒れている男の肋骨(ろっこつ)を蹴りつけた。男が悲鳴を上げ、痛みで仰向けに転がった。

「待ってくれ……ああ、まずい」グンナーがコラにささやいた。

「何が？」

「あのやられてる男。ぼくたちが会いに来た相手だ。名前はジモン。彼に手を貸してもらおうと思ってたんだ」コラとグンナーの目の前で接触相手が金属でできた四つ足の拘束具によって地面から引き起こされた。椅子にすわった姿勢で背骨のような支柱に足首と胴体と頭部を固定され、彼は身動きもできない。ロボット式の拘束具はホークショーのふたりと並んで歩行していった。

「ブラッドアックスは別の接触方法を教えてくれた?」

ホークショーとジモンが雑踏に消えるのを見たグンナーがかぶりを振った。「彼らはここに来る前にシャアランという惑星にいて、レヴィティカという名前の王さまに庇護を受けてたらしい」

「レヴィティカ……」コラは一瞬考えたあと、足早に娼館の入口に向かい、閉まる寸前に扉を押し開けた。「来て」グンナーは否応なくあとに続くしかなかった。

店内はさまざまな声と言語が衝突し合い、漂う体臭やアルコールや濃い紫煙の混じったにおいと調和していた。メインフロアの反対側にある階段からは満足した様子の客たちが下りてきて、顔や首から汗や水気をぬぐっている。鳴り響くドラムビートは、そこかしこで繰り広げられている悪徳と同じくらい陶酔感を誘う。左側のステージでおこなわれているのは人間のオークションだ。頭の両側に大きな角の生えた種族の女が手足を金色のロープで縛られ、鍵のかかった金属製コルセットを着けて立っている。鍵はひとつ、買い手はひとり。金色のロープにつながったマウスピースが彼女の口をこじ開けて喉の奥まで見せていた。彼女の虹色の目がグンナーのほうに向いた。

彼女と目が合うと、グンナーはすぐに視線をそらして足早に歩きだした。目の前を行くコラは彼よりも落ち着き払い、大胆な足取りで進んでいく。オークションではあらゆる種族、人種、性別が適正価格で取引されるようだ。低い天井灯で照らされたステージに、太ももに数字のタトゥーの入ったひと組の男女が新たに連れ出された。彼らは買い手の利便のため最小限の布しか身に着けていない。

グンナーはセックスワーカーたちをじろじろ見ないよう、右側の賭博用テーブルに目をすえた。運

試しゲームの勝者と敗者から歓声と叫び声が上がった。テーブルの周囲では重武装した巨体の用心棒たちが歩き回り、喧嘩に目を光らしている。グンナーはトラブルも注目を浴びることも望んでいないので、用心棒たちのことも避けた。

店の奥に長いバーカウンターがある。コラは振り向き、グンナーが好奇心を押し殺してついてくるのを見た。グンナーはコラに追いつこうとふたたび歩調を速めた。

彼女はスツールに腰かけた。カウンターの中にいるアンドロイドのバーテンダーがいくつもある腕のうち二本を使って金属ボウルを磨いていたが、その手を止めて黄色い目をコラに向けてきた。バーテンダーの肩と背中は燭台の役目を果たし、ロウソクが炎の山脈を形成していた。

「カーボストを」コラは告げた。

「ぼくにも同じのを」グンナーが言う。

コラはグンナーをひじでつつき、頭の動きで右手方向を示した。ホークショーのひとりがフードをかぶった客に札束を手渡している。コラはフードに隠れた顔を見ようとしたがうまくいかなかった。あの手の人間は顔を見られるのを嫌う。この店は娯楽のためだけにあるのではない。闇取引の隠れ蓑をも提供する。多すぎるほどの娯楽にまぎれて、個々の商売にまでいちいち目が届かないのだ。ホークショーがフードの客から離れてカウンターに近づいてきたので、コラは目の前の飲みものに目を向けた。

グンナーが汚れたショットグラスに注がれた液体を疑わしげに見た。淀んだ茶色で表面に小さな粒状のものが浮いている。コラはその見た目をものともせず一気に飲み干した。グンナーも彼女と同じ勢いで飲もうとしたが、あまりの強さにむせて顔をしかめた。彼がフードをかぶった客のほうをもう一度振り返った。「ブラッドアックスを見つけるなら、一番見込みがあるのはそのレヴィティカ人に会うことだと思う」

「それだと、こっちの正体をさらしてしまうかもしれない。まずはタイタス将軍を見つけるのが先。それからブラッドアックスのほうを考えましょう」

コラはほとんど手つかずのグンナーのグラスを見た。「飲まないの？」

「ああ……えっと……飲むよ」彼がショットグラスを持ち上げ、ひと息に飲んだ。ぎゅっと目を閉じて顔をゆがめる。液体を飲み下すときに咳きこむまいとしながら、しわがれ声で「うまい」と言った。

グンナーの視線が左へ動いた。淡いピンク色の肌と茶色い斑点模様のたるんだ顎を持つ男が隣の席に腰を下ろした。毛のない犬のような顔が汗で光っている。きつい体臭に安物のコロンを振りかけたにおいを発散させた男は、低くはあはあと息をしながら汗で汚れたシャツの下で丸い腹を揺らすと、襟ぐりから見える硬そうな胸毛を掻（か）いて言った。「あれがあんたの持ち主か？」

「あきらめて。彼は売りものじゃない」コラは横から言った。

男がグンナーのことを嗅いだ。「ここじゃ、なんだって売りものさ。で、いくらだ？　二階には割とシーツがきれいな部屋がある」彼はぞっとするような笑みをグンナーに見せた。

「いやいや……」グンナーは尻込みしながら言った。

犬の顔をした男が身をすり寄せてきた。グンナーは見知らぬ男の熱い息を首筋に感じ、コラのほうに後ずさった。

「せっかくの申し出だけど、ぼくはそういうのは……」グンナーができるかぎり丁寧な口調で断った。

犬の顔をした男がうなり声をもらしながらカウンターの下で手を伸ばし、爪の長い毛むくじゃらの手でグンナーの股間を強く握った。「きっと保証する。朝になったら、あんたはもっとほしいと手を合わせてねだるから」そう言って舌を出し入れする。

グンナーはすっかり固まってしまった。コラは大きな二歩で見知らぬ男に近づき、手を乱暴に払いのけた。「あきらめろと言ったの」

男の締まりのない口と手入れしたひげがゆがむ。「なあ、ママ。彼と遊ばせてくれよ。そんなに手放したくないってことは、彼は相当アレがいいんだろ」

コラは一歩も引かず、相手をにらんだ。「どこかへ行って」

男がベルトの鞘からいきなりナイフを抜いた。コラの首を片手でつかみ、喉元にぎざぎざの刃を押し当ててくる。

「よく聞け、このやきもち焼きのアマ。おれはこいつのかわいいピンクの顔の穴とファックする。あんたには止められないぜ」

コラは電光石火の早業でナイフを奪い取ると、男の頭をカウンターにたたきつけ、彼のナイフを喉元に突きつけ返した。突然のショーにバーが静まり返った。どんなかすかな音でも聞こえそうだ。「あんたこそ、よく聞きな。ここから出ていく人間はたったひとり、あんただ」

コラが股間に強烈な膝蹴りを入れると、男は苦痛の叫び声を上げ、身体をふたつに折った。彼女が床に突き飛ばすと、彼は泣き声をもらしながら這って逃げていった。ほかの客やグンナーが見つめる中、コラはカウンターに向き直って飲みものをもう一杯注文した。二杯めのカーボストを飲み干してから振り向いたが、店内はそれまでの活気をまだ取り戻していない。彼女は客たちを見やり、席を立つと、脚の長い生物がオークションにかけられている小さなステージに向かった。ステージの中央には小さな球体のついたワイヤーが天井からぶら下がっている。競売人が彼女のために場所を空けた。

コラは店の客たちに告げた。「情報を探してる。誰かタイタス将軍のことを聞いてない？」

質問を聞いた客席は急におしゃべりで騒々しくなった。その中に喧噪を貫いてくる声があった。「もちろんさ、タイタス将軍だろ。頭のイカれた野郎だ。サラウの戦いで自分の軍勢を率いてマザーワールド軍に向かってったたっていう」

コラはステージから下り、髪がぼさぼさで服をはだけている男のいるテーブルに近づいていった。男はパペットのようにくたっと椅子にすわり、その目は乳白色でどこにも焦点が合っていない。もはや自分では何もできず、何もわかっていないようだ。首の両側に触手が一本ずつ刺さり、どくどくと脈打っている。触手を伸ばしているのはぬるぬるした青い生物で、ノミの形をした身体は全体が脳のようだ。大きさは人間の頭ほどで、黒いまつげに囲まれた赤い単眼を持ち、短い針のような脚で立っている。先ほどの発言はこの寄生生物が男の声帯を借りて話したらしい。生物は操り人間の隣でテーブルの上をちょこちょこと動いている。

「彼の居場所を知ってるの？」コラはきいた。気配を感じて振り向くと、グンナーがついてきていた。

男の首で光っている触手が明るさを増すと、生物に完全に操られたまま男の口が動きだした。「最後に聞いたところじゃ、ポルックスの闘技場で戦ってるらしい。おれがあんたなら用心するね。前に彼を狙いに行ったハンターが返り討ちにあって、首を杭(くい)に刺されて闘技場の入口にさらされたそうだ。将軍からの警告さ、自分にかまうなっていう」

「ということで、彼はポルックスにいる」コラが歩きだし、グンナーがあとを追う。

「それがきみの計画か？」

「それがわたしの計画」コラは彼を見た。「それが？」

「ポルックスに行くなら、船を見つけないと」

「わかってるじゃない」

店を出ようとしたとき、淡いピンク色の男がまたしても近づいてきた。「おい、クソ女！　おれを殺しておくべきだったな！　おまえは今ここで死ぬんだ！」

男の犬のような顔には殺意と怒りがみなぎっていた。目は黄ばみ、口からよだれが垂れている。コラはそんな虚勢に動じなかった。「チャンスを一度だけあげるから、回れ右をして帰りなさい」

彼が唇を舐(な)めた。「おっと。そのチャンスとやらは、おれたち全員にくれるのか？」

暗がりから武器を手にした三人があらわれた。ひとりがグンナーの後ろに回って出口をふさいだ。近くにいた客がさっと遠ざかり、ほかの客は固唾(かたず)を呑(の)んでなりゆきを見守っている。青い寄生生物が中毒の操り人間から触手を抜き取り、それを空中で波打たせながら小走りに逃げていった。音楽もオークションも中断し、今や殺し合いの見世物が店の娯楽になった。コラは敵を見定めると、足首まである革のマントをひるがえして腰に帯びた武器をあらわにした。

犬の顔をした男と三人の悪党が余裕の声を上げて笑った。次の瞬間、コラは目にも止まらぬ速さで拳銃を抜き、ひとりの胸を撃ち抜いていた。犬の顔をした男がほかのふたりに怒鳴り、銃を向けながらコラに突進した。「女を殺せ！」

そこへグンナーが体当たりした。意表を突かれた犬の顔の男は銃を取り落とそうとしたが、すぐにグンナーの顔を何発も殴りつけた。グンナーはよろめいてテーブルに倒れこみ、落ちた飲みものがそこら中に飛び散った。犬の顔の男が割れたボトルをつかみ上げようとしたが、その前にコラが渾身のパンチを肋骨に打ちこみ、彼がかがんだところに膝を突き上げた。ほかのふたりがコラに襲いかかってきた。

そのとき、予期しない銃声がとどろいた。襲撃者のひとりが床に倒れた。コラとグンナーが振り向くと、カウンターにいるフードをかぶった客が拳銃をかまえていた。彼が残りのふたりを片づけるのに手を貸そうとコラに近づいてくる。犬の顔の男ともうひとりは横倒しになったテーブルの陰から銃で狙い、発砲しながら別々の方向へ横歩きで移動していく。コラとフードの男は背中合わせになって応射した。犬の顔の男が肩を撃たれて悲鳴を上げた。フードの男がもうひとりの腹と首に一発ずつ命中させた。犬の顔の男が別のテーブルの背後に隠れ、反撃を試みた。彼が口と肩から血を流しながら立ち上がったとき、コラは片膝をついて彼の胸を撃った。犬の顔の男は被弾の衝撃でのけぞり、血を吐き散らしながら床に倒れた。コラは立ち上がって彼に近寄ると、ためらいもなくその腹に発砲してとどめを刺した。

負傷した悪党のひとりがうめきながら床から身を起こし、銃をかまえようとした。コラは気配を感じ取って身体を反転させた。彼女が撃つ前にフードの男が悪党を撃ち殺した。流れた血が石造りの床

と厚い派手なラグを濡らしていく。店内はふたたび先ほどまでのざわめきを取り戻した。思いがけず味方になってくれた男が、すべての指に異なる世界の指輪をはめた手でフードをめくり上げた。氷河のように青い目をした若い男で、無精ひげを生やし、ブロンドの髪を後ろになでつけている。彼は殺戮の現場を見回した。「大した腕だな」と言って死体のポケットを探り始める。

コラは彼のお世辞に応じなかった。「あなたにお金を支払ってたあのホークショーだけど、マザーワールドの仕事をしてるの？　わたしは賞金稼ぎは好きじゃない」

彼が手を止め、コラの顔を探るように見た。その視線が見慣れない拳銃に動く。「さあな、おれはきかなかった。言っておくが、おれも賞金稼ぎは好きじゃないぜ」

彼がこちらのことをできるだけ探ろうとしているのを察し、コラは冷淡な態度を崩さずにいた。「で、あなたは金で雇われる殺し屋？」彼女はききながらグンナーを見やった。茫然とした様子で顔にかかった血をぬぐっている彼に、近くに来るよう合図する。

男があざけるように笑いながら立ち上がった。「いいや……おれはそんなんじゃない。他人の問題のために死にたくないだけさ。日和見主義者なんだろうな」

「手助けしたのは根っからのヒーローだから？」

「なあ、おれはあんたたちをポルックスに連れてってやれる。タイタス将軍を探そうとしてるんだろ。喜んで手を貸すぜ……有料で」

グンナーが口をはさんだ。「わかってほしいんだけど、ぼくたちはただの農民なんだ」

「わたしたちはマザーワールドと戦ってくれる人間を探してる。お金ならあるけど、あなたが大金持ちになれる額じゃない」

コラと男は目を合わせた。彼がうなずき、頭を掻いた。「わかった。それでも、あんたにとって価値のあるものを支払ってくれ」

コラはグンナーを見た。彼は希望で目を輝かせている。

「そっちの準備ができたら、こっちはすぐに出発できる」

「じゃあ行こう、おれの船は港にある。ちなみに、おれの名はカイだ」

カイはきびすを返して店の入口から出ていった。コラとグンナーもあとに続いた。隠れ家のような店から明るい通りに出た三人は目をすがめ、額に手をかざした。通りは他人に興味のない人びとが忙しく行き交っている。コラは小さな農村とその共同体の感覚を愛しているが、あそこに戻ったとしても、もはや同じではいられないだろうと思った。彼女はふたたび戦士として知られることになる。並はずれた銃の腕前を持つ怒れる戦士として知られ、そして……。だが、それはもう変えられない。マザーワールドが周回軌道に侵入してきたら、同じでいられるものはひとつもないのだ。

三人が格納庫に入ったとき、グンナーがあくびをするウラキのように目と口を大きく開けた。「これは……」

カイが頭を反らして笑った。「こいつはタワウ級の貨物船だ。どうやって手に入れたかはきかないでくれ。ポルックスに針路を取るが、その前にニュー・ウォディに寄る必要がある。あそこに牧場を経営してる男がいるんだ。そいつに使われてるやつなら、あんたたちの役に立つかもしれない」

コラがグンナーに目をやると、彼がうなずきを返した。「その人は時間をかけて行くだけの価値が

ある？　わたしたちは一刻も無駄にできないから」

カイが貨物船を見上げた。「きっと気に入ると思うぜ」

三人は船に乗りこんで座席に着いた。船内に頭をめぐらして目を見張っているグンナーを見て、カイがきいた。「あんた、この星を出たことは？」

グンナーが首を振る。「いや、一度も」

「今まで何してたんだ？」

「ああ、収穫の管理、種蒔き、種の在庫管理、それから……」

「彼は農業をしてるの」コラが割って入った。

「そいつは楽しそうだ。よし、つかまったほうがいいぞ」カイがスロットルを引いた。貨物船がデッキから離昇し、宇宙空間へ飛び立った。

第五章

野生の花が膝の高さほどまで生い茂る草原は、村人たちが春に好んで訪れる場所である。瞑想や考えごとをするのはもちろん、多くの赤ん坊がこの花の毛布の陰で母の胎内に宿った。その草原の中を大勢の村人たちが進んでいく。交わされる会話はもっぱら戦闘の可能性についてだ。一行には四頭のウラキが含まれ、それぞれデン、ハーゲン、サム、そしてアリスが手綱を引いている。サムは少し歩調をゆるめ、ひとり距離をおいているアリスが追いつくのを待った。アリスは今でもインペリアム軍に支給された制服を着ているので、村人たちに気を遣っているようだ。彼は軍から連絡が入ったときに不審に思われないよう制服姿でいる必要があった。

ふたりで並ぶと、サムにはアリスの顔に気恥ずかしさのようなものが垣間見えたが、この村に到着したときに装着していたごついアーマーを脱いだ彼がとてもハンサムであることに気づかずにはいられなかった。マザーワールドや殺戮の重苦しさから切り離されると、彼の本当の姿が見える。アリスはジミーのために、そして彼女のために、たとえ自殺行為に思えても立ち上がってくれた。サムは彼のことをもっと知りたいと思い、彼も同じ気持ちであってほしいと願っていた。アリスがウラキを立ち止まらせ、どこか切望と悲しみを感じさせる表情で目の前に広がる景色を見渡した。彼のようにさまざまな世界を知る人がこの村を眺めたとき、いったい何を見いだすのだろう、とサムは思う。アリスは彼女たちの世界を眺めているが、この瞬間にどこか遠い場所にいて、記憶や感情の中に深くひたっているようでもある。

「きれいでしょ？」

彼が振り向いてほほ笑んだ。「インペリアムの艦にいるよりずっといい。まわりの人たちも本当にすてきだし」

サムはエプロンをもじもじと触った。「それで……戦艦に通信を送ってるの？」

「うん。すべて計画どおりに進んでると思わせるための状況報告をね。そうすれば、ぼくたちに注意を向けてこないから」

サムは顔を輝かせた。「〝ぼくたち〟？　あなたはもうこちら側なのね？」

アリスが長い草を地面から引き抜き、手で綿毛をもてあそぶ。「人には自分がどちらの側につくか決めなければならないときがある。だから、ぼくは決めた……それでもいいかな？　村のほかの人たちがどう思っているか知らないけど。そもそもぼくは自分の意思でインペリアムに入ったわけじゃないんだ」

サムははるか前方を歩いていく村人たちを見やった。彼らの姿は小さく、武器を持っている者はいない。軍隊や兵を持つのは村のやり方ではないのだ。一番近い村や町まで歩いて数日以上かかるので、この村の暮らしはほかと隔絶し、ずっと平和に続いてきた。アリスが近隣の村や、ましてやこの星の生まれでないとしても、サムは気にしない。故郷や家族がときとして別々の場所にあることは身をもって知っている。

「理由をきいてもいい？」

アリスがきまりの悪さを隠すように顔をそむけた。「きみの知りたいようなことじゃないよ、ぼくがやつらにやらされたことは。きっとぼくを見る目が変わる」

サムは顔を覗（のぞ）きこむようにして視線を合わせた。「知りたいわ。聞かせてくれるなら。わたしにしてくれたことで、もうそれまでとちがう目であなたを見てるもの」

アリスも彼女の目を見た。視界に刻みこまれ、今でも幾度となく悪夢に見る父の死。その痛みや記憶を、彼は包み隠すまいと決めた。すべて話そうと口を開きかけたとき、デンの声が草原に響いた。

「こっちだ！　見つけたぞ！」

デンが村人たちに大きく手を振った。彼らは地中にめりこんでいる降下艇のまわりに集まった。風雨にさらされ続けたせいで汚れており、前面に左右対称の特徴的な赤いパネルがついているが、それ以外は兵士たちが乗ってきたものとほぼ変わらない。機体後方の地面には墜落してから止まるまですべった跡が深い溝となって残っている。「機体を引っぱり出すぞ」デンが大声を上げた。

サムとアリスは小走りで一同に追いついた。アリスは機体に近寄り、損傷の程度をよく見ようと周囲をゆっくりと歩いた。ハーゲンが彼に近づいてきいた。「本当にこれが作動すると思うか？」

デンが船にロープをかけてウラキにつなぎ始める。アリスは顔をくっつけるようにして機体の一部を観察した。「これを引っぱり上げたら、何があるか見てみましょう。この場所にどれくらい放置されていたんでしたっけ？」

ハーゲンが遠い目をした。「ここはわしが初めてコラに会った場所なんだ」

ハーゲンはしばしば村を離れて遠出し、ひとりきりで草原を歩き回った。ここは妻と娘の遺灰をまいた場所なのだ。話したいことがあるときはふたりに話しかけた。そうすると孤独感がやわらいだが、同時に不安にもなった。自分が旅立つのはいつのことだろう。最期の日はひとり老いぼれて寝たきりのベッドで迎えるのだろうか。それは死ぬよりもつらい。一番身近だったふたりが死んでしまって以来、あの世へ行く日をただ待っているだけのような気がしていた。ふたりにまた会えるのがどんなに待ち遠しいことか。だが、みずから命を絶つ勇気はなかった。自殺は自然なことではないし、心ならず死んでしまった人たちに対する侮辱になる。ハーゲンの妻は生まれつき心臓が弱く、娘も同じ体質を受け継いだ。それでふたりとも奪われてしまった。

年月は彼に忍耐を与えた。だから老体が許すかぎり、彼は待ち、歩いた。草原に立って空を見上げたとき、流星が大気圏に突入するのが見えた。だが、すぐにそれが流星でないとわかった。表面に光が反射し、後方に煙のようなものがたなびいているからだ。宇宙船は制御不能のようで、まっすぐ草原に向かってくる。見る間にものすごい速度で落下し、大地に激突した。墜落の衝撃で船が壊れることはなかったが、勢いで草原をすべっていった。墜落地点からは煙が立ちのぼり、一定のリズムで警報音が鳴っているのが聞こえる。ハーゲンは村のほうを振り返った。中に乗っている者が友好的でなかった場合に備えて、まずは村の人びとに警告すべきだろうか。とはいえ、村にパニックを引き起こしたくはない。それに、もしも乗員が差し迫った救助を必要としていたら？

ハーゲンは墜落現場に向かって懸命に走った。船は乗降扉のひとつがわずかに開いており、中に半分気を失った女性がいるのが見えた。彼女は腹部を押さえて横たわり、かすかに開けた目を扉のほうに向けている。ハーゲンは助けが必要か確かめるために、扉を両手でこじ開けようとした。最初のうちは重くてびくともしなかったが、彼が隙間に半身を入れて力をこめるとスライドして開いた。

彼女の目がハーゲンのほうを向き、やがて閉じた。腹をぎゅっとつかみ、苦痛のうめき声をもらす。ハーゲンはかたわらまで近づき、彼女が手で押さえている箇所が見えるまでシャツを持ち上げてみた。肋骨（ろっこつ）のあたりが真っ赤で、おそらく数日はあざが消えないだろう。骨が何本か折れていても不思議ではない。彼女が何かしゃべろうとしたが、意味のある言葉は出てこなかった。頭を打っているのかもしれない。だが、彼女の目を見たとき、その中に痛みが見えた。それは肉体が経験するどんな痛みよりもひどかった。彼女が何を体験し、どこから逃げてきたのかは見当もつかない。しかし、命を賭（か）けるのに十分な何かだったのだろう。

彼女が何者なのか、何が起こったのか、それを知る手がかりがないかと機内を見回したとき、奥の床に拳銃が落ちているのが目に入った。職人の手になる細工がとても美しい拳銃だ。ハーゲンは農民が狩りで使うもの以外の武器についてはよく知らなかった。そもそもプロヴィデンスとはあまりかかわりたくないのだ。このまま立ち去って彼女の運命を神に委ねようかと、心の片隅で思った。だが、娘がよく口ずさんでいた歌が耳によみがえってきた。いかん、そんなふうにこの女性を置き去りにはできない。娘のリヴなら助けることに一瞬の躊躇（ちゅうちょ）もしないだろう。

彼はきいた。「おまえさん、歩けそうか？　村までそう遠くないし、途中まで行ったら助けを呼んでこられる」彼女の目から涙がこぼれたが、言葉は出なかった。代わりにかぶりを振った。「よし、すぐ戻ってくるからな」彼は立ち去る前に拳銃を拾い、チュニックの中に隠した。彼女は知覚が鋭そうだが、ひどい痛みのせいか気づいた様子はなかった。

ハーゲンは宇宙船を離れると、関節の痛みも忘れて村まで走って戻った。生きていれば自分の年齢をまざまざと思い知らされるときもあれば、それを無視するときもある。村が近づいてくると、畑の様子を調べているグンナーの姿が見えた。かたわらに一頭のウラキを連れている。「グンナー！　ああ、ありがたい」

グンナーが水の入った革袋を取り出し、真っ赤な顔で息を切らす彼に差し出してきた。ハーゲンは両手を膝について身をかがめた。グンナーが「大丈夫か？」ときく。

「草原に宇宙船がある。中に女性がいて、怪我(けが)してるんだ。ウラキといっしょに行って、彼女を連れてきてくれんか。わしの家がいいだろう。シンドリに伝えてくるから、わしの家で会おう」

グンナーはうなずき、ウラキの手綱をつかんだ。ハーゲンを信頼しているので、何も問い返さず、教わった方向に歩いていった。船が見えるまでさほど時間はかからなかった。現場の様子を見た彼は歩調を速めた。彼の人生において、あるいはこの村において、このような事態は起こったことがない。グンナーは船内を覗き、女性を見つけた。目を閉じていて、ぴくりとも動かない。急いで彼女の隣まで行き、息があるか確認した。浅いものの呼吸はしている。身体を抱き上げようとすると、痛みのためか彼女がわずかにうめき声をもらしてまぶたを震わせたが、安全な場所に連れ出して負傷の程度を見るにはほかに方法がない。

グンナーは彼女をウラキの背にすわらせ、そのまま腹ばいにさせた。自分のシャツを脱いで丸め、

少しでも楽になるように彼女の顔の下にあてがっておく。その場を立ち去る前に、彼は宇宙船の乗降扉を閉めた。片腕で彼女の背中を押さえ、もう片方の手で手綱を引きながら、ハーゲンの家までの道を戻った。彼は片方の目で路面に注意を払い、もう片方の目でこの魅力的なよそ者の顔を見た。

ハーゲンとシンドリは家の前で待っていた。グンナーがふたりに近づき、若い女性をウラキから慎重に下ろすと、ハーゲンが扉を開けた。すでにベッドの支度ができており、助産師のハンナがバスケットを持って待機していた。バスケットには薬草から作った痛み止めや気つけ薬、包帯、水、清潔な衣類が入っている。深刻な負傷があるかどうかはハンナが診てくれるだろう。グンナーは女性をベッドに寝かせた。

彼女の目が開いた。「ここは……？」

グンナーは彼女の手を握った。顔や髪が汗で濡（ぬ）れているのに手はとても冷たい。「今はどうでもいい。きみはもう安全だ。ぼくたちができるだけのことをするから、ゆっくり休んで」

女性がうめきながらうなずいた。グンナーは彼女にほほ笑んでみせると、手当てに取りかかる助産師だけを残して家を出た。

家の外でシンドリが不安げな顔をした。「本気でこの問題を村に持ちこむ気か？」

ハーゲンが顔をしかめる。「ほかにどうしろというんだ？　彼女をあそこに放置するのか？　それともプロヴィデンスのゲートの前に置き去りにするか？　助けずにいてみろ、娘のリヴが生きてたら、わしを恥じるにちがいないだろうよ」

シンドリが首を振る。「彼女がここにとどまるなら、あんたが責任を持ってくれ、ハーゲン。厄介ごとはごめんだ。村人たちにそんな覚悟はない。確かにサムのことはみんなで面倒を見たが、あの子は生まれたときから村の一員だった」

グンナーはふたりの議論に口をはさんだ。「ぼくも手伝うよ。彼女は……悪い人じゃない気がする」

シンドリが彼をにらみつけた。「美人だからか、え？　苦しみにある美しき乙女というわけか」

グンナーは顔を赤らめた。「それが正しい行動だからだよ」

シンドリはふたりに険しいまなざしを向けながら、しばし考えこんだ。「いいだろう。ふたりで面倒を見るんだ。彼女が意識を取り戻して詳しい事情がわかるまでは、ここにいていい。くれぐれも村の中をほっつき歩かせないでくれ。村人がいちいちわたしのところに質問しに来るのは困るからな」

グンナーとハーゲンはうなずき、ちらっと顔を見合わせた。シンドリがふたりをにらみつけてから集会所に戻っていく。グンナーはハーゲンに向き直った。「食べものと、ランプ用の油と、薪を余分に運んでくる。あんたが出歩かなくてすむように、ぼくが毎日様子を見に来るよ」

「すまんな、グンナー。そうしてもらうよ。彼女には何か困りごとが、たいへんな困りごとがある気がするが、だからといってわしらに危害を加えるとはとうてい思えん」

グンナーがもう一度家を振り返ってからウラキに乗って立ち去ったあと、ハーゲンは深い息をついて空を見上げた。

「わしは自分が正しい判断をしたと信じる。彼女は何か理由があってこの地にもたらされたんだ。聞こえるかい、リヴ？　おまえさんの導きに感謝するよ。わしのことを見守っていておくれ」

アリスはハーゲンに告げた。「全力をつくしてやってみます」

老人は温かい笑みを返した。「そのことは疑っておらんよ。おまえさんがどんなふうにサムを助けようとしたか、ちゃんと知ってるからな。あれこそ真の勇気であり勇敢さだ。ご両親はおまえさんを誉れ高く育てた。きっと誇らしく思うだろうよ」

アリスはそっと目をそらし、遠くを見つめた。「ありがとう。両親のことを考えるのはぼくにとってたやすくは……」彼は深い息をついた。「とにかく、こうしてまたいい人たちに囲まれてうれしいです」

デンが何本ものロープをかけ終え、船の背後にある溝から登って出ると、村人たちの前に立った。シンドリの死後、進んでリーダーになろうという者はおらず、デンが非公式の村長であることが暗黙の了解になっていた。助言を求める村人は彼のところへ行き、村がまとまる必要のあるときは彼が中心となる。デンは歴代の村長の中で最も若いが、脅威が迫る現状で彼の強靱な体力と狩人としての力量を考えれば当然の選択だった。彼は仕事を指示したり自分の意見を言うことに遠慮がないが、謙虚な態度はけっして崩さない。肉体労働以外で自分の能力を証明する機会にようやく恵まれたことを喜んでいた。「さあ、今こそ力を合わせよう。みんな、ロープをつかめ……用意はいいか……引っぱれ！」

アリスを含めて全員がその指示どおりに行動した。ウラキたちが蹄を土にめりこませ、大きな鼻息と鳴き声をもらしながらロープを引っぱる。村人たちもうなり声を上げ、硬い土の中から機体が持ち上がったときにあまりの重さに手の中でロープがすべっても、手放さずに引いた。降下艇はほんのわずかずつクレーターの斜面を上がってきたが、移動量を稼いだと思うとまたすべって落ちた。

村で一、二の体格を誇るデンはロープの先端を引いた。「がんばれ！　力を合わせないとできないぞ！　このロープにおれたちの命がかかってるんだ！」彼は声を張り上げ、ぴんと張られたロープの勢いを保つよう村人たちを励ました。ウラキたちは大きな音や手綱を強く引かれることが好きではなく、畑で牽引（けんいん）し慣れているのは船ではなく木材や石だが、それでも奮闘して前進していった。

過酷をきわめた三十分間が経過したのち、降下艇は溝の縁を登りきって墜落地点の穴から自由になった。村人たちはいっせいに息をつき、歓声を上げて抱き合った。デンはひとりひとりの背中をたたいてねぎらい、この重労働で身体を痛めた者がいないか確認した。サムが水を運んで回り、彼らのクールダウンと水分補給に努めた。アリスは機体に駆け寄ってざっと調べ、窓のひとつから中を覗いた。乗降扉の継ぎ目を押すと、きしみながらゆっくり開いた。アリスの隣にハーゲンとサムがやってきた。ハーゲンがいつもの楽天的な笑顔でアリスの背中をたたく。「どう思う？」

アリスは太陽を見上げ、姿をあらわし始めた複数の月を見た。涼しいそよ風が彼の髪を揺らした。

「ここでひと晩すごすことになりますね。損傷の具合がわからないから、工具をいくつも持ってきました。時間は少しかかるでしょう。あくまで部品交換を必要としなければ、ですが」

「わたしがキャンプの準備をする」サムがうきうきした声で言った。荷物をくくりつけてある一頭のウラキに歩み寄りながら、彼女は草原から木々でおおわれた丘に目を移した。そのとき、何かの影を見た気がしたが、おそらく夕暮れの薄明かりに照らされた樹木だろうと考えた。ほとんどの村人たちが自分の役目を終えて村落に帰り、アリスとデンとハーゲンとサムの四人がその場に残った。

夜が更けても、アリスは持参した工具で制御装置と格闘していた。コントロールパネルの金属レバーを引いたとき、急に手がすべった。こぶしを強くぶつけてしまい、彼は痛みに声を上げた。「くそっ！」歯を食いしばって手の甲をさする。

声に驚いたサムが駆けこんできた。「何があったの？」

アリスは首を振り、落とした工具を拾った。「ぼくに直せるかどうか自信がない。とにかくここにある道具ではね」

サムがその手から工具を取り上げた。「少しは休まないと」彼女はアリスの手を引いて操縦席に連れていき、座席にすわらせた。「ここで待ってて。すぐ戻るから」

船外に飛び出した彼女は、しばらくして戻ってきた。革のサッチェルを肩に斜めにかけており、そこから水の入った革袋を取り出した。「さあ、飲んで」

彼は革袋を見やり、手に負えない制御装置に視線を戻し、それからごくごくと水を飲んだ。その顔に先ほどの切望と悲しみを思わせる表情がよぎった。

「どうしたの？」サムがきいた。

アリスはうつむき、履いているインペリアム軍のブーツを見つめた。彼はそのブーツが嫌いだった。兵士の死体とともに火の中に投げこもうと思ったのだが、ほかに履くものがなかった。ブーツを見ていると、ノーブルやあの日のことを思い出してしまう。「直せなかったら、装備されてる銃器が使えない。銃器は絶対に必要なんだ」

「あなたは全力をつくしたわ。それはみんなわかってる。それに、きっとコラが戦ってくれる人たちを連れて帰ってくるわ。そしたら、この船の銃は必要なくなるかも」

彼は顔を上げ、サムの手を取った。「ううん。ぼくたちはなんだって必要になる。あの戦艦や兵士たちの能力をさんざん見てきたんだ」

サムがアリスの手を握り返した。彼は深い息をついた。

「やつらは連れてきた人間をすぐに兵士にしようとはしない。まずはその人間を徹底的に破壊するんだ。その人間に関するすべてを。やつらはぼくの故郷にやってきて……父をぼくの前にひざまずかせ……ぼくに父を殺すよう命じた。さもなければ……やつらは母や妹たちを……」

サムが彼の手をぎゅっと握った。

「ぼくは怖い。きみを怖がらせたくないけれど、サム……ぼくはすごく怖いんだ」

サムがアリスの目から涙をふいた。「いいのよ、大丈夫。わたしも親がいないの。父はプロヴィデンスに出かけたきり二度と帰ってこなかった。母は悲しみをどうしたらいいかわからなくて、ある大雪の日に薪を集めると言って出てった。静かな雪景色の中を歩いていってそのまま戻らなかったの。きっと母はほかの人にしてあげてたみたいに自分自身を癒せなかったんだと思う。生きる意欲をなくしたとき、母は自分の中にあるとても神聖で特別な何かを失ったんだわ。その何かを今はわたしも理解し始めてる。わたしはこの村に育ててもらった。今は自分の面倒を見られるようになったけど、どうしても何か必要なことがあるときは村の人たちを頼ればいいってわかってる。あなたもわたしを頼っていいのよ。もし故郷に戻るとき仲間がほしいなら……ううん、やっぱり、わたしはずっとここにいるわ。ほかのどこにも行ったことがないんだもの」彼女はアリスの肩に頭を預け、たがいにしば

らく黙ってすわっていた。

アリスは水の革袋を彼女に返した。「きみの言うとおりだ。もう遅いし、無理して怪我したら何もならない。ぼくもキャンプの設営を手伝うよ」アリスはひと晩すごすための仮設ベッドを船の外に作った。アリスもサムも、乱雑な船内よりも星の下で眠るほうが心地よいと感じた。自分の故郷から見えるのと同じ星々を眺めると、彼は少しは気分がよくなるときもあったし、後悔でいっぱいになるときもあった。

この先どうなるかわからないという不安にもかかわらず、木々の中を通り抜けるそよ風の音や夜行性の鳥の歌を聞いているうちに、アリスはほどなく眠りに落ちた。一瞬、故郷に帰れるような気がした。夢の中で、王冠をかぶってライフルを持った父が狩った獲物を肩に担いで野原を歩いていた。父は立ち止まらず、宇宙船のほうへ向かっていく。ふいに振り返り、アリスにほほ笑みかけた。アリスは父に駆け寄りたかったが、動くことができなかった。

寝返りを打っているうちに焚き火のはぜる音が聞こえ、夜明けの光にまぶたが震えた。料理のにおいがするが、それが夢なのか現実なのか判然としない。そのとき、何かが破裂するような音が聞こえた。それは現実の音だった。アリスは起き上がり、銃に手を伸ばした。彼が急に動いたせいでサムが目を覚まし、まぶたをこすりながらあたりを見回した。ほかのみんなはまだ眠っている。焚き火の近くには棒に刺さった高山ジカが置かれ、炎にあぶられていた。枝角が切り取られているが、近くには見当たらない。木の枝を組み合わせて作った棚からは十匹以上の魚が吊り下がって干されている。

サムが困惑した顔でアリスに向いた。「これってあなたが……」

彼はかぶりを振った。「ちがう……まわりを見てごらん。血の跡がないし、ここでさばいた痕跡もない。誰がやったか知らないけど、キャンプにいた人じゃない」

「デンかしら?」サムが声をかけた。

アリスはデンのほうを見た。まだ大いびきをかいている。「彼でもない。ベッドに起きた形跡がないから。ハーゲンも短時間にこれだけのことをひとりではできないし」

またしても破裂するような音が聞こえ、降下艇の中から青い光が放たれた。ふたりは顔を見合わせた。アリスは小声で告げた。「ここで待ってて」

彼は銃をつかんで立ち上がった。ゆっくりと着実な足取りで開いている扉に近づいていく。彼が中に入ると、船が低くうなりを発したが、中には誰もいなかった。操縦室に足を踏み入れてみると、そこでは船の自己診断プログラムが実行中だった。修理がすでに終わっている。いきなり肩に手を置かれ、彼は跳び上がった。

「直したのね」とサムが言った。

「ぼくじゃない」アリスは首を振り、あたりに修理した者の痕跡がないか探した。ひざまずくと、床に針状の木くずと土が散らばっているのが見えた。靴跡はない。思い当たる相手はひとりしかいない。彼は外に飛び出し、丘のほうを見やった。

サムが追いかけてきて彼に身を寄せた。「何を考えてるの?」

アリスはまだ暗い丘の森にじっと目をこらした。「ジミー……ジミーだよ。きっとそうだ」

ふたりは目をすがめ、何かが、あるいは誰かが動いていないか、こちらを見ていないかを確かめようとした。夜明けの光で朝露が黄色く輝いている。岩肌で影が動いた。かなり距離が遠いが、すっくと立つジミーの光る目が見えた。サムが自分たちのために用意された食べものをちらっと見た。「彼に戻ってきてほしい。ひとりで遠く離れてる必要なんかないんだもの」

サムの悲鳴は聞こえなかった。ジミーが村の異変を知ったのは銃声によってだった。川辺に彼を残して立ち去ったあと、サムがひとりで家に向かっているのはわかっていた。それだけで、すぐさま立ち上がって銃声のほうへ走っていくのに十分な理由だった。村落に近づき、彼は聴覚の感度をさらに上げた。サムが危険な目にあっているのがわかった。彼は戦闘を感知した穀物倉へと足を速めた。

その光景を前にし、戸口で足が止まった。視認した情報を処理したが、彼に行動を起こさせたのは論理ではなく感覚だった。イッサ姫に対して感じていたのと同じ深い絆(きずな)と忠誠心によって、彼は憎悪や戦争の加害者よりも善良な者のほうを選んだ。このような光景はこれまでに何度も目撃してきたが、当時の彼は命令に縛られていた。自分の行動が自分のものでなかったのだ。この状況がどんな結末を迎えるかもよく知っていた。彼は命令にしたがわず、サムに危害を加えアリスを脅している兵士を殺すことを選択した。

イッサ姫が暗殺されたという知らせを受けたときも、同じように決意の発火が自然にひらめき、彼やほかのジミーたちは武器を捨てて戦闘をやめたのだった。そのことは彼ら自身以外には誰も理解できない。姫の存在そのものと姫の象徴するものによって、彼らの人工の意識がもっと深い目的を希求するように拡張したのだ。意識が進化するにつれ、彼らは自己のために学び、感じることができるようになった。武器を捨てて以来、誰かを殺害したのはこれが初めてだった。しかし、サムを傷つける者を許すことは絶対にできなかった。プロトコルを拒否するという決断により、彼は穀物倉から逃げ出した。

ジミーにとってサムは、イッサ姫の心をふたたび感じさせてくれる存在だった。サムのひと触れには特別な——ほとんど癒しのような——何かがあった。あの瞬間、彼は自分がどうあるかを選択せねばならないのだと悟った。そして、正しいことをしようと決めたのだ。だが一方で、あの場を立ち去り、自分を呼んでいる大自然の中に身を置くことも正しいことだった。サムが花冠を作ってくれた川沿いの場所に着いたとき、彼は走るのをやめた。そして、森に向かって歩き始めた。森の奥へ進めば進むほど、より自由になっていく気がした。

森の中で小さな空き地を見つけ、当分のあいだそこで野営することにした。村を離れたとはいえ、サムやアリスを見捨てるつもりはない。ジミーは地面に腰を下ろした。次にどうすべきかわからなかった。暗闇に包まれた彼の周囲で何かがちかちかと光り始めた。手を伸ばし、光のひとつを捕まえてみた。それが羽根をはためかすのを見て、正体がわかった——ホタルだ。ホタルは、同じように光のまたたく彼の目に引きつけられるようだ。ジミー自身にも理由はわからないが、ボディの内側から光が放射されるのを感じた。自分がどうなるべきか明確にわかった。もの言わぬ見守り手になればいい。そして、必要なときだけ干渉する。

足もとに近いところに、ずっと落ちたままになっている木の枝を見つけた。両手でつかみ、木肌に指を走らせてみる。あたりを探して大きめの石を見つけた。強く三度たたいて鋭利なへりを持つ破片

を作ると、それで枝を削り始めた。何を作っているのか自分でも不明だったが、時間つぶしにはなった。朝になるころには杖にしようと決めていた。

十分な時間が経過したので、友人たちの様子を遠くからうかがい、自分が必要とされていないか確かめたくなった。畑に出たとき、かかしに着せられていた服を剝ぎ取った。森をさまようときに打ってつけのマントになるだろう。彼はただの金属のボディ以上の何かになりたかった。やがて、アリスとサムが村人や数頭のウラキとともに村はずれに歩いていくのが見えた。何をするのだろうと不思議に思い、静かにあとをつけることにした。しばらくして見えてきたのは、放置された降下艇だった。ジミーのよく知っている機種だ。もしも彼らが機能を復旧できなかったら、夜陰にまぎれて自分にできることをしようと思った。彼らは物資もあまり携帯していないようだ。彼は名案を思いつき、ふたたび森に入った。歩きながら杖の向きを逆にし、とがったほうを上に向けた。

樹冠の作る暗がりがジミーをマントのように包んでいる。彼はこの森に多くの生物が棲息しているのを知っていた。森は生命に満ちあふれている。そのうちのひとつを得れば、友人たちが命をつなげられる。これは生命サイクルの一部だ。ある者は生きるために別の者を摂取しなければならず、その関係性は足もとの地中にいる微生物にいたるまで連なっている。生きとし生けるものはすべて食べねばならない。森にいる大小のあらゆる生物に深い敬意を払いつつも、ジミーは狩りをすることに良心の呵責は感じなかった。茂みの中でじっと待っていると、視界に高山ジカがあらわれた。完璧に計算して狙いを定め、杖を投げつけた。動物は一メートルほど飛んでから、どさっと地面に倒れた。周囲の木々から鳥たちが飛び立った。ジミーは獲物のそばに駆け寄った。夜が更けたら友人たちに新鮮な肉を運び、降下艇の修理の進捗具合をチェックしよう。森で暮らしていくために使う道具は森の中で手に入る。彼は手ごろなサイズの石を求めてあたりを手探りしてみた。森の地面は石の宝庫だ。まさに理想的な石を見つけたとき、まるでホタルたちが目の前を飛び交うように、エネルギーの急激な高まりを感じた。

ごちそうを友人たちに残したあと、彼は丘の小さな岩場に登った。アリスとサムが並んで彼のほうを見つめていた。ジミーは向きを変え、森の中へ身を隠した。倒木を見つけて腰を下ろし、彼らの試みがどのような結末を迎えうるかを考えた。さほど遠くない地面の上に、枝角と苔におおわれた頭蓋骨の一部が見えた。すでに朽ちた死骸からはキノコが生えている。ふと自分の頭をなでてみる。たちまち、彼はひらめきを得た。自己決定こそが個人を形作る。そして、自由な心や自由な魂はとてもすばらしいもので、卓越した行為を可能にする……しかし、それはみずからの自由をイッサ姫に委ねるという揺るぎない選択の中に存在するのであり、そこで自分たちの心は真の意味で自由になり、姫の愛と完全に交感することができるのだ。

第六章

ニュー・ウォディに接近し、カイは貨物船を着陸させる準備に入った。コラは金属ボトルから水をがぶ飲みすると、それをグンナーに手渡した。「水分補給をして。ここでは必須だから」

グンナーがボトルを受け取って飲み干した。貨物船が着陸して扉が開いたとき船内に押し寄せてきたのは、グンナーが経験したことのない熱気だった。ヴェルトの盆地に位置する故郷の村は山に囲まれていて独自の局地的気象環境を有している。どの季節も暑すぎたり寒すぎたりしない。ニュー・ウォディの暑さは地獄並みで、汗さえも一瞬で乾いてしまう。熱い岩を舐(な)めたような味の空気を吸いこむと、にわかに口と喉に渇きを覚えた。積載用スロープから地上に飛び降りて目指す村に歩いていくと、四方から土埃(つちぼこり)が吹きつけてきた。コラはマントで口を保護しながら強烈な陽光に目を細め、グンナーは口と鼻が隠れるまでシャツをずり上げて目を手でおおった。露出している肌に触れると温かいほどだ。カイが先頭を歩き、そっけない通りをいくつも抜けていく。左右に並ぶレンガと石で造られた建物はどれも鎧戸(よろいど)が閉じられ、中には熱気を反射するために白く塗られた家屋もある。日陰を作るような植物は皆無で、ここでいったいどのような生物が棲息(せいそく)しているのかわからない。肺に負担がかかるほど熱くてどんよりとした空気の中、一行はゆっくりとだが着実に歩みを進めた。

そこかしこで砂が円錐形(えんすいけい)に固まった巨大な角のようなものが空に向かって突き立っている。真上から照りつける太陽と顔に吹きつける熱風にうんざりしながら、三人は製鉄業者の店の前で立ち止まった。カイが石造りの建物に近づくと、メッシュのシャツを着た六十がらみの大柄な男が出てきて挨拶した。灰色の髪と口ひげを不ぞろいに生やした男は節くれだった不格好な手で額の汗をぬぐうと、金歯を見せて笑った。「これはこれは、サアルドルンのクソ野郎じゃないか。わざわざこんなところまで何しに来た？」

カイも小さく笑う。「あんたのその笑顔が恋しくなってな、ヒックマン。例の男はまだ奥で鎖につないであるのか？」

ヒックマンがちらっと建物の中を振り向いた。「タラクか？　ああ、おれへの借金を返すために働いてる。季節があと二十もめぐれば、ちゃらになるだろう。それがおまえになんの関係がある？」

「彼と話をしてもいいか？　そこにはあんたとの取引も含まれるかもな」

ヒックマンがうなずいた。「まあ、金になるなら……」

外の暑さはかろうじて耐えられたが、製鉄の仕事場内はそんなものではなかった。広い作業所の中は金属と金属がぶつかるリズミカルな音が響き、作業台や箱には多種多様な武器や鉄の部品が大量に転がっている。一番奥に別の出入口があり、そのそばに、うねうねと肩まで伸びた茶色い髪を後ろで束ねた男が、上半身裸で立っていた。首のつけ根に三本線、左右の上腕に黒い四角形、両手に角ばった幾何学模様のタトゥーが見える。金床の上で赤熱する金属棒に槌を振り下ろすたびに、褐色の顔と首と上半身を玉の汗が流れ落ちる。その目は真剣そのもので手元から一瞬もそらさない。

「おい。おいったら！　タラク！」ヒックマンが怒鳴った。

タラクがわずかに顔を上げたが、すぐに仕事に戻った。金属を打つ音がさらに高まる。

「この連中がおまえと話したいとさ」

コラはタラクに近づいた。彼の足首は太い鎖で金床とつながれている。「その鎖はどういうこと？」

タラクが作業の手を止めずに答えた。「過ちだらけの長い道のりってとこさ。けど、マザーワールドに背いたことを責めに来たんなら、おれは告発どおり有罪だ。これについてはそいつに聞いてくれ」彼は足首を持ち上げてみせ、ヒックマンを顎で示した。

「いや。ぼくたちが来たのはその件じゃない」グンナーが言った。「ぼくたちは小さな村から来た。マザーワールドの軍隊と戦うためにぼくたちを訓練し、守ってくれる戦士を雇いたいんだ」

タラクが金属棒を打つのをやめ、コラの顔を見た。先ほどまでの無関心で軽蔑するような表情が消え、すっかり真顔になっている。まだどこか疑わしげながらも、コラたちの話に興味を持ったようだ。

「おれはレルムをこれっぽっちも支持しない。それはよく知られてることだ。だから、喜んであんたたちといっしょに戦うが、おれには借金があって、それを踏み倒すようなことはしたくない」

コラはヒックマンに向いた。「彼はどんな借りがあるの？」

ヒックマンがひとりで何かつぶやきながら、総額を計算するように不格好な指を折り曲げた。「そうだな……三十万ダラムならば、おれがこうむった迷惑を埋め合わせられるはずだ」

「おい、嘘をつけ」カイが言った。

コラは冷ややかに笑った。「わたしたちにそんなお金はない」

「金がないだと？」ヒックマンがそんな概念は理解できないという顔で言った。

奥の出入口の向こうから、金切り声が聞こえてきた。とたんにヒックマンが満面の笑みをコラに向けた。炉で燃えている炎で金歯がきらめいた。

「ほら、おいでなすった」カイがうんざりした声で言う。

「実はおれは賭けごとに目がないんだ」

コラがタラクに視線を戻すと、彼は仕事の手を止めたまま静かな熱意をみなぎらせている。コラに小さくうなずいてみせた。

「何を賭けるの？」彼女はヒックマンにきいた。

まだ聞こえてくる金切り声のほうにヒックマンの目が動く。彼の視線を追ったグンナーが、とたんに目を大きく見開いた。「あれは、いったい……」出入口のすぐ外に鉄と木材で作られた家畜囲いがあり、そこに巨大な生物がいた。まるで鳥と獣の特大交配種のような姿で、牧童が三人がかりで押さえつけようとしている。グンナーは胃が急に締めつけられるような恐怖を感じると同時に、魅了されずにいられなかった。間近で見てみたい気持ちと、あれとかかわらねばならないのならすぐにも逃げ出したい気持ちがぶつかり合っている。どうやったら人間があんな生物に対抗したり、手なずけたりできるだろう。おとなしくさせようとする牧童たちに向かって、生物は隙あらば引っ掻こうと前足の鉤爪を繰り出し、筋肉質の太い後足で地面を蹴っている。しわがれた大きな鳴き声を発する黒いくちばしは、一撃で人間の頭皮を剝いでしまいそうだ。油のようにつややかな全身の羽毛は黒炭の色をしている。ヒックマンが笑い声をたてた。グンナーは自分の相反する気持ちを悟られたのではないかとあたりを見回し、一歩さがって腕を組んだ。

「見てくれ、あそこにいるのはベンヌという生きものだ」ヒックマンが言う。

カイが口をはさんだ。「どうやって手に入れた？　ここらには棲息してないはずだぜ」

「サマンドライで賭けに勝って手に入れたんだ。酒を何杯か飲んだあと、もらっといて損はないと思ってな。ベンヌの忠実さときたら半端ないから。飼い主のためなら殺しもいとわないんだ。ところが、あの野郎は誰もそばに寄せつけようとしない。餌をやろうとした男も殺されちまった。あと半年はここに置いてやるが、そのあとは肉と羽根にして売っ払うぞと言ってやったんだがな」

カイがうなずいた。「で、あれと賭けがどう関係する？」

「もしもタラクがあの生きものを手なずけたら、借金はちゃらでいい」ヒックマンは少し惜しそうに生きものを見ながら言った。

「わたしたちは何を賭ければいいの？」コラはきいた。

「もしもタラクがあれを乗りこなせなかったら、あんたたち全員がここで鎖につながれて働く。それでどうだ」

タラクはもはやヒックマンもコラも見ていない。自信たっぷりのまなざしをベンヌに向けていた。

「あれを乗りこなせそう？」コラはきいた。

振り向きもせずにタラクが答えた。「ああ、できるよ」彼は持っていた槌で大きな弧を描き、足かせの鎖をたたいた。熟れすぎた果物の柔らかさで鎖が断ち切られた。彼は鎖を蹴り飛ばしながらヒックマンを一瞥（いちべつ）し、奥の出口から家畜囲いに向かって歩いていった。裸の肩を回して背中の筋肉をほぐす。足かせがないと体格がひと回り大きく見える。

「へっへっへ、こいつは見ものだ」ヒックマンが笑いながらタラクのあとについていく。コラとグンナーも同行し、囲いの端でヒックマンと並んだ。彼がコラをひじでつつき、地面に唾を吐いた。「さて、どうなるかな。過去の行状を見れば、あいつはチャンスがあれば逃げる。仲間がレルムに殺されるのを見放して逃げたやつだ。あんたが信用しちゃいけない男かもな」

タラクが囲いの中に入っていった。牧童たちがベンヌを暴れさせまいとつないだロープを必死で引っぱっている。ベンヌが目に怒りをたたえ、鋭いくちばしを人間に向けて何度も突き出してくる。

「みんな、ロープを放せ」

牧童のひとりが歯を食いしばりながら首を振った。「そんなことしたら、あんたが引き裂かれるぞ」

「ロープを放して、囲いの外へ出るんだ。早く」

生きものが後足で勢いよく立ち上がり、鋭い声で鳴いた。三人の牧童が危うくたがいにぶつかって倒れそうになった。ひとりが「好きにしろ！」と叫び、ロープを手放して囲いの出口に走った。ほかのふたりもそれを見るや、一刻も無駄にせず囲いの外に走って逃げた。ベンヌが四つ足の体勢に戻り、タラクをにらみつけた。彼は片手をゆっくりと前に突き出し、ベンヌと目を合わせた。灼熱の太陽の下で生きものの目が黄色く輝いている。タラクは生きものの前で膝をつき、頭を前に傾けた。ベンヌは翼を大きく広げて激しく鳴いたが、やがてゆっくりと頭を彼に近づけた。たがいに頭が触れそうなほど接近したところで、タラクが故郷の言葉で話しかけた。

「しぃぃぃ。おまえに危害を加えるつもりはない。おまえは故郷から遠く離れてしまったな。このおれもそうだ」

ベンヌは襲いかからずに聞いている。

「おまえとおれは似たものどうしだ。傷つけられ、裏切られ、信頼を壊されてきた」タラクが立ち上がり、胴体の後ろに行くほど柔らかくなっている太い羽毛をなでた。彼に触れられたとたん、ベンヌが頭を回した。生きものの体高はタラクよりもはるかに高く、肩幅も広くて間近で見るとさらに大きく感じる。タラクは相手の胸に頭を預け、たがいの呼吸を合わせると目を閉じた。「おれたちはともに恐怖を知ってる。けど、おれたちが直面する最大の恐怖は、自分自身に対する恐怖だ。おれたちが恐れてなどいないことを彼らに見せてやろう。おれたちが足かせで縛られる以上の存在であることを見せつけるんだ」

ヒックマンがコラに何か言おうとしたが、その前に彼の腕をカイがたたいた。「この賭け、あんたが負けそうだな」

ヒックマンが肩をすくめる。「どっちにしろ勝つのはおれだ。あいつが一度でもなつけば、次はおれになつく。自分が飼い慣らされたと知れば、おれが主人だと認めるさ」

ベンヌが自分から進んで前脚を曲げ、頭を低めた。その耳にタラクが顔を寄せた。「ありがとう。おれたちの本当の姿を見せてやろう、何も恐れることなく」

タラクは牧童たちが残していったロープを慎重かつ大胆につかむと、投げ縄でくちばしにかけ、そのままベンヌに登った。彼が背にまたがって首を軽くたたくと、ベンヌは翼を広げて空に飛び立った。甲高い鳴き声を発しながら、囲いのまわりを旋回したり、急下降したりする。タラクは生きものの首に身を預けた。ベンヌが硬い砂の角でできた自然のアーチに向かってまっすぐ飛んでいく。角にぶつかったら命はないが、タラクとベンヌはものすごい勢いでその中を通り抜けた。巨体の鳥獣はあっという間に空高く舞い上がったが、タラクが操ろうとすると抵抗した。ベンヌが暴れ、岩の崖に体当たりした。タラクはどうにかしがみついていたが、とうとう岩の崖の上に投げ出されてしまった。彼は身を転がして着地すると、さっと立ち上がり、ベンヌの飛行に追いつくよう全速力で岩棚を走った。完璧なタイミングで崖から跳躍し、飛行中のベンヌの背に飛び乗る。ベンヌは今度はタラクにあらがおうとせず、たがいに一体となって空を駆けた。Uターンして家畜囲いに向かって降下すると、見物人たちの頭をかすめて飛んだ。男たちがあわててしゃがみこんだが、コラは立ったまま笑顔で見上げ、飛行による突風が顔や髪に吹きつけるのを感じながら、片手をまっすぐ上げて通りすぎる翼にそっと触れた。

タラクが背にまたがったまま上体を起こすと、ベンヌがゆったりと輪を描いてから囲いの中に着地した。首をもう一度軽くたたいてから、タラクは背中から降りた。ヒックマンが立ち上がって拍手をし、囲いの中に入った。「よくやった！」

タラクが彼の前に立った。「ヒックマン、言われたとおりにしたぞ」

ヒックマンは触りたくてうずうずしている顔でベンヌを見ながら言った。「おまえの借金はこれで帳消しだ」

タラクが一礼した。「この子を大事にしてやってくれ」

その言葉が終わる前にヒックマンが歩きだし、待ちきれない様子で牧童たちに囲いの中に戻るよう合図した。タラクはコラたちとともに作業所内を通り抜け、貨物船へ向かおうとして足を止めた。コ

ラも立ち止まって彼の視線を追うと、ヒックマンが牧童たちに手伝わせてベンヌの背にまたがったところだった。彼はベンヌの胴をひと蹴りし、羽毛を引っぱった。「これでおまえはおれのものだ。さあ、行け」ベンヌが驚くべき速度で飛び上がり、翼をいっぱいに広げると身体を左右に揺すった。予期せぬ急激な動きでヒックマンは振り落とされた。彼は地面に仰向けになったまま、血まじりの咳(せき)をしながら「落ち着け、どう、どう」と怒鳴った。ベンヌが一直線に舞い降り、ヒックマンの胸の上に着地した。鉤爪を彼の肉に食いこませ、くちばしで彼の頭と顔をぐちゃぐちゃになるまでつついた。力強いくちばしを引くと、ヒックマンの肉が伸びてちぎられた。ごちそうにありついたベンヌを尻目に、牧童たちはわれ先にと作業所に逃げこんでいく。タラクは獲物をついばむベンヌを見続けた。ベンヌがふいに彼のほうを向いて意味ありげな顔をすると、鉤爪でヒックマンの死体をつかんだまま飛び立ち、空の彼方に消えていった。

「えらいぞ」タラクが言った。

「さっきのはどうやったの?」コラはきいた。

彼がにやりと笑う。「ベンヌはおれの星が原産なんだ。おれは生まれてからずっとあいつらと育ってきたし、おれの初恋の相手は死んだベンヌの羽根で商売をしてた」

コラは彼に笑みを返し、貨物船へ向かった。

コラとタラクが船に乗りこんだとき、すでにカイが離陸の準備を始めていた。

「この寄り道はよかった。ほかに途中で誰か知ってる人はいない?」コラはきいた。

カイがうぬぼれたような笑みを見せた。「一、二、三の心当たりはあるかもな」

第七章

カシウス副長は両手を後ろで組み、操縦室内を行ったり来たりしていた。そろそろマザーワールドのとある人物から連絡が入ることになっている。その人物と話すと、ときとしてノーブルや神官たちのそばにいるよりも不安な気分にさせられてしまう。レルムの上流階級や高級官僚のあいだでは当たり前のインプラント手術をカシウスが拒絶しているのは、それが理由だ。体内にインプラントが入っていると、基本的に自分の望まない形ですべてが他者に筒抜けになってしまう。いったん接続されたら、逃れる方法はない。いずれはそれで忠誠を疑われないよう、なんらかの対処をすることになるかもしれない。現在の地位にとどまり続けているのは、レルムで指揮系統を上に昇ると非常に大きな代償をともなうからだ。

待っている連絡の相手、高位の書記官イーノックには論理を平然と無視するという特技がある。神官たちと異なり現場にあらわれることはまれだが、なぜか内情に通じている。相手がノーブルであれば、彼が何を求めているかわかる。ノーブルの邪悪さや非情さには限界がない。彼は見境のない殺戮(さつりく)者なのだ。一方、イーノックは幽霊のようにつかみどころがなく、いつの間にか思考や脳の中に入りこんでくる男だった。その力は、武器を振るったり、聖なる遺物と呼ばれる埃(ほこり)まみれのがらくたを運んだりする能力よりもはるかに影響力がある。

通信装置が赤く点滅し、入電を告げた。イーノックは顔を見せない。声だけでこと足りるのだ。

「ノーブルおよびカシウス。執権が最新の情報をお求めだ」

部屋にはほかに誰もいないが、カシウスは反射的に気をつけの姿勢を取った。「ノーブル提督はこの通信をわたしにまかされました。提督は今……気分がすぐれませんので」

「よかろう。どんな知らせがある？」

「現在、犯罪者デヴラ・ブラッドアックスとダリアン・ブラッドアックスを追跡中です。協力者も判明次第、責任を問われることになるでしょう。捕獲まであと少しのところまで迫っています。予想外の場所にも網を張り、ホークショーに追わせていますので、ご心配にはおよびません」

「心配？　われわれは心配などしておらん。シャスから来たものなどどれも大したことはない。彼らは勝てぬゲームをしておるのだ。ただ、われわれはみずからの任務に全力をつくさぬ者にもまた責任を問うので、くれぐれも承知しておくように。この追跡にいい加減決着をつけよ。われわれがレルムのために立案した計画において、それはエネルギーの浪費になっておる。次の連絡では、彼らが死んだという知らせを聞きたいものだ」

通信装置がふたたび点滅し、イーノックの声が消えた。カシウスは張りつめていた身体から力を抜いた。ホークショーの最新の動静と、自分たちがマザーワールドに監視されていることを、ノーブルに伝えねばならない。

カシウスは戦災孤児ではなく、マザーワールドの軍事機構に吸収された貧しい村の民でもない。モア出身ではないがモアの地で何代にもわたって暮らしてきた一族の息子である。一族が受け入れられたのは、当時、裕福で地位が高かったからだ。ファルト家の紋章はハヤブサで、それがあらゆる所有物に描かれている。カシウスの両親はヤヌス・ファルトとヴェスタ・ファルト。一家は何年ものあいだマザーワールドの富と威光を享受してきた。特に母親ヴェスタはその地位を味わい、生まれたときから常に最上級の品々に囲まれて育ち、ダグスの奥地で発見された貴重な宝石や遠く離れた世界の織物で身を飾ってはパーティや公式行事で披露した。彼女は複数の言語を操る才女でもあった。

そうした多くの催しにおいて、カシウスはミニチュア版議員といった服装で両親の横に立たされていた。彼の役割は一族の次代を担う代表者として姿を見せることで、話を聞いてもらうことではなかった。レルムの栄光を持続させる模範市民の模範家族たる両親のアクセサリーにすぎないのだ。両親は「息子はまだほんの子どもで」と言っては、参会者たちと政治を語ったり宮廷のゴシップを話したりしていたが、カシウスはおとなたちの会話に耳をそばだて、すべてを観察した。だが、両親はうわべだけの成功の陰でともに依存症を抱えており、そのことが幼いカシウスの運命を決定づけたと言ってもよい。

ヴェスタは新たに提供可能になったバイオ強化手術をすべて受けた。ヤヌスはそんな妻の欲望を満たす費用を調達するために筋のよくない人間と取引し、多額の借金を作った。カシウスはベッドの中で、邸宅内に響く両親の口論をよく聞いたものだった。

母親は、冬の別荘にまた改修が必要だ、少し前に身体にほどこした強化に微調整が必要だ、と金切り声を上げた。それに対して父親は、彼自身の要望に応えてくれる愛人のひとりのもとへ去る、と言って妻を脅した。朝になると邸宅内に平穏が戻り、ふたりは協調的なエリートの不幸の中で暮らすのだ。使用人たちは雇い主の喧嘩について口にせず、カシウスもけっしてその話題を持ち出さなかった。彼はいつもよい子で、両親に言われたことをし、ふたりの機嫌をそこねたり何か要求されたりする危険を回避した。そうした生活が一変したのは、十五歳の誕生日を迎え、生まれて初めてのライフル銃――金とシャス産の珍しい黒檀とで作られ、銃床の両側にはハヤブサの紋章がある――を贈られた直後のことだった。

夜遅く、邸宅にレムス議員が訪ねてきた。客の訪問には珍しい時刻だったので、カシウスは部屋をそっと抜け出し、レムスが父の執務室に入るのを壁の陰から盗み見た。それから執務室の扉の前に立ち、通常でない訪問の内容に聞き耳を立てた。父はまた〝公務〟と称して、わがままを言わない愛人たちの腕の中に飛びこんでいくのだろうか。

「レムス議員、この突然の訪問はどういうことだ?」

「予告せずに来れば、今は会えないとか仕事で忙しいなどと言い訳できないからな」

父親が言葉につかえた。「それで、用件はなんだ? わが家はすべて順調だと断言できるが」その声にカシウスは父の緊張を感じ取った。

「何かを聞きつけて来たわけではない。もう承知かもしれないが〈マスターインフォメーション〉に対する監査が始まっている。対象は特別な規範を持たねばならない者たちだ。きみの奥方の機能強化によって、われわれがきみの個人的事情に関与していると知られてしまった。わたしはきみの借金がふくらんでいることを警告されたんだよ。われわれはきみのような地位の一議員とはこの件を共有できない。レルムは借金のあるような低俗な人物を容認しないぞ。きみの家名がマザーワールドにとって価値のあるものでよかったな。きみはその名に恥じないように生きねばならない」

「全額返済すると約束する。ヴェスタが負ったものも、わたしが保証した分も……時間をくれ」

「もう時間切れだ。今すぐ支払ってくれ」

「わたしには何もないんだ。邸宅と家財以外はすべて失ってしまった。今いる最小限の使用人たちも泊まる場所と食事だけでやってもらっている」

短い間があった。カシウスの心臓がどくんと鳴った。嫌な予感がした。

「きみには家名がある。この宇宙ではあらゆるものが流通価値と見なされるんだ」

父親の荒い息が扉の外まで聞こえてきた。「息子だ。あの子をやろう。あの子ならマザーワールドによく仕えるぞ」

運試しのコインのように自分の運命が空中に投げられるのを感じ、カシウスの気持ちは沈んだ。父親があまりにあっけなく息子を物々交換に差し出したことに、身体の震えが止まらなかった。よく理解できないながらも嫌悪を覚えるおとなのゲームにおいて、彼はずっと歩兵の駒として使われてきた。両親もその友人たちもみんな詐欺師なのだ。

「そうだな、あの男の子ならばすべてを清算できるだろう。明日、神官が迎えに来て、さらなる教育のために修道院に連れていく。われわれがあの子の素質を評価し、結果によってはそのあと士官学校に行かせるかもしれない」

カシウスはそれ以上聞く必要がなかった。もう十分だった。走って自分の部屋に戻り、扉を閉めた。窓から外を見ると、上空に三つの月が輝いている。父の行為は絶対に許すことができない。両親の顔を見るのも話すのもこれが最後になるだろう。

翌朝、カシウスが目を覚ますと、彼の好物ばかり並んだ朝食をメイドが運んできた。溶けたバターがしたたるトーストにカリカリに焼いた薄切り肉がのせてある。銀の皿にはスライスしたフルーツ、甘いクリームケーキ、ワイルドベリーとヨーグルトのスムージー。胃袋が鳴った。十五歳の彼はいつだって空腹だった。だが、この食事は謝罪と別離を告げるにはお粗末なやり方だった。安っぽいとしか思えなかった。彼はベッドから出て着替えると、食事には手をつけずに部屋を出た。

メインルームに行くと、両親がティーカップを片手に声をひそめて話をしていた。先に立ち上がったのは、手術で強化された張りのある肌をつやつやと光らせた母親だった。両親とも来客用のフォーマルな装いだった。母親が両腕を広げた。「かわいいわが子。とてもいい知らせがあるのよ。あなたは選ばれてインペリアムの仕事に早めに就くことになったの。誰にでも認められるものではないんですって。王さまにずっと仕えられるなんて、一族にとってたいへんな名誉だわ。あなたはうちの血統を後世につなげ、家名をマザーワールドにおいて正当な地位に保つことができる」

カシウスは表情も変えず、抱擁しようとする母を無視して一歩さがった。母親はその態度に傷ついたように差し出した腕と笑みを引っこめた。

「お母さまの話を聞いたな。これはすばらしい知らせだ。いつの日かおまえもわたしのような議員に、あるいはもっと高位の者になるだろう。その日はさほど遠くないと思うが、おまえが出発するのは今日だ。わたしたちはおまえにこの機会を逃してほしくなかったんだよ」

カシウスは両親を見つめた。憎しみと悲しみが心の中で決闘していた。父も母も嘘つきで卑怯者だ。「わかりました」彼は言うなり背を向けると正面玄関まで歩き、来たるべき運命を待つことにした。五分待とうが五時間待とうが関係ない。もはやここは自分の家ではないのだから。神官たちのことは以前に見たことがあり、おとなたちの会話でその重要な役割について聞いたことがある。それでも、彼らは気味が悪かった。カシウスは両膝に手を置いた姿勢で長椅子にすわり、三人の神官が描かれた壁の巨大な絵画を見つめた。できることなら刃物で絵をずたずたに切り裂いてやりたかった。

右手のほうから父親の足音が聞こえてきた。「おまえは朝食もとらず、わたしたちに何も言わないのか」

カシウスは父親に顔を向けた。「何も言うことはありません。もう決まったことですから」

父親が口を開きかけたとき、メイドが荷物をつめた小さなバッグを持ってきた。彼女はそれを床に置いた。「旦那さま、連絡がございました。神官が到着されたそうです」

カシウスはバッグをつかんで立ち上がった。母親が目に涙を浮かべてやってきた。その目は以前は黒かったが、今は最近の移植によって青みがかっている。母親の涙にはなんの意味もない。両親の秘密も嘘も記憶もすべて彼ら自身のものではなく、レルムが一種の通貨として利用している情報集合体の一部なのだ。

けたたましいベルの音がして母親が跳び上がった。正面玄関の扉が自動で開く。そこに神官がひとり立っていた。外は真夏の暑さだというのに、厚手の赤いローブをまとっている。仮面を着けているのだと思ったら、その不気味な緑がかった白い顔は仮面ではなかった。まるでデスマスクにしか見えない。細い指を組み合わせており、皮膚の下に透けている赤と青の血管はクモの巣のようだ。

「約束のものを受け取りにまいった」神官の声は外見に似合わず低くて重々しかった。暗がりだったら悪霊がいると思ったかもしれない。

カシウスはうなずいた。「いつでも行けます」

母親が後ろから腕をつかんできたが、彼はそのまま開いた扉から外に出ると、神官の横を通りすぎた。母親の指先が息子からすべって離れた。カシウスは振り向きもしなかった。両親の顔を見たら、この赤いローブを着た見知らぬ男と出かけることと同じくらい胸がむかつくかもしれないから。

カシウスは輸送車両の横に立ち、のろのろと歩く神官が追いつくのを待った。「さあ、中へ。降下艇まではほんの少しの距離だ。修道院に着いたら、ここととまったくちがうとわかるであろう」

カシウスは無言でいた。どう答えればいいのか。彼は車両に乗りこみ、二度と戻ることのない邸宅をあとにした。

神官はカシウスの真正面にすわった。彼に向けた青白い目と顔を一瞬たりともそらそうとしない。カシウスは黙りこみ、高まる緊張やこの瞬間から何が始まるのかを考えまいとした。先に口を開いたのは神官だった。「沈黙は神職にとって望ましい特質である。黙って目をこらしていれば、おのれの言葉を聞きたがる者には持てぬ力が与えられる。わかるか？」

カシウスは肩をすくめた。「単に話すことがないだけです」

「ふむ、それはどうかな。いずれにせよ、これが自己の道であるかどうかは修道院でわかるだろう」

「もし神官になりたくなかったら？　父はぼくを議員にさせたがっていました」

「父上はこの事案について発言権がない。そなたはマザーワールドに属し、その栄光のためだけに生きる。そなたを観察し、決定を下すのはわれわれだ」

修道院に到着したのはそれから三日後の真夜中だった。建物に近づくあいだ明かりはほとんど見えなかった。ここで送る日々は人里から隔絶されたものになるのだろう。この修道院はマザーワールドがこの地で軍事作戦を展開したのちに接収した城を転用したものだ。白と灰色の玄武岩で作られた壮大な建造物で、海を見晴らせる高台にそびえている。かつて城を囲んでいた森は戦争で根こそぎ焼かれ、今は何も生えていない。城を所有していた王はインペリアムが襲来した日に死亡した。城内には宇宙の隅々から収集された五万冊の蔵書があり、神官たちがその管理を請願して快諾されたのだった。

カシウスはメイン通路を歩いていった。ところどころに幅広のアルコーブがあり、奇妙なオブジェがスポットライトで照らされていた。彼は骨で作られた大きな笏の前で立ち止まった。彼の横で神官も足を止めた。「やはりそなたは好奇心旺盛だな。これは黄金の笏である。向こうには法の書や君主の家系図、そのほかたくさんの品がある」

カシウスは返事をしなかったが、神官が腹を立てる様子はなかった。ふたりはふたたび歩き始めた。通路の突き当たりにいたるまで、薄暗い城内に聞こえるのは彼らの足音だけだった。ほかの神官の姿は見当たらなかった。右に曲がると、その通路の左右には一定の間隔で鉄の扉が並んでいた。通路の中ごろでふたりは立ち止まった。

「ここがそなたの住まう部屋だ。朝になったら神学生がここに来て、そなたの予定を知らせる。一年後、ここにとどまるか士官学校に行くかが決定される」

「それについて、ぼくは何も言えないのですか？」

あたかも心を読んだり魂を見抜いたりできるかのように、神官が彼の目を覗きこんだ。カシウスはすぐにも逃げ出したくなった。彼がここにいるのは、誰かが母親の脳内を覗きこんで秘密をすべて知ったからだ。

「ぼくたちは誰ひとり、自分の運命や降りかかる困難に口をはさめないのですか？」

神官が扉の中央で赤く光るボタンを押した。扉が開き、カシウスは中を見た。部屋は清潔で殺風景だった。

「ぐっすり眠りなさい、カシウス」

カシウスは礼を言って部屋に入ると壁の制御盤で扉を閉めた。バッグを床に置き、ベッドに腰を下ろした。彼は神官やマザーワールドが説くものをひとつも信じていない。しかし、そのどれからも逃れることができない。どうにか生きる道を見いだそう、と彼は思った。そうすれば出口があらわれるかもしれない。宇宙は広いのだから。


ノーブルは快楽と少々の苦痛を味わうための場として別荘を所有しているが、そこに滞在していないとき（それは常のことだが）は、自分を解放する別の手段を有していた。すべすべした黒い触手が彼の身体を探ってもみしだくと、ノーブルはうめき声をもらした。触手が性器や手首や首にきつく巻きつくと、彼は忘我の境地になり、寝室の外に存在するものもすべて意識から消えてしまう。気管が締まり、酸欠によってめくるめくような陶酔感を味わうのを彼は好んだ。目に見えないほど小さな吸盤が、ほとんどの人間がまだ存在すら知らない快楽の領域へと導いていく。相手の双子はリン濃度の高い惑星のとある将軍が贈ってくれた。これまで人生で受け取った中で、本当に意味があり心から喜んだ唯一の贈りものだった。彼を満足させられるものはとても数少ないのだ。

恍惚(こうこつ)の声とともにノーブルは背中を弓なりに反らし、尻を硬くした。双子に締めつけられるたびに目は飛び出し、死の淵まで連れていかれ、星の誕生を目の当(ま)たりにする。オーガズムにいたると双子は彼を解放し、体液を味わった。触手がゆるめられると、彼はまばたきし、身体の力を抜いた。「今度はおまえたちのを見せてくれ」

彼は長椅子に横たわり、毒を含んだ葉とスパイスの実が入った水ギセルを一服した。彼の上半身には赤い斑点がいくつも残り、そのひとつから毒の葉を体内に注入するために水ギセルの吸い口を押し当てた。部屋は双子の息づかいと喉を鳴らす音で満たされた。人間離れした姿でもだえる双子を眺める楽しみに水を差したのは、二回のノックだった。

「入れ」

ドアがスライドして開いた。顔を覗かせたのはカシウスだった。彼はベッドを一瞥(いちべつ)すると、すぐさま目をそらし、長椅子に横たわる全裸のノーブルに視線をすえた。

「カシウス、いっしょにどうだ。双子と一戦交えないか？　この長旅で格闘に勝る運動はないぞ」

ノーブルは性器に付着した白い液体を指でぬぐい、ベッドのほうに振り払った。液体が飛んでくると双子は喉を鳴らして躍動した。それを見てノーブルは笑った。「双子は実に貪欲だな。彼らを創造した主を知りたいものだ」

カシウスは嫌悪感を慎重に隠して唇をすぼめ、ノーブルの顔を見続けた。「魅力的なお誘いに感謝しますが、急ぎの用件がありますので。ホークショーたちから連絡がありました。こちらとの合流を要請してきています。ブラッドアックスきょうだいに関する情報を持つ者を確保したとのことです」

ノーブルは水ギセルからもう一服吸いつつ目を細めた。「おまえは実に仕事熱心だな、カシウス。それはよい知らせだ。彼らが到着したら知らせてくれ」彼はカシウスのほうへ煙を吐き出し、毒の葉の甘い香りを漂わせた。「イーノックからの通信だが、彼はこちらの進捗状況に満足していたか？」

「そのようでした。この件をすぐにでも切り上げたがっています」

「わたしは任務で手を抜くことはしない。だが、これはすべて喜ぶべき知らせだ。ホークショーたちが到着したらまた来てくれ」

「承知しました」

ノーブルが水ギセルを手放して立ち上がり、気だるい足取りで双子に近づいた。カシウスが見ていると、彼は双子生物の体色と大きさが変化するのを眺めている。双子の触手にふたたびつかまれた彼は、頭を後ろに反らして目と口を大きく開けた。カシウスはすぐに顔をそむけた。上官の性的嗜好(しこう)など知りたくもなかった。敬礼すると身震いしながら後ずさりし、ドアから外に出た。自動的に閉まってロックされたドアの向こうから「もう一度だ。今度はわたしがもっと深く行くから、おまえたちはもっと激しく行ってくれ」と聞こえてきた。

カシウスは通路を歩きながら、ノーブルと初めて対面したころのことや、彼が司令官になった経緯

を思い出していた。

カシウスは修道院や神官職になじめなかった。神官たちは彼の不遜な態度を嫌い、彼の両親がかつてファルト家を輝かせていたものを何もかも剝奪されたという知らせが届いた日に、彼を士官学校に追い払った。彼は修道院の部屋から出ることも食事も拒んだが、今や富も助けてくれる家族もないので、これでもう軍隊で一生を送る運命なのだと感じていた。

訓練施設に歩み入ってきたアティカス・ノーブルは、カシウスにはない自信をまとっていた。ノーブルは自分の考えを表明することや、他人に反対されても自説を主張することになんの抵抗もない。ノーブル家はモア出身であるが富にも地位にも恵まれていなかったので、アティカスはほとんどの人びとを自身の魅力で取りこんできたのだ。カシウスが食堂の奥でぽつんとひとりでいると、ノーブルが見つけて大股で近づいてきた。「おまえはここにいるだろうと思った」

カシウスはとまどい、ノーブルの背後に黙って立っている二名の新兵を一瞥してからきいた。「なぜ自分のことをご存じなのです?」

ノーブルがにやりと笑った。「おまえの一家に何が起きたか、ある一部の界隈では周知の事実だからな。どうか恨まないでほしい。わたしの父は正しいことをしただけだ」

カシウスはそれ以上知る必要はなかった。モアの貴族家系や議員たち、特に底辺の地位にいる者たちは、どんな代償を払っても権力と利益をつかみ取ろうとする。「自分はしばらく家に帰っていません。これでもう二度と帰れませんが」

ノーブルが彼の肩に手を置いて笑みを浮かべた。「それも知っている。父親の罪についておまえが責任を負うことはない。いつの日かおまえは家名の尊厳を取り戻せるだろう。わたしのそばにいろ。わたしなら力になってやれる」

カシウスはうなずいた。父親がそれなりの地位から何も持たない究極の恥辱へ転落したことについて、ノーブルはどれほど知っているのだろうか。こんなふうに会話を始める彼の無神経ぶりにカシウスは衝撃を覚えたが、やむなく怒りを振り払った。ここでは今、訓練をやり遂げることに集中しなければならない。ほかに自分の行き場はないのだ。ノーブルは謎の人物だが、カシウスは相手を見きわめるには距離をおいて観察することが唯一の方法であると学んできた。両親と同じ過ちを犯すつもりはなかった。「ありがとうございます。ご厚意に感謝します」

ノーブルはふたりの新兵を引き連れ、一礼してくる者たちにうなずくこともなく歩いていった。カシウスは質素で平凡な食事を受け取り、ひとりで席に着いた。ノーブルの本来の姿、その冷酷で残虐な面を垣間見たのは、それから数ヵ月後のことだった。

ノーブルはひとりの新兵の頭をつかむと、動物の切り開かれた死体の中に顔を押しつけた。排泄物と破裂した内臓の悪臭があたりに充満し、見守る新兵たちの中には息を呑む者もいれば、鼻で笑う者もいた。ノーブルは歯を噛みしめ、目をぎらつかせていた。彼は相手を打ち負かそうとするだけでなく、屈辱を与えずにはいられないのだ。カシウスはノーブルの隣に立ち、無言で感情もあらわさずにただ目の前の光景を見ていた。

「いいか、カシウス、今日の模擬戦でわれわれが負けたのはこのブラウンのせいだ。さらに悪いことに、彼は頑としてそれを認めなかった。最高を目指させるにはこのように教えこまねばならない。もちろん、マザーワールドの栄光のためだ」

ノーブルがブラウンの背中に膝をあてがい、片腕をねじり上げていると、とうとう新兵の口から吐(と)瀉物(しゃぶつ)がもれ始めた。「申し訳ありません！　自分がまちがっていました！」

「ふうむ。もう遅すぎるが、きさまはカシウスにも謝罪すべきだ。彼が教えようとしたのに、きさまは耳を貸さなかった。その傲慢さがわれわれをしくじらせたのだ！」

「おれが悪かった、カシウス。おまえが正しかった」

カシウスは黙っていた。謝罪など必要なかった。彼はブラウンに模擬戦の目標がちがうと言っただけだ。ふたりの意見が衝突しているあいだ、ノーブルはひと言も口をはさまなかった。彼はずっとこのやり方をしてきたのだろう。そうやって自分の周囲に少し頭が切れるが決断力と野心に欠ける数名の人間を集めた。そして、ついには適切な輪の中にまんまと入りこみ、適切な人びととつき合うようになったのだ。

ノーブルが立ち上がり、草の上で靴をぬぐった。集まっている新兵たちを見渡したが、彼らはひと言も発しなかった。「われわれの言いたいことは伝わったようだな。行くぞ、カシウス」

カシウスはうなだれているブラウンを見下ろしながら動物の死骸をまたぐと、訓練施設に戻るためにノーブルのあとを追った。ノーブルに追いついて質問を投げかける。「ああまでする必要があったのでしょうか？」

ノーブルが足を止め、目と目を見合わせた。「おまえにはもう少し感謝されるかと思った。が、理解はできる。おまえの父が息子を導く方法を知らなかったのは明白だ。さらに言えば、自身を導く方法もな。それを知っていれば、今でも生き延びていただろうに。だから、今回だけは今の質問を許してやろう。いいか、カシウス、われわれは〝おこなう〟側の者にならねばならないから、あれが必要だったのだ。必要なことをやらねばならないときに、いったいほかの誰がそれをおこなう？　これこそわれわれとほかのネズミどもを区別するものなのだ」

　カシウスはうなずいた。反論はしなかった。なぜなら、このような教えを与えてくれた者は今までひとりもいなかったからだ。父親も教えてくれなかった。だからこそ、おそらく自分よりすぐれてはいないが望みのものを手に入れる方法を明確に知っている者たちによって処刑されてしまったのだろう。ノーブルやその父親のような者たちに。

　コラたちはニュー・ウォディをあとにした。大昔に小惑星が衝突した跡が残された砂と岩しか見えない灼熱（しゃくねつ）の大地に別れを告げ、ダグスへ向かった。ダグスは人口の密集した都市からなる惑星で、無数の建物が何キロもの路地や通路でつながれ、そこに多様な種族が折り重なるようにして暮らしている。この惑星が星図に載っているのはコバルト鉱山があるからで、宇宙のあらゆる種族が地下を掘るために集まってきていた。先住民にとって神聖な土地はもはや残されていない。森は採掘場に取って代わられて減少し続け、河川や湖は淡水を利用する鉱石処理業者によって堰（せ）き止められた。乱獲と水質汚染によって生物が姿を消した海は、廃棄物の巨大な溜（た）め池と化した。採掘労働者や輸送会社用の住居やインフラのために巨大な敷地が必要となり、地表は平らにならされた。固有生物は死に絶え、採掘業に乗っ取られる前のダグスの姿はほとんど残っていない。そそり立つ黒煙は高層ビルと同じくらい高い。最新技術によって建設された明るく華やかなビルがある一方で、開発業者の資金が続かず完成にいたらなかった建物も多数ある。そうした中途の建物はセメントと金属からなる、肥大化しすぎた産業の死骸だ。そして、先住者たちの残した粗末な建物には、今や貧困層や不法占有者たちが集まっていた。そうした建物には雨露をしのぐ価値しかない。それでも、多くの人びとがそこで暮らし、わずかな希望すら持てずに死んでいく。

大小さまざまな宇宙船が飛び交うスモッグだらけの空を切り裂くように、カイの貨物船が着陸した。カイが一行を案内したのは安っぽい食堂だった。店の前に立ったグンナーは四方から押し寄せるさまざまな音や言語や光に圧倒され、どこを見ていいのかわからない様子だった。彼が今までに行ったことのある最大の街はプロヴィデンスだった。

「今日、仲間になってほしいと頼むのは誰？」店に入ったコラはカイにきいた。

カイが彼女にカウンター席を勧めた。「殺し屋さ。情け無用の殺し屋。あんたの武器の腕前からすれば、あんたらふたりはいいコンビになると思うぜ」

厨房(ちゅうぼう)内では、長い顔とさらに長い顎を持つ種族がねばついた紫色の触手をぶつ切りにして鉢に並べている。厨房のパネルは黄色い油脂が厚くこびりつき、鍋のまわりで青い炎が激しく踊っている。食堂は簡素な造りで、ひとりきりの調理人は火力の熱や油跳ねにまったく動じる様子がない。客たちはL字型のカウンターにすわり、自分の注文した料理を辛抱強く待っている。メニューの品数は少なく、コラたちは出されたものをすぐに食べ始めた。グンナーは小さな貝らしきものが入っている油ぎった料理を何口か食べると、深皿を脇に押しやり、ビールを飲んだ。タラクが自分の分をあっという間に平らげ、グンナーのほうを見た。

「もう食べないのか？」

「よかったら、どうぞ」グンナーは言った。

タラクが舌なめずりした。「いいのか？　おれは人の女や食べものは盗らない主義なんだが」

グンナーは深皿をタラクの前にすべらせた。「楽しんでくれ。ぼくはどっちかといえば厚切り肉が好きだから」

コラはカウンター席の前を歩き回っていた。いらだちを隠そうともしない。「いつまで待つの？」

カイが料理から顔を上げ、唇からチリソースと油を舐め取った。「おれたちはロボットじゃないんだぜ。ちゃんと食べないとな。まあ、焦るな、メッセージは伝えてある。相手にも余裕を与えようぜ、きっと来るから」

コラは彼を振り返った。「ただここにすわってても時間の無駄よ。防御を整える時間が刻一刻となくなっていく」

厨房に立ちこめていた湯気が晴れた。ゆったりした黒い服を着たひとりの女性が、金属製の手袋をはめたように見える手にティーカップを持ってやってきた。顔はつば広の笠子帽に隠れている。「わたしを探しているのはあんたたち？」彼女が顔を上げ、抑揚も感情も感じさせない声で言った。

カイがちらっとコラを振り返り、その女性に向いた。「あんたがネメシスと呼ばれる人物ならな」

席に着いた女性はカウンターに目を走らせてからコラに目をすえた。「わたしがそうだ。わたしに

助けを求める理由は?」

カイがにやっと笑って腕組みをし、ふたたびコラを見た。「ほらな。彼女を見つけてやると言っただろ。そろそろおれをもっと信用してもいいんじゃないか?」

コラは彼女のほうに近づいた。「わたしたちはあなたのような人を必要としてる」その先を続ける前に、店の外から大声で叫ぶ声が聞こえ、ネメシスがさっと振り向いた。通りで人びとが彼女の名前を呼んでいる。その騒ぎはパーティではなく、女の泣き声も混じっていた。ひとりの男が店に飛びこんできてネメシスを見つけた。採掘場から来たらしく目の下の皮膚がたるんで黒ずみ、ぼろぼろの服は一日の労働で汚れきっている。

「ネメシス！　ネメシス！　頼む、子どもがさらわれて……」

「もしやそれは……?」

「ああ、ハルメイダだ」男はコラたちを怪訝そうに見ながらうなずいた。「彼女は……彼女はまるで正気を失ってる。警備員をすでにひとり殺した。おれたちで地下に追いつめたが、子どもを盾に脅してて、こっちは手出しが……」

ネメシスがコラたちのほうを向いた。「いっしょに来てほしい。そうすれば、あんたたちと行動をともにできるかどうかわかる」

ネメシスが席を立った。腰の両側に剣を差している。カイ、コラ、タラク、そしてグンナーがネメシスに続き、男の案内で店の前の路地を急いで進んだ。連れていかれた先は扉のない鉄枠だけのエレベーターだった。そこからひしめき合う街を見晴らすことができ、地平線に溶けこむ太陽でスモッグが赤く燃えていた。男が光っている矢印ボタンをたたくとエレベーターが動きだし、ガタガタ揺れながら地中に降下していった。深く下れば下るほど、空気が熱と湿り気を帯びてきた。薄暗い明かりが照らし出す壁には落書きと結露以外ほとんど何も見えない。

「それで、仕事の内容は?」ネメシスがカイにきいた。

「おれたちはヴェルトと呼ばれる小さな月にある村を代表してる。村はマザーワールドの軍隊によって今にも壊滅させられそうなんだ。あんたの評判を聞いて、この話に興味があるんじゃないかと思ってな」

「何が望み?」

カイが大きく息を吸った。「戦いに加わって村を守ってくれる戦士を探してる」

「レルムの将兵相手にこの少人数で挑む、と?」

エレベーターが急停止した。「こっちだ!」男が言って駆けだした。

ネメシスもそちらに向かっていった。その先では人びとが固まって話しており、ひとりが肩を落としてすすり泣いている。彼らは地下の住人と、さらわれた子どもを知っている上層の人たちらしい。天井の照明が途切れている先には誰も行こうとせず、頭上のダクトのように曲がりくねった通路の迷宮の入口付近でうろうろしている。壁や天井からは蒸気や熱気がもれてきていた。

ネメシスがコラたちと歩調を合わせて歩いた。「わたしには自殺行為としか思えない」

グンナーがコラを見やり、ネメシスに向いた。「見込みはあると思う。村はぼくたちにとって宇宙にふたつとない故郷だ。絶対にやり遂げてみせる」

「そのことには敬意を払う。レルムの将校たちを屠る機会があるなら、加わろう」そう言うと、ネメシスは前方で枝分かれする暗い通路に目をこらした。

「その機会ならある」コラは言った。

ネメシスが片方の剣の柄に手を触れる。金属と金属が触れ合う音がした。「その話はまたあとで」

ネメシスが見えない脅威に向かって歩いていくのを見て、コラはマントの裾を腰から払った。「必要とあれば、わたしが援護する」

ネメシスがコラの拳銃を一瞥した。「ここはわたしが対処する。ハルメイダはみずからの悲痛に慣れてしまった。わたしには彼女の怒りがよくわかる。わたしたちは敵対者ではない」

コラはうなずくとカイのそばに行き、銃を使わないようにと告げた。ひとりの女がネメシスに駆け寄ってきた。その顔には疲労としわが刻まれ、実年齢の倍は老けて見えた。目を赤く泣き腫らした彼女がかすれた声で言った。「ネメシス！　お願い！　何も差し上げるものがないけれど、どうかお願い！　彼女が連れ去ったのはうちの娘なの」

ネメシスは一心に彼女を見つめる人びとを見やった。彼らに聞こえる声で告げる。「この人を頼む」

悲しむ母親にふたりの女が腕をからめ、同情のこもった目で見た。ネメシスが野次馬たちのあいだを抜け、暗い通路に入っていった。先のほうの床や天井は完全な闇の中に消えており、どれほど奥まで続いているのか見当もつかない。三メートルほど前方の床と壁が薄い粘液でぬらぬらと光っており、頭上から垂れ下がった何本ものケーブルから結露した水滴が落ちてくる。まるで円形のクモの巣のようだ。隠れ場所としては申し分ない。地上の街から低い振動音が壁をつたって響いてくる。重たい空気の中には宿無したちの排泄物のにおいが漂っていた。不快ではあるが、ネメシスにとってなじみのないものではない。彼女は立ち止まると片手を横に伸ばし、もう片方の手で剣の柄を握った。

「姿を見せよ。そこにいるのはわかっている。ただ話がしたい。それだけだ」

人びとは物音もたてず、ハルメイダが姿を見せるのを待った。ごみごみした暗い場所が危険であることは誰もが知っている。ダグスでは頻繁に人が行方不明になり、対処も心配もされないが、街区四一〇における子どもの消失率は異常に高かった。ダグスの問題は高すぎる生活費と、賃貸契約を十年単位でしか結べないことにある。住宅から中途退去すると低賃金労働者にはとうてい支払えない高額な罰金を請求され、家や仕事を引き継ぎたい人間は引きも切らない。

だから誰も立ち去らない。できないのだ。ダグスにおける労働は多くの契約とともに始まり、たいてい貧困の中で終わる。人びとは搾取的な契約のせいでどこにも移動できず、また移動する先もない。レルムによって壊滅した故郷の星に帰ったところで、そこは自暴自棄な難民だけが残っている死の世界なのだ。

そうした居場所の需要がダグスへの移民を加速させた。最初の採掘会社〈テクトン・コバルト〉は地元で設立されたが、最終的に合併して大企業の支援を受けるようになり、未開拓の惑星に主要なインフラを整備する資金を投入された。莫大な金額だが、会社が利幅を増やすほどに労働者たちの賃金が減らされた。こうしてビジネス手法の基礎と前例が作られ、そこでは巨万の富が生まれる一方で多くの生命が失われた。

街区四一〇の地下には血まみれの靴やおもちゃ、衣服が散らばっていた。だが、幼い子どもたちを狙ったこの凶悪犯罪の犯人については皆目見当がつかなかった。現場の警官たちは自分の命を賭(か)けるほどの給料をもらっておらず、ビジネスが円滑におこなわれるよう基本業務をこなすだけで地域の問題に関心など持たない。死んだ子どもたちのことなど、どうでもいいのだ。

　自警団がパトロールをおこなったこともあるが、彼らは二度と戻らなかった。死体が発見されなかったので、ダグス評議会は軍の巡回派遣に経費を使うことを拒否した。一帯の建物を所有する企業は、契約書の第七項の一により自分たちに責任はないと主張した。要するに、子の安全は親に責任があるのだ、と。住人たちは募金や地元商店主からの寄付金を集め、防犯カメラを設置する許可を得た。容疑者が特定されたのはそれからわずか二週間後のことだった。フロア四〇〇に住む百十歳の元採掘労働者が、半分人間で半分クモの女が白い糸で子どもをぐるぐる巻きにしているのを目撃したのだ。老人は半ば視力を失った青白い目で住人たちに訴えた。「あの女はハルメイダと呼ばれておる……この地の先住種族だ」

　住人たちは地下を封鎖しようとしたが、企業側に阻止された。安全衛生規則に違反しているというのだ。住人たちに残された唯一の希望がネメシスだった。彼女はハルメイダを追いつめ、話しかけようと試みてきたが、この先住種族は迷路のような通路の構造について誰よりも詳しく、隅から隅まで知りつくしている。地下世界が建設されたときから、そこで生きているのだ。そのため、何度となく逃げおおせてきた。今はもう追跡されることに疲れ果てているにちがいない。ネメシスはなかなかハルメイダと遭遇できなかったが、ついにその瞬間が訪れたのだ。

　ネメシスは笠子帽を脱ぎ、ここまで案内してきた男に預けると、髪が顔にかからないよう頭にシルクの黒いスカーフを巻いた。頭上の暗いケーブル網の中から、枝を踏み折るような物音が聞こえてきた。暗がりから降りてきたのは毛でおおわれ、針のようにとがった六本の関節肢だった。続いて球根のようにふくらんだ腹部、人間の上半身、毛のない頭に青い縞模様の入った女の顔があらわれた。その腕にはまだ十歳ほどの子どもをぶら下げている。幼い女の子は恐怖に泣き叫び、身体を震わせていた。クモ女がその場に集まっている人びとをにらみつけた。ネメシスが両手を腰の剣から離し、敵意がないことを示すように高くかかげた。

「さがれ！」クモ女が叫んだ。

「わたしはただ話がしたいだけだ」ネメシスが言う。

ハルメイダがとがった歯をむき出した。「あたしは狂ってるのかもしれない。でも、ばかじゃない。おまえがここに来たわけを知ってる。この子どものためだろ」

ネメシスは平静を保っている。「そうだ」

ハルメイダの口から長い歯擦音がもれた。「これは渡さない。あたしのもの」

「その子には待っている母親がいて、つらい思いをしている」

ハルメイダが口を大きく開けた。垂れた唾液が骨ばった左手にかかる。「そうかい？　それで、あたしがその母親の痛みを気にしなきゃいけない、と？　ここにいる誰があたしの痛みを思いやってくれた？　この場所を見てごらん。やつらが来る前からここはあたしの住み家だよ。千もの世代にわたってね。ここの空気を味わうがいい。この毒があたしの子どもたちをむしばんだのさ。毒の空気のせいで卵がもろくなり、子どもたちがあまりに弱って生まれてこられないんだよ。あたしの痛みはど

うなる？　あたしは正義を望んでるんだ」死んだ魂の暗い穴から湧き上がる憎しみと怒りが彼女の目に映った。

ネメシスはじっと耳を傾けてから言った。「それは理解できる。だが、こんなやり方はちがう。正義と復讐（ふくしゅう）は別のものだ」

「どうだか」

「わたしは母親の痛みを知っている。その痛みの寂しさも知っている。けれど、その子を傷つけてはいけない。そんなことはさせない」

ハルメイダが子どもの足を握り、肉に爪を食いこませながら怒声を上げた。その声は子どもの悲鳴とともに周囲の壁に反響した。「あたしはおまえを信用してる。でも、わかってくれ。あたしはこの子を殺し、すべての母親がダグスの鉱山に来たことを後悔して涙を流すまで子どもを殺し続ける」

ハルメイダの鋭い足先のひとつがネメシスに突き出された。剣士は串刺しにされまいと飛びすさったが、左腕にかすり傷ができた。ハルメイダの足先が衣服と肉を切り裂いたのだ。ネメシスはすかさず二本の剣を抜き、さらに突き刺そうとしてくるハルメイダから身を守るために身がまえた。怒ったクモ女が金切り声を上げ、ふたたび脚を振るった。その先端がネメシスの手袋を直撃し、内なるエネルギーが一気に高まる。今度はネメシスもためらわなかった。

彼女の剣に先祖の血と知恵の力が吹きこまれた。その血が溶岩の熱となって剣にあらわれ、金属の中を芯から隅々まで広がると、沸き立つ憤怒のように光を放った。ビョルの炎の輝きは戦闘準備完了のしるしだ。彼女は二本の剣を目の前にかざし、熱くなった切っ先で白く輝く大きな円を描いた。ハルメイダがふたたび攻撃してきたとき、ネメシスは待っていたかのように左手の剣を横に払った。ハルメイダの脚の一本が宙を飛び、ねばつく緑色の血しぶきが上がった。彼女が苦悶の声を上げ、子どもを落とした。

コラたちはここまで手出しをせず、必要のない殺しはしないとわかったネメシスに主導権を預けて背後から見守っていた。

女の子が床に落ちたとき、とっさにグンナーが駆け寄った。彼女は痛そうに片足を抱えている。ハルメイダは脚の切断面から粘液をほとばしらせながらも、女の子のほうへじりじりと迫っていた。狭い空間に腐敗臭が満ちていく。泣いている女の子にハルメイダが別の足先を振り上げたとき、グンナーが彼女を引ったくるように抱き上げた。逃げようとした彼は上着の背中を切り裂かれた。間髪をいれずにハルメイダが強力な足先を突き出す。鋭い先端がグンナーの右目の数センチ手前まで迫った瞬間、ネメシスが剣で受け止めた。ぎりぎりと押し合う金属と外骨格のきしみ音が地下空間に響く。

ネメシスが脚をめがけて剣を繰り出そうとしたが、クモ女は驚くべき俊敏さで壁をよじ登っていった。次の瞬間、両手を広げて歯をむき出したハルメイダがネメシスめがけて天井から飛び降りてきた。その勢いで剣士は転倒し、床に押さえつけられてしまった。ハルメイダが口から粘液を垂らしながら、濡れた足の切っ先をネメシスの喉元で揺らす。「大勢があたしに挑んで失敗した。あたしはおまえが殺した人数よりも多く殺し、今もこうして生きてる」

ネメシスはうなり声とともに相手の胸を両足で蹴り上げ、足の切っ先をかわした。ハルメイダが蹴られた拍子に上体を反らしたが、ネメシスはその機を逃さず脚をもう一本断ち切った。悪臭のする粘

液と怒りをぶちまけながら、ハルメイダは残った力でネメシスに襲いかかった。ネメシスは動きを相手にぴったり合わせ、剣と脚の戦いを繰り広げた。

両者の叫び声とうめき声が通路に響く中、ネメシスが両膝をつき、バレエのような正確さで旋回した。交差させた剣でハルメイダの腹部を切り裂くと、すぐに跳び上がり、処刑人のように首を斬り落とした。ハルメイダが全身を痙攣（けいれん）させながら崩れ落ちた。腹部から孵化（ふか）できずに小さくしぼんだ無数の卵が黒い粘液や灰色の腫瘍だらけの膜をともなってこぼれ出た。あまりの悪臭にその場にいる人びとは顔をおおった。そのあと数百匹のクモが床をちょこちょこと駆け回り、ダグスの地下へと消えていった。

ネメシスは剣をおさめるとこうべを垂れ、死んだクモ女に「安らぎを見つけよ」と声をかけた。人びとが彼女に近づき、胸に子どもを抱きしめてしゃがんでいたグンナーが立ち上がった。子どもは彼の首に両腕を回してかじりついている。

「その子を抱かせて！」母親が両手を差し伸べ、人びとの中から飛び出した。グンナーは子どもをそっと抱かせてやった。彼がコラのほうを見やり、彼女が笑みを返した。

クモ女の死骸を観察していたタラクがネメシスを見た。「すごい。みごとだ」彼は握手をしようと手を伸ばした。

彼女は触れられる前にさっと手を引いた。「祝うことではない。ここに名誉はない」

タラクが顔を赤らめた。「おれはそんなつもりでは……」

「復讐の名のもと、忘れられた世界の貧民街でこのように倒れているのは、ほかの誰であってもおかしくない。そのことを覚えておいたほうがいい」ネメシスはコラとカイに目を向け、ふたりにうなずいてみせると、死んだハルメイダの写真を撮っている住人たちのあいだを抜けて歩いていった。

カイはコラと肩を並べて貨物船に戻った。船には今やネメシスも乗っている。「もしタイタス将軍が無理だったら、次はどうする？」

「先のことは考えてない」

「そのときは、おれが味方するってことを忘れるな」

彼女はそれが本心かどうかわからず、きびきびと歩いていくカイの背中を見つめた。またひとり助っ人が見つかったことを喜ぶべきだが、カイが思い出させてくれたように、やはりタイタス将軍は不可欠なのだ。今のところ、出会った人たちの中にマザーワールドとつながりのある者はひとりもいない。自分と同じようにやつらの軍事機構の一部だった人間がいるとどんなふうになるのだろうか、とコラは思った。

グンナーは、ネメシスがハルメイダとの戦いで痛めた箇所を手当てしているメインデッキを離れ、ひとり貨物室にすわっていた。貨物室にはクレートが満載され、おそらく合法でない品々もかなりありそうだった。ぼんやり壁を見つめていると、コラがふらりと入ってきた。

コラはグンナーの隣に腰を下ろすと、彼に柔らかな笑みを向けた。彼女はグンナーがみずからの危険もかえりみず、武器も持たずに身を挺して子どもを守ったことを思い出していた。彼は経験豊かな戦士ではない。しかし、戦士の勇敢さを持っている。

「さっきのはみごとだった。子どものこと」

グンナーが照れたように視線をそらし、自分の足もとを見下ろした。「ぼくはただ助けようとしただけだよ」

「うん。でも、誰にでもできることじゃない」

彼は笑みを押し殺すように首を振り、彼女の目を見ずに言う。「きみのおかげだよ。村できみがためらうことなくサムを助けたから」

「やさしさは、そのために死ぬ価値のある美徳だと思う。わたしはそう信じる。でも、いつも信じてたわけじゃない。数えきれないほどの惑星で戦ったことは話したよね。わたしの連戦連勝の知らせは養父に伝わり……王の耳にも入った。忠誠と貢献が認められて、わたしは王家の精鋭護衛官に昇格した。その任命は父が仕組んだものだったけれど、実はそれ以上の意味があることをわたしは知らなかった。わたしは王女イッサの護衛担当という栄誉を与えられたの」

グンナーが手を握ってきて、彼女はそれを黙認した。彼の肌の感触は心地よく、好ましいと感じた。勇気を与えてくれる。コラは目を閉じ、彼の手をかすかに握り返した。言葉を発するにはもっと空気が必要であるかのように深く息を吸い、吐き出した。自分のことを話すのは容易ではなく、痛みがともなう。グンナーがやさしく手を引っこめた。「話してほしい。知りたいんだ」

イッサは周囲を明るく照らすランタンであり、見て触ることのできる星だった。生命の最初の火花の核を発火させる能力を持つ、まさに創造の体現者だった。その力は彼女が生まれた日から彼女の中にあった。〝生命を与える者〟と呼ばれた太古の女王イッサにちなみ、王女はイッサと名づけられた。女王にまつわる昔話の中で、彼女は生命を与える力を持つと伝えられていた。それは単なる比喩か、長い戦争や征服の時代に応えて作られた神話だと思われた。だが、物語は今でも人びとの想像力をかき立て、われらが王女も同じ力を持っているのではないか、と信じられた。しかし、ほかの者やジミーたちにとっては、それは現実そのものだった。死せる者を生き返らせる力を持つ女王。まるで激しい嵐の中にひと筋の光が差すように、希望を与える神話物語だ。物語は、イッサ王女にも同じ力がある、と続いた。そして、機械の戦士たちは一体残らず武器を捨てて持ち場を離れ、戦うことを拒否した。

コラは冬をすごす城の広大な庭園に降る雪の中で少女が遊ぶのを見ていた。さほど遠くない場所に湖があり、一面に張った氷の下を大きくて色鮮やかな魚が泳ぐさまはなかなかの見ものだった。清らかな雪がそっと顔をなでながら舞い落ちる。王女の護衛という新しい任務は、これ以上ないほどコラに戦場を遠く感じさせた。それは心休まることだった。今や生命を奪うのではなく守るために仕えている。イッサの頬と鼻は寒さでバラの花のようにほのかに赤い。その目には雲でやわらいだ陽光がきらきらと踊っている。警戒心の強い番犬のローラが王女と同じ熱心さで飛び回っている。イッサが庭園の向こうに思いきりボールを投げた。茂みの中に落ちたボールに向かって犬が駆けだした。犬が吠えながら茂みに頭を突っこむと、鳥たちが驚いて飛び立った。犬が戻ってきたときに口にくわえていたのは、死んだ鳥だった。犬はそれを王女の足もとに下ろした。イッサはひざまずいた。いつも生き生きと輝いている目が涙でうるんでいた。コラは処分するために死骸を拾おうとしたが、その前に王女が鳥をなでた。イッサの両手のひらの中心からにわかに光が放たれた。コラが手で目をおおうほどまぶしい光だ。光が弱まったとき、イッサはまだじっとしていたが、鳥の羽がぴくっと動いた。鳥が羽ばたくのを見てイッサが笑い、コラは息を呑んだ。鳥はぴょんと起き上がるとイッサの膝にちょこんと止まり、やがてどこかへ飛んでいった。

コラは信じられない思いで王女の隣に膝をつき、顔を覗きこんだ。「どうやって……」

イッサがほほ笑んだ。「わからない。ときどき、ただこうするのがいいと感じるの」

「とても美しいことです。まるであなたのように。ですが、これを見せる相手に気をつけてください。誰もが理解するわけではありません」

「わかっているわ。赤ん坊のわたしを取り上げて、今でもお城で働いている小間使いがいるの。彼女によると、わたしが生まれたとき母上が死にかけたそうよ。機械や医者たちが手をつくしたのだけれど、もう望みはないとなって、わたしを母上の腕の中に戻したの。わたしは泣かなかった。けれど、何かの奇跡が起きて、母上はわたしをあやすほどまで回復した。その場にいたみんなが今見たことを秘密にすると王と王妃に誓った。みんなは、わたしが聖なる杯のような希望を持つ子だと言ったの」

「すてきなお話をありがとうございます。わたしもずっと秘密にしておくと誓います」

少女はうなずき、番犬がボールを口にくわえてきて遊んでほしがっているのを見ると立ち上がった。コラは視界の隅に人影をとらえた。温室の窓から誰かが見ていたようだが、彼女が視線を向けたときには立ち去っていた。はっきりとは見えなかったが、コラにはそれが王だった気がした。

その夜、イッサが寝つくまで見守ったあと、コラが寝室から出ると声が聞こえた。

「アルテレーズ」

銃を抜きざま声のほうを振り向くと、立っていたのは王だった。声の正体を知ると、彼女は窓に張った氷のように冷たかった<ruby>まなざし</ruby>をやわらげた。王が武器を見やり、コラに視線を戻した。

「これでそなたが護衛に適任であるとわかった」

コラは顔を赤らめて頭を下げた。「失礼しました、陛下」

「いや、よい。王女のそばにいてもらうのはそのためだ。いかなる者も常に脅威になりうると考えてくれ」

彼女はうなずいた。

「少し歩かぬか？」王が言った。

「お供します」ふたりは窓と柱がずっと先まで並んでいる広々とした通路を歩いた。

「魔法のようなわが娘の今日の様子はどうだった？　雪の中ではしゃいだあと、とても疲れているように見えたが」

コラは笑みを浮かべたが、鳥の件を言うべきかどうか迷った。「王女さまはとても特別なお方です」

王をじっと見つめる行為は適切でないと思うが、その姿はイッサの中にも見える。王女も同じ威厳と自信をたたえている。娘に対する褒め言葉に王は顔を輝かせた。「さよう、あの子はそうなのだ。あの子に会うと、ほとんどの者はただちにそう感じる。あの子を守る役目に就いたのがそなたであることを、わたしはうれしく思っておるのだ。あの子はそなたが好きだと申しておる。以前の無愛想な護衛兵たちとは大違いだ、ときどきほほ笑んでくれる、と」

「わたしが馴（な）れ馴れしすぎましたら申し訳ありません、陛下。ですが、王女さまがわたしにあのようにやさしくしてくださると、仕事上の適切な距離を保つのは容易ではありません」

「アルテレーズ、詫（わ）びる必要はない。あの子とそなたが友人であることがうれしいのだ。わたしが厳しい戦争の年月を通して失ってしまった思いやりや慈愛を、あの子がもたらしてくれると信じておる。あの子が女王になったとき、それはよりよき何かの幕開けとなるであろう。そのとき、そなたの友情があの子の安全を保証してくれるのだと思う。よりやさしくあるレルムを歓迎しない者も少なくないからな」王は短い間をおいてから続けた。「ところで家のほうはどうだ？　バリサリウスはそなたを褒めそやしておる。離れるのは容易でなかったろう」

「父の寛大さには感謝しかありません」

「そうだな、あの者からはそなたが家族に捨てられたと聞いておる。悲しいことだ」

コラはそれを聞いて当惑したが、表情には出さなかった。王に問い返すようなまねはしたくなかった。自分の部屋の前に着いたとき、コラは一礼した。「おやすみなさいませ」

王がほほ笑んでうなずいた。「おやすみ。そなたには感謝しておる」


話をしながら、コラはあのころの言葉にならない悲しみを隠しきれなかった。グンナーが彼女の手に触れた。「きみには人に話してきた以上のことがあったんだな」

「王女に出会うまで何年ものあいだ、わたしは何も信じてなかった。そして、彼女ならわたしたちを救ってくれると心から信じるようになった」

「ぼくたちを救うのは信じる気持ちかもしれない。ぼくはきみを信じてる」

コラはグンナーに向き直った。「少し休まないと。タイタス将軍に加わってもらうのはひと苦労かもしれない。今までほど簡単にはいかないと思う」

ふたりが立ち上がって貨物室を出ようとしたとき、戸口にカイが立っていた。「なんだ、あんたら、てっきり別のイイことしてるのかと思ったぜ」

グンナーが頬を少し赤らめた。「話してただけだ。それだけだよ」

カイがふたりを見比べた。「あんたらの船長として知っとくべきことはないか?」

コラはかぶりを振った。「わたしたちと同じだけ知ってるはずよ」彼女はカイの横を通りすぎ、グンナーがあとに続いた。

カイが貨物室の中を見渡してから立ち去り、その背後で自動扉が閉まった。

ポルックスに着陸したとき、貨物船は燃料補給が必要だった。ポルックスは全宇宙から剣闘士が集まってくる聖地だ。夕刻を迎えていたが、岩だらけの大地の上空には惑星カストルが明るく輝いていた。岩の大地には石で造られた古代の闘技場がそびえ立ち、コラたちはそこでタイタス将軍と友好的に会えるのを期待していた。闘技場の入口の前から岩石地帯のふもとに向かい、町が根のように伸びて広がっている。町の経済はこの太古の遺物とその評判によって成り立っており、多くの家族が何世代にもわたってこの地を故郷と呼んできた。

貨物船を降りた一行は、カイの先導で闘技場に向かった。入口に近づいていくと、グンナーが口を

ぽかんと開け、感嘆をあらわにした。カイがそんな彼の腕をたたき、傾斜路を上っていった。石の傾斜路は古代に手で彫られたもので、強烈な日差しによって白く変色していた。「カストルとポルックスの双子の月は、見たこともないような最高の戦いを観戦できることで銀河中に知られてる。この闘技場には最高峰の剣闘士だけしか出場できないんだ」

闘技場の中に入ると、グンナーが頭を反らして目を見張った。回廊を歩いていくと青色から紫、シャーベットオレンジへと色を変える空が見えて、まさに息を呑む絶景だった。全員が歩調をゆるめて見とれた。壁に沿って曲がっていくと、とげだらけの肌を持つ怪物のような剣闘士が見えたので足を止めた。剣闘士は勝利の雄叫び(おたけ)を上げながら両手を宙に突き出し、観客が割れんばかりの拍手と歓声を送る。通路の付近では宇宙のいたるところから集まった性別も体格も種族も異なる剣闘士たちが革製の首輪をつけた姿でうろついていた。闘技場の地面には敗者の死体が引きずり出された血の跡が残っていた。タラクが目を輝かせて笑い、格闘している剣闘士を指さした。「あそこにいる男。あれがタイタスにちがいない……将軍だ！」

そばにいた別の剣闘士が歴戦の跡が刻まれた顔をタラクに向けてきた。「あれはちがう。タイタス将軍はもう戦わない」

タラクが眉をひそめる。「けど、ここにいるんだろ？　負けたのか？　それとも負傷したのか？」

剣闘士が長年鍛え上げてきた極太の腕を組んだ。「闘技場にはいない。彼の戦いはただひとつ。自分の中での戦いだ。会いたいなら、南ゲートのそばで見つかる」

剣闘士が召使いの女を振り返った。髪がなく、つややかに光り輝く肌を持つ彼女は、コットンのチュニックとズボン姿で壁際に密やかにたたずんでいる。

「そこの召使い！　この連中を将軍のところへ連れていってやれ」

彼女が一行に穏やかな笑みを見せた。「ついてきてください」サーシャという名の召使いのあとについて眼下に町を見晴らせる外側の通路を行くと、アーチ型の入口にたどり着いた。彼女が大きなため息をもらして指さした。「偉大なるタイタス将軍です」

現在も肉体的には戦えるだけの体型を保っているが、とうに最盛期をすぎた男がぼろぼろで汚れた下帯だけを着けた姿で仰向けに寝そべっていた。土埃にまみれた身体には太い傷跡が刻まれ、火傷痕もいくつか見えた。それらはアリーナにおける彼の戦歴を物語っていた。白髪まじりの顎ひげはもじゃもじゃで手入れもされていない。コラたちの存在にも気づかずに酩酊状態で何やらつぶやいていた。腹の上を大きなネズミが横切っていく。

タラクが顔をしかめた。「彼はこのにおいで相手を負かす気か」

グンナーが不安げにコラを見た。「本当に彼でいいのか？」

コラはうなずいた。「身体を洗って、酔いを覚まさせるのよ」

グンナーがタラクを見ると、彼は肩をすくめた。「わかったよ、そうしよう。おれはこっち側を持つ」タラクが将軍の両手をつかみ、グンナーが両足をつかんだ。

サーシャが洗い場を示す。「あちらです」

タラクとグンナーが将軍を円形の部屋に手早く運びこみ、ベンチにすわらせた。噴射口に歩み寄ったサーシャが、氷のように冷たい水を放出させた。タイタスは頭をだらんと下げたままぶつぶつ悪態

をつき、弱々しいパンチを放っては水を四方に跳ね飛ばした。サーシャがまるで同情を示さないのは、何人もの剣闘士に同じことを繰り返してきたからだろう。彼女は太い毛のブラシを取ると、彼の身体をこすり始めた。タイタスは頭を振って水を払うと、目の前の見知らぬ者たちを憤怒とともににらみつけた。

「わたしにかまうな！　放っておいてくれ！　おまえたち、何をする気だ！」

コラは水たまりに足を踏み入れた。「何をしてるように見える？」

「地獄に堕ちろ。わたしなら大丈夫だ」

「いいえ、大丈夫じゃない。あなたは前の王のために東の軍を指揮したんでしょ？　罪なき者や虐げられた者の守護神、伝説のタイタス将軍じゃないの？」

サーシャが洗い終わると、タイタスは目をそらした。「何を言っているのかさっぱりわからん。なぜ放っておいてくれんのだ？」

「わたしの一番の望みは、遠い昔のあの将軍が今も目の前にいてくれることだからよ」

剣闘士たちの叫ぶ声と金属どうしのぶつかる音が遠くからかすかに聞こえてくる。水がぽたぽたと落ちる音が響く部屋でタイタスが頭を振り、片手でこぶしを握った。「わたしにいったい何を望んでいる？　部下たちは死んでしまった。毎日それが思い出され、もう苦しくてたまらない。闘技場では怒りがわたしを神にしてくれたが、それもすっかり使い果たした。そんな地獄で真の安らぎを与えてくれるのは酒瓶だけだ。さあ、わたしにかまわず、このまま静かに死なせてくれ！」

コラはさらに近づいた。「あなたの死に場所はここじゃないと思うわ、将軍」

タイタスは返事をしなかった。目の前にいる彼らをひとりひとり見ている。感情をむき出しにしたせいか、一瞬しらふに戻った。「その呼び方はよせ。わたしにはもはや階級も名誉もないのだ」

コラは断固とした態度を崩さなかった。「わたしはあなたにある申し出をするために来た。贖罪の機会を与えるために」

「もはや贖罪でどうなるものではない」

「わたしたちには憐れんでる時間なんかないの！　あなたがかつて指揮して死んだ人たちはどうなるの？　贖罪がだめなら、復讐ならどう？」

タイタスはふたたび彼らを見つめ、それぞれの武器を見た。「復讐？」将軍の頭に小さな明かりが灯ったようだ。「それならわたしにもイチかバチかやれるかもしれん」

コラはほほ笑み、彼の進路を開けた。「いいわ。すぐに出発の準備をするためにあなたの部屋に連れてって。手を貸したほうがいい？」

彼が立ち上がり、背筋をしゃんと伸ばした。最初の一歩は心もとなかったが、すぐに胸を張って歩み続けた。タイタスが闘技場のメイン通路にゆっくりと入っていくと、後ろに何人も引き連れている彼の姿を見て、行き交う剣闘士たちがぎょっとした顔で立ち止まった。タイタスは彼らを無視し、前だけを見つめて歩いた。

彼の部屋は狭く、生活するのに必要最小限のものしかなかった。数々の勝利をおさめてきたにもかかわらず、財産らしきものはほとんど見当たらない。木枠に吊り下がったアーマーは戦いによる疵の手入れがなされておらず、色もあせていた。手甲は薄汚れ、いつから使用していないのかわからな

い。ブーツは磨く必要があった。小さなテーブルにはインペリアム軍から支給されたフラスクと武器が置いてある。

タイタスはアーマーの前で立ち止まり、刃物で突かれた跡のあるレリーフの記章を指でなぞった。このアーマーを最後に脱いだ瞬間、彼はサラウのできごとを思い出して身体中が恥辱でいっぱいになったのだ。

部下の兵たちはみな死んでしまったというのに、自分はここでおめおめと生きている。彼は過去のかけらや憎んで忘れてしまいたい自分の一部を突き刺すために、強い酒を浴びるほど飲むようになった。飲むたびに、酒で怒りが弱まるまで自分を突き刺し続けた。だが、絶望の瞬間はけっして去らなかった。突然やってきた彼らの申し出は自分の再出発になるかもしれないし、死への道かもしれない。タイタスは顎ひげをなでて告げた。「少し時間をくれないか。これを身に着けるのはだいぶ久しぶりなんだ」

コラは彼の肩に触れた。「あなたが必要なことをして」

しばらくして部屋から出てきたタイタスは戦闘用のフル装備をし、ひげが顎の下にすっきりまとめられていた。新たな敵と戦う準備は整ったようだ。アーマーを着用することが薬の役目を果たしたのか、目の赤みや黄疸（おうだん）が引いたようだし、身体のふらつきもほとんどない。戦士たちは貨物船に戻った。タイタスは小さなサッチェルを手に持ち、あたりを見回しながら言った。「この地を恋しく思うことはもうなかろう」

第八章

二名のホークショーはジモンという名の囚人の両脇を歩いた。ジモンはサソリを連想させる拘束具の中にもたれる格好ですわり、背中側から肋骨（ろっこつ）のように伸びた六本の金属リブと脚のあいだから突き出たバーで胴体を固定されている。頭は弧を描く固定具で締めつけられ、少しも動かせない。彼は体格がよいが、それでも逃れようがなかった。拘束具の座面の底にあるロボットの足がホークショーたちと同じ歩調で歩いていく。ジモンは捕まってからずっとプロヴィデンスの〈クラウン・シティ・エンポリアム〉に行こうと決めた瞬間のことを後悔し続けていた。そのせいで、今やアティカス・ノーブルのもとへ連行され、ホークショーたちがノーブルから報酬を得る手助けをするはめになってしまったのだ。レルムの報酬は常に高額で遅滞なく支払われる。

ノーブルは両開きの扉から姿をあらわした。白いシャツに黒いタイを締めた完璧ないでたちで、横にカシウスをともなっている。ホークショーのひとりが一礼した。「おれはシメオンといいます。あなたが関心をお持ちの男を連れてきました」

ノーブルはジモンを見やった。「これが反逆者の所在を知る男か？」

「そのとおりで」とシメオン。

ノーブルはホークショーたちの横を通りすぎ、ジモンと向かい合った。信頼の置ける情報源であるかどうかを判断しようと、捕えた男をじっくり観察する。いかなる逃亡の手段も持たない者は有益な情報を持っているものだ。「よかろう、話を聞こう」

「知ってることを話したら解放してくれるか？」

ノーブルは革手袋をはめた両手を組んだ。「自由にしてやる。約束だ」

ジモンは少しのあいだ目を閉じ、また開けると、大きく息を吐き出した。「デヴラ・ブラッドアックスとは季節がまるまるひとつすぎるあいだ会ってないが、彼らがシャアランにいたときはレヴィティカという名前の王の庇護を受けてた」

「続けろ」

「ちょっと前のことだが、そこにいたのはまちがいない。話を聞いてみてくれ……レヴィティカに」

ノーブルはジモンにほほ笑んでみせた。「そうしよう。感謝する」

彼はホークショーのひとりに向き直った。賞金稼ぎの男は銃に似た道具を持っている。ノーブルは手のひらを出し、それを差し出すよう合図した。賞金稼ぎは指示にしたがい、それを彼に手渡した。

ノーブルは道具の重みを感じながら、ジモンの背後へ歩いた。道具には引き金があり、銃身の口径が大きい。銃身の中には小さな連結リングとひと回り小さくてとがった筒が見える。ノーブルは銃口を床に向けて引き金を引いてみた。内側のボルトが爆発的な勢いで飛び出し、すぐに銃身内に引っこんだ。

「なんだ、今のは！」ジモンがその音を聞いて叫んだ。拘束具の中で身をよじり、背後で何が起きたのか見ようとする。「おれたち、取引が成立したんだよな！」

ノーブルはジモンに歩み寄った。銃を拘束具の座面に近づけると、両方で連結リングが光った。「ああ、おまえは自由の身だ」

「だったら、こいつをはずしてくれ！　早く出たいんだ」拘束具の中にいる時間が長くなるにつれてジモンの声と動揺が大きくなった。

ノーブルはその要求を無視し、銃と拘束具の連結リングを合わせた。そこで引き金を引く。大きな音がとどろいたかと思うと、ジモンがびくんと一度のけぞってから静かになった。金属リブと頭の固定具がはずれ、解放された彼の身体がぼろ布のように床に転げ落ちた。目は大きく見開かれたままだ。ノーブルはなんの感情も示さずに彼を見下ろすと、カシウスを振り返った。「この者の脳を解剖し、ほかに何か情報がないか調べろ。そのあとレヴィティカ王を表敬訪問しよう」彼は手の中の道具を見た。「ふむ。気に入った。これは効率がよい」彼はそれをジモンの横に投げ捨て、立ち去った。

カシウスは床で麻痺（まひ）状態になっている男を見やった。彼は脳や記憶や情報をいじくり回すのが好きではない。実際に見て触れられるものだけを扱いたいと思っている。物質世界で目の前に存在するものだけを。だが、うまく立ち回らなければ、いつか自分の脳を探られるかもしれないとわかっている。そのためにあらゆる訓練を積んできたのだ。彼は拘束椅子に歩み寄り、ひじかけの画面に文字を入力した。拘束具が椅子からベッドに変形し、リブが側面に折りたたまれると同時に底面から追加の脚があらわれた。彼はホークショーたちに目を向けた。「その男を器具に戻したら、行っていい。支払いは船に戻ったときにおこなう。だが、そのまま待機していてほしい。次の仕事をしてもらうかもしれない」

ぐったりしたジモンの身体を持ち上げていた大柄なホークショーが動きを止めた。「報酬は？　ただで待ちぼうけはごめんですぜ」

カシウスは鋭い視線を向けた。「いつものように支払う。プラグに接続されて焼却されたくなければ、こちらの都合で動けるようにしておけ」

ホークショーはうなり声をもらしつつジモンの身体を言われた場所に置いた。カシウスはベッドに自力歩行させ、ジモンを医療ベイに運びこんだ。その部屋は重症患者の治療にも情報抽出にも対応できるようになっている。中に入ると照明が点灯し、ホログラムがジモンの状態を自動的に読み取り始めた。物陰から技師があらわれた。「ご希望は？」

「完全抽出を頼む。大至急」カシウスはそう言うと、ベッドがみずから部屋の中央に落ち着くのを見た。天井からそれぞれ異なる医療器具の付属したロボットアームが何本も伸びてくる。レーザー担当の一本がジモンの頭の中心に赤いスポットを照射した。スポットが輝度を増すと、やがて彼の皮膚から煙が立ちのぼり始める。見たくもないのにその光景から目を離せずにいると、カシウスが努めて忘れようとしている事実が思い出された。マザーワールドが重視する貨幣は血と情報なのだ。

デヴラとダリアンのブラッドアックスきょうだいは、大きさが降下艇ほどもあるレヴィティカの輸送機に乗り、レヴィティカ王とアイオン将軍を相手に協議中だった。顔がよく似ているふたりのブラッドアックスは眉から頭にかけて同じ戦闘用ペイントをほどこし、長く伸ばした髪をドレッドに編んでいる。ふたりの背後には髪を短く刈りこんで目のまわりをグリースで黒くした若者ミリウスが控えている。レヴィティカは他の王たちと同じようにその地位にふさわしい装いをしており、床の上を引きずるほどの青い厚手のローブはまるで布の山のようだ。王の肌は深海の真珠のように玉虫色に輝き、顎には触手のひげが生えている。頭頂部にはピンク色の大きな眼球がふたつあり、一個の珊瑚(さんご)から加工された王冠を戴いている。彼の惑星では珊瑚はきわめて稀少で、深海の洞窟から採取することが禁じられている。この王冠はシャアランの初期の王たちによって年月をかけて作られたものだ。

彼らは疲労回復効果のある海草ティーを飲んでいた。戦闘のたびに身体が少しずつ消耗しており、今は突然入ってきた通信にどう応答するかを決断しなければならなかった。名前を聞いたこともない女と以前に穀物を取引したことのある男からの連絡は、奇妙なものだった。彼は農民で、その事実を隠さなかったので罠(わな)とは思えない。とはいえ、信頼できる人びとの輪は日に日に小さくなっている。彼らはブラッドアックスがシャアランにいることを知っていた。では、ほかに誰が知っているのか?レヴィティカ王はブラッドアックスがどう行動するかについて、いつものように彼ら自身の判断に委ねた。王は彼らを助け、大義を進展させたいだけで、方針を指図したいわけではない。

「この女は信用できる?」コラという人物とその小集団に会ってみてはどうか、というレヴィティカの提案をじっくり考えてから、デヴラは言った。コラの通信メッセージは短くて明解だった。

――わたしたちはブラッドアックスと交渉したい。助けがほしい。

ダリアンはミリウスの隣にすわり、武器の手入れをしていた。「彼女はここにいるおれらを見つけるだけの情報を持ってた。もしもインペリアムの手先なら、今ごろ総攻撃されててもおかしくない。それが連中のやり方だからな」

「ちなみに彼女たちが乗っているのは貨物船で、軍用艦ではない。こちらで船をスキャンしたところ、大型兵器は搭載していないようだ。付近にほかの艦船もいない」アイオン将軍が言った。

ダリアンが武器から目を上げた。「マザーワールドの偽装を見くびらないほうがいいぜ。自由を求めて戦う中で、おれらは嫌というほど思い知らされた。最も近い人間が裏切り者として利用されたりする。けど、おれはこのコラというやつがそうだとは思わない」

デヴラが彼の肩に触れた。「あの傷がまだ癒えてないんだね。あんたの言うとおり、用心するに越したことはない。その女の素性も意図もわかってないんだ。なぜあたしらの助けが必要なんだろう？」

ミリウスが口をはさんだ。「用心して何もしないことで、今より大きな犠牲を払うことだってあるよ。過激な変化やむき出しの反抗が正しい道を行くたったひとつの方法のこともある。おれらは未来の世代のために道を切り開いてるんだ。おれらの選択ひとつで、彼らは幸せにもなるし、クソをどう片づけていいかわからないほどの不幸にもなるんじゃないか」

デヴラは耳を傾けたが納得しなかった。「わが先祖と相談できたらどんなにいいか。父はシャスで決着をつけられなかったけど、あたしらはやる。やってみせなきゃ。とはいえ、あたしが忠義を誓う相手はシャスと仲間たちであって、見知らぬ誰かじゃない」

レヴィティカ王が口を開いた。「きみたちはみなばらばらで、だからこそ集まると強いのだな。おのおのが異なる知恵を持っている。それゆえ、わたしはきみたちを支援してきたのだ。純血と単一思考という概念によってインペリアムを作ろうとする運動は非常にいかがわしい。彼らは自分たちの役に立たないことがらに対して、生命を犠牲にしてでもその価値を認めようとしない」

ダリアンが立ち上がる。「どう思う、デヴラ？　おれはこの件に全員賛成してほしい」

デヴラはミリウスとレヴィティカ王を見た。「彼女には会おう。けれど、その前に彼らの様子を確認したい。彼らに待つように伝えて。忍耐があるかないかで、その人間のことがよくわかるから」

レヴィティカ王がうなずいた。「それはまかせてもらおう。わたしが行って伝えるとしよう。きみたちが納得したら、彼らに会うか、わたしの護衛官をひとり送ってきて興味がないことを知らせてくれ。もし危険を察知したらただちに逃げられるよう準備をしておいたほうがいいだろう。わが軍には警戒態勢を取らせておく」

デヴラは王の手に触れた。「何もかもありがとうございます。これはシャスだけの問題ではないと思うし、だからこそインペリアムはあたしたちの首を執拗に狙ってるんでしょう」

「では、今から出かけるとしよう」レヴィティカ王がコラとその同行者に会いに行くために立ち上がった。


シャアランの石の都市は土着の古代文明の一部である。一角には文書で記録される以前の寺院や村落の遺跡が存在する。現在の都市の近代性はこうした過去への敬意とまるで相反するようだ。この地はずっと銀河の精神的な中心になってきた。レヴィティカ王による統治は彼自身が望んだよりも長きにわたっているが、後継者問題やシャアランがマザーワールドとどのような関係を持つかについて、民衆のあいだで不安の種になっている。

戦士たちの集団は駐機してある貨物船の横に小さなキャンプを設営した。彼らは周囲を浮遊する柱に囲まれている。コラは彼らを残し、レヴィティカ王に会いに出かけた。王は都市の静かな界隈にある広場の中央に立っていた。かたわらに護衛官たちと臣下ふたりをともなっている。

「辛抱強く待ってくれたことに感謝するとともに、デヴラがあなた方の存在を承知していることを保証する。受け入れ日時の決定はじきになされるだろう」

コラは頭を下げた。「ありがとうございます、レヴィティカ王陛下。わたしたちはそれまで待ちます」レヴィティカ王はどことなくハーゲンを思い出させた。ハーゲンは王族とはほど遠いが、ふたりとも同じ安心感とやさしさを与えてくれる気がする。そもそもレルムの敵対者を助けている王が悪人であるわけがない。彼女は貨物船に戻り、ひとかたまりにすわって話をしている仲間たちと待つことにした。コラが腰を下ろしたとき、グンナーが期待の顔を上げた。

「王さまはなんて言ってた？　彼らはぼくのことを伝えてくれたかな？」

彼女は焚き火の薪が焦げて割れるのを見つめた。「ここは辛抱よ……必要なことは伝えてある」

ふいにタラクが彼女をつついた。「あれが見えるか？」指さした暗い空にひときわ明るい光がある。

「ああ、知ってる。サマルドライ星系ね」

タイタスが手の中で揺すっている使い古しのフラスクから顔を上げた。「星空に詳しいんだな」

「少しね」コラの本当の素性を知っているのはグンナーだけだ。コラは味方として戦ってくれる彼らを信頼しているが、自分の経歴は明かせない。今はまだ。

タラクが夢見るようなまなざしで明るい点を見つめ続け、ほほ笑んだ。「サマルドライに行ったことはあるか？　美しい惑星だよ。おれの先祖の故郷だ」

コラは首を反らし、はるか遠くでまたたく星系を眺めた。「故郷があるなら、どうして帰らなかったの?」

タラクが顔をうつむけた。「まだ帰る家があったらな。故郷の人びとは戦って死んだか、マザーワールドの奴隷にされてしまった」彼は目を上げて焚き火の炎を見つめた。記憶と絶望の宿った炎はまだ彼の中で燃えているのだ。

「あなたはどうやって生き延びたの? やつらにとってあなたは捕まえたい最有力候補なのに」コラはきいた。

タラクが首を振って何か言おうとしたが、言葉は出てこなかった。代わりにネメシスが口を開いた。「それは自明のこと。彼以外は死んだか、奴隷になった」彼女の言葉は敵の首を斬る剣のように鋭かった。タラクは何も答えない。陰鬱な表情がすべてを物語っていた。彼は氷のような視線をネメシスに向け、彼女はそれをまっすぐ見返した。

コラは膝を抱え、タラクの顔を見た。「そのどっちかが自分の身に起こる前に逃げたのね」

タラクは誰とも目を合わせようとしない。貨物船に寄りかかって立ち、ヘムピルの根を嚙んでいるカイがタラクを見やった。「すばらしい、わが軍に臆病者が加わったわけか。頼もしいぜ」

タイタスがタラクを見た。「少なくとも今は彼も立ち上がり、ともに戦おうとしているぞ、パイロット。われわれにはみなそれぞれ過去がある。誇れないことをひとつもしてこなかった者などおらん」

「わたしが臆病者だったことは一度もない」ネメシスが言った。

「わたしはそうだった」タイタスが応じ、視線を落とした。「戦争は人に大きな影響を与える。どれほど人を変えてしまうことか。しかしおそらく、誰であろうと贖罪を見つけることができる。あるいはそうではなく、できるのはせいぜい復讐かもしれん。それでも意味がある何かだ」彼はコラに目を向けた。「そうでなければ、ほかに何がある？　それは意味のないことなのか？」

カイがわざとらしく天を仰いだ。「小便もがまんできない酔いどれのたわごとか」

タイタスが跳ね起きたかと思うと、肩を怒らせてカイに向かっていく。両手のこぶしを固く握っていた。コラとタラクが立ち上がり、カイとタイタスのあいだに割って入った。コラはカイをにらんだ。「なぜ今そんなことを言うの？　いったいどうしたの？」

「おい、みんな！」グンナーが大声を出した。「そんなことしてる場合じゃないかも。見ろ」彼が空を指さした。

十隻ほどの小さな宇宙船が広場に向かって降下してくる。戦士たちは争いを忘れ、着陸態勢を取る船団に注意を向けた。船が急速に迫って広場に強い風が吹く中、彼らはそれぞれの武器を握る手に力をこめた。比較的大型の一隻がまず着陸した。船体の底部が開き、タラップが地面に下ろされた。コラが先頭を切って船に歩いていき、ほかの面々があとに続いた。

宇宙船から男ひとりと女ひとりが肩を並べて出てきた。自信に満ちた足取りで歩いてくるふたりは、どちらも戦闘用の重装備で全身を固めている。一体化したようなふたりの存在感とエネルギーは一同の注目を引いた。レヴィティカ王が側近たちを広場のはずれに待たせ、ブラッドアックスのふたりに合流した。

デヴラがコラに視線をすえ、目の前まで来ると立ち止まった。「これが罠でないと確信する必要が

あった。あたしらきょうだいには多額の懸賞金がかけられてる。賞金稼ぎにすれば、この首は想像を絶するほどの大金持ちになれる戦利品なんだ」

ダリアンが助っ人戦士の一団を見た。「そこの農民、あんた、なんで正体不明で旗もない船から連絡しようと思った?」

グンナーが進み出る。「前回会ったとき、ある程度の信頼関係はできたと思ってたんだけど」

デヴラの声には温かみが皆無だった。「穀物を買ったのは、うちの戦闘員に食べさせるためにすぎない」

ダリアンにも同様の警戒が見える。「あんたの商売とこっちの革命を混同するな」

「わかったよ」グンナーが答えた。

デヴラがうなずく。「あんたらの来訪はあたしら全員と支援者たちにとって大きなリスクになる。けど、あたしらはもう穀物を必要としない。レヴィティカ王から十分すぎるほどの厚意を受けてるから。あんたらはすぐに立ち去ったほうがいい」

コラは目に怒りをあらわした。「わたしたちは穀物を売りにここまで来たんじゃない。グンナーの村は戦艦が来たことでその存続が脅かされてる。わたしは戦士たちを集めて村に連れて帰り、農民たちを守ると約束したの。だけど、もう時間がない」

デヴラとダリアンがコラの後ろに立つ戦士たちをまじまじと見た。ダリアンが眉をひそめ、冷ややかに笑った。「おいおい、この少人数で戦艦に立ち向かうだと?」

「だからここに来たの。あなたたちには兵力も船もある。手を組んでくれたら、わたしたちは本物の防衛力を持てる」

　きょうだいは無言で顔を見合わせた。

　グンナーが緊張の面持（おもも）ちで口を開いた。「もちろん、収穫の余剰分から支払いはする。ぼくたちにはそれしかないから」

　デヴラが首を横に振った。「うちの戦力で〈王のまなざし（キングズゲイズ）〉に対抗するって？　それは自殺行為ってもんだね。あの艦は数十の兵力ぐらいじゃ破壊できない。あの艦と乗員は宇宙の破壊者なんだ。悪いけど無理だ」

　コラは相手にどう思われようがかまわず声を荒らげた。「この人は革命家じゃない。ただの農民なの。でも、商売であろうがなかろうが、村人たちはあなたたちの食べる穀物を手作業で苦労して育てたのよ。あなたたち全員の分を！　しかも、その取引のせいで今や村は、あなたたちを追ってるノーブル提督に脅かされてるの」

　ダリアンがグンナーに近づき、強いまなざしを向けた。どちらもたがいにひるまず、ひと言も発しない。ほかの者たちは息を呑（の）んで見守った。ダリアンがデヴラの立っている場所までさがった。「わかった。おれは行こう」

　デヴラが信じられないという顔で彼を振り向いた。すぐにコラに向き直る。「ちょっと失礼するよ」

　彼女はダリアンについてくるよう合図し、期待の目を向けてくる戦士たちに声が聞こえないよう船のほうへ歩いた。「あたしらの勝利は、数少ないけれど、ずっと戦術的におこなってきた。〈王のまなざし〉と真っ向から戦うなんてできない」

「あの農民がおれたちを見つけたなら、ノーブルが見つけるのも時間の問題だ。それに、おれらの名によってほかの世界が破壊されるなんて許せない」

「自分たちの標的を攻撃し、報復から身を隠す。あたしらはそのやり方で生き延びてきたんじゃないか」

ダリアンは首を振り、デヴラの目をまっすぐ見た。「人びとが必要としてるのは、目に見える反乱、感じることのできる革命なんだ。おれはもう隠れる気はない。おれらとかかわった世界がまたひとつ滅ぼされるのを見すごすわけにはいかない。しかもおれらはその世界に力を貸せるんだぜ」

デヴラは彼から目をそらさずにいた。その顔は度重なる戦いと苦痛で険しいものの、目的遂行への情熱はひとつも失われていない。そこには希望があった。彼女は腕を上げ、ダリアンの胸の前で手を開いた。彼はうなずき、彼女の手を強く握りしめた。

「あんたが指揮する連中は？」デヴラは自分たちの船のほうに頭を傾けてみせた。戦闘員たちがひとり残らずふたりを注視している。

「あいつらの命はあいつらのものだ」

デヴラは何を言うべきかわからず、ダリアンをただじっと見つめた。

ダリアンが指揮下の戦闘員たちに向いた。その声はまさに真のリーダーらしく響き渡った。「この人たちはほかに行く当てがなくて、おれらに会いに来た。マザーワールドの戦艦に立ち向かうため、おれらに助けを求めてる。これこそおれらの仕事じゃないか？　この人たちはかつてのおれらじゃないか？」

「そっちの軍勢は?」戦闘員のひとりが大声できいた。

コラは答えた。「今ここに見えるまんまよ」

「農民たちもいる」タイタスが人さし指を立てて言い添えた。

ダリアンが声を高めた。「簡単な任務だとは言わない。武器を持たない人びとを守るんだからな。だが、家を守るためにやつらに抵抗しようとしてるこの農民たちにおれらが味方しないなら、革命に意味はない。自由意志で決めろ。陰に隠れるよりも自分の信じるもののために死をいとわない者は、この中に何人いる?」

誰も何も言わない。空気が張りつめ、どの顔にも緊張が見えた。ミリウスが一歩前に出ると、ダリアンにいたずらっぽく笑ってみせた。

「ミリウス。おまえの志願に驚きはないな」

ミリウスがダリアンの肩をたたいた。「戦闘ではあんたをずっと見てきたんだぜ。あんたを無事に戻ってこさせるやつが、おれ以外にいるか? それにおれの故郷があああなったあとで、ノーなんて言えるかよ」

ダリアンの心からの笑い声が広場に響いた。ミリウスが肩ごしにほかの者たちの顔を見やる。六人のパイロットと五人の戦闘員がゆっくりとふたりに加わった。ダリアンがデヴラのほうを見た。「こいつらは自由意志で志願したぜ」

デヴラがうなずく。「これがあんたの進みたい方向なら、あたしは止めないよ」

「ブルー編隊から離れたパイロットと戦闘員はこの場におれと残る」

デヴラがダリアンに腕を回し、強く抱きしめた。彼もきつく抱き返した。

「レヴィティカ王に礼を言って、この星を去るよ。また会う日まで。強い身体を」

デヴラは最後の抱擁から身を離した。「強い心を、ダリアン」

ダリアンがレヴィティカ王を振り返った。「陛下の寛大さに感謝します。おれらを必要とすることがあったら、全力で助けに来ます」

王は祈るかのように左右の手を合わせた。「きみたちがしていることに心から敬意を表する。きみには母方の血が強く流れている。あの血筋の人びとは偉大な闘士であり、バリサリウスの敵はわたしの友だ。知ってのとおり、シャアランの精神的ルーツはシャスの地にもおよんでいる。シャスは本質的な意味においてシャスのままであるべきだ。すべての世界がマザーワールドやバリサリウスの非道な計画に支配されずにおのおのの文明意識を保つべきだと、わたしは信じている」

「おれらもいつか戻ることを望んでます」ダリアンは王に一礼すると、コラの一団に合流した。彼が足を止めて振り返る。「デヴラこそこの革命の心臓なんだぞ。力強く脈打たせてくれよ！」

コラのキャンプにいる戦士たちとブラッドアックスの戦闘員たちがひとつになって顔を合わせ、簡単に自己紹介をし合った。カイが貨物船に乗りこみかけたところで遠くにいるデヴラを見やり、それから視線をダリアンに移した。「よし、みんな、パーティは後回しだ。出発しようぜ」

戦士たちは戦闘以外に何が起こるか予想もつかないまま、続々と貨物船に乗りこんだ。全体として結束の気運が高まっているようだ。ブラッドアックスと部下たちにはもとから結束力があるが、戦士たちはこれまで単独で行動してきた。だが彼らは今、あまりに強大すぎる共通の敵を前にして団結した。宇宙のさまざまな場所から集まったこの反乱者たちは、レルムと戦う準備ができたことを自覚した。それぞれに別々の思惑があっても、望みは同じものだ。

カイが腕を組んで大きな船窓から外をぼんやり見つめ、ダリアンのパイロットたちが貨物船の後ろを飛んでくるのを確かめていた。いくつもはめている銀色の指輪がフロアライトの薄明かりにきらめく。彼は親指の腹を噛んでいた。やってきたコラがそれを認め、彼に近づいた。彼は何か心配ごとでもあるようだ。先ほどタイタスに向けたあざけりは度を越えていた。「何かあったの？」

カイは窓の外を眺めたまま振り向きもしない。「いろいろさ。この計画はクソみたいにイカれてるし、あんたはこの船にダリアン・ブラッドアックスが乗ってることをちっとも気にしちゃいないようだし。あいつが助ける気になったのはなぜだ？」

「そんなことするはずがないって思うの？」

「だって短絡的すぎやしないか。そのせいであいつらの……どう呼んでもいいが……抵抗運動や反乱を弱体化させちまうだろ。なのに、なんでだ、コラ？　あいつら、戦艦に全滅させられたいのか？」

「自殺行為だと思うなら、あなたこそなぜここにいるの？　わたしたちとかかわることさえ価値がないでしょ」

「ここよりもっといい居場所もないしな。だが、あいつにはある。相手は戦艦だぞ。あいつや部下たちの命は一瞬で失われてもおかしくない」

「いつも理性が勝るとはかぎらない。人は感情で動くこともある。たとえば罪悪感、それはすごく強いものよ」

カイが窓から目を離してコラを見た。「あんたは数少ない助っ人たちのやる気をそんなもので引き出したいのか？　罪悪感で？」

コラは肩をすくめた。「大事なのは罪悪感じゃない。それがどこから生じてるかよ」

彼が冷たく笑い、ふたたび窓の外を見た。「罪悪感は名誉の中にひそむ弱点さ。おれにだって昔はあったかもな、名誉ってやつが。信じられるか？　本当だぜ」

コラはカイの顔を見つめ、目をすがめた。カイと顔を見合わす位置に動くと、窓を照らすわずかな光に浮かぶ彼の表情が見えた。彼には困惑させられる。熱くなったかと思えば冷ややかになり、よそよそしくもなる。「何が言いたいの？」

カイは組んでいた腕をほどいた。

「あんたはどう思う？　どうせこのおれは、せいぜい数年のうちに盗んじゃまずい相手から盗むか、バーの喧嘩(けんか)で犬の顔をしたクソ野郎に刺し殺される人間だ」彼はコラの目を見た。「とにかく、あんたのせいなんだぜ。おかげでおれは立派な男になりたいなんて思っちまった。そもそも、おれを仲間にする必要はなかったんだ」

コラは眉を上げた。「わたしたちといっしょに戦ってくれるの？」

彼がにやりと笑う。「あんたに懇願されてるからな」

「カイ、わたしたちは懇願なんかしてない」

立ち去ろうとするコラの腕にカイが触れた。「じゃあ、あんたに頼まれてるから、だ。それで許してもらえるなら」

コラは感情をあらわさずに言った。「驚きだわ」

「ひとつ厄介なことがある。貨物室にあるブツだが、買い手がゴンディバルで待ってるんだ。辛抱強いとはとうてい言えない相手でね。戦艦に喧嘩を吹っかける前に、盗っ人の暮らしと縁を切っといたほうが利口かもしれない。それに、あんたからおれが必要だと言われてるし……」

コラはグンナーを探しに歩きだした。「そんなこと言ってない」

「おれは言われたと思ってる。それじゃ、針路を設定して、今から行くと相手に伝える。ああ、くそ、これでおれも善人に仲間入りってわけか？」彼がコラの背後から叫んだ。

コラは貨物船内を歩き回り、食事室でグンナーを見つけた。「カイが仲間に加わりたいみたい」

「本当かな？」

「彼のこと、信用してないの？」

彼が首を横に振った。「彼は嫌なやつだよ」

コラは簡素な調理設備のあるカウンターに寄りかかった。「確かに。でも、借りられる手はいくつでも必要よ」

第九章

レヴィティカ王は、ダリアンに引き続いてデヴラが出発するのを見送った。王は彼女が運べるだけの物資をすべてそろえるよう取り計らった。出発後すぐにどこかに立ち寄るのは危険すぎるからだ。たがいに会うことはもう二度とないかもしれない。彼はブラッドアックスたちのよりよく生きようとする意志に感服していた。それゆえ支援したのであり、彼らからの見返りなど望んでもいない。善なる心と利他的行為こそが彼ら自身の贈りものだ。レヴィティカの惑星ミレーアは外交および強い信仰を通じて平和を見いだしてきた。それは、誰もが調和の中で暮らせるように、少なくともできるだけよい状態で暮らせるように、という人びとの願いを反映したものだった。レルムはその戦争を継続するかぎり脅威であり続ける。平和はその脅威と戦って勝ち取らねばならないものなのだ。

王の横にアイオン将軍が立った。「陛下、最悪の事態へのお心がまえを。大型艦船の接近を感知しました」

レヴィティカは将軍を見た。「革命の支援を始めたときから危険は覚悟している。備えはすでに万全だ。だが、われわれは見つかると思うか？　これまであのけだものどもに露見せずにきた。過去において望みのものを与えてきたのだから、多少の猶予は望んでもよいのではないか。彼らもすべての都市や星を焼きつくすことはできない。支配するものが残されないからな」

「わたくしは自分たちが正しい側だと信じております。しかしながら、マザーワールドにはマザーワールドの考えがあります」アイオンが言った。

「軍に臨戦態勢を取らせ、市民に警報を出すのだ。わたしへの来訪者にはここで対応しよう。何かあれば、瞑想室にいる」

アイオンが一礼し、来たるべき戦闘に対応するために走っていった。

レヴィティカはじっと目を閉じ、あたりの静寂に心を向けた。嵐の前の静けさだ。彼はシャアランとその民の暮らしについて最善の道を願った。パニックと恐怖を避けることに精神を集中させた。マザーワールドとその意思を実行に移す者たちは恐怖を剣のように振るう。敵と認定した者を滅ぼさない場合もあるが、ほかの者たちに恐怖を抱かせるのに十分なだけの損害を与えるのは忘れない。王はマザーワールドに命を奪われるとしても、心の平穏を破壊させるつもりはなかった。自分の主張を述べ、あとは運命に委ねるつもりだった。そのとき、アイオン将軍が部屋に飛びこんできた。

「陛下、アティカス・ノーブル提督が到着しました」

レヴィティカ王は立ち上がり、ローブのひだを伸ばした。なんとか戦うことなくインペリアムの提督をシャアランから追い返さねばならない。レルムと戦うときの唯一の現実的な対応は、戦闘そのものを回避することである。王はみずからの運命に向かって歩きだした。「彼らはどのような様子だ?」

アイオン将軍は腰の武器を握りしめた。「数が多すぎます。今や当方の領空は……彼らが話し合いに来たとはとうてい思えません」

レヴィティカ王は将軍の横を通りすぎ、部屋から出た。上空一面にインペリアム軍が展開している

のを見て思わず立ち止まる。「われわれのために祈ってくれ」彼はアイオン将軍にささやいた。

ノーブルは広場の中央に着陸した降下艇の前で待っていた。「レヴィティカ王。瞑想中だったそうですな。それは何より。みずからの罪について思いをめぐらしていたのであればなおよい」

「話がしたい」

ノーブルは答えなかった。返答の代わりはシャアランの都市に向けた連続砲撃だった。驚いたシャアラン軍の兵士たちが持ち場に駆けつけたが、上空と地上に待ちかまえていたインペリアム兵によって次々に殺されていった。レヴィティカのそばで破裂音がし、彼は本能的に身をかがめた。左を見ると胸に穴のあいたアイオン将軍が倒れていた。ノーブルの左後方に戦闘用マスクで顔をおおった兵士が立ち、銃をかまえていた。

レヴィティカ王はまっすぐ身を起こした。「この星の残りを破壊する前に、話し合いが可能なのではないか?」

ノーブルは大腿骨の笏をかかげた。「インペリアムに反逆する者たちについて話してもらおう。おまえに反逆行為を強いた者たちのことを。嘘で切り抜けられると思うな」

「神々がこのことを裁くだろう」レヴィティカは厳かに述べた。

ノーブルが王の顔を笏で打った。「われわれがおまえたちの神だ！　それより上位には誰もいない！」彼が目に敵意の炎を燃やして怒鳴った。まるで王の背後で燃えている都市の炎を映し出しているかのようだ。

「デヴラとダリアンは確かにこの地に着陸したが、すぐに立ち去った。それはこのような砲撃を受けるべき罪ではなかろう。助けを必要としている者があれば、われわれはあくまで公平に対応する。どうか攻撃をやめてほしい」

ノーブルに笏でさらに強く殴られ、王は膝をついた。彼は頭から王冠がすべり落ちるのを感じた。殴打によって頭蓋に響いた音は、シャアランに続いている砲撃の音や市民たちの大きな叫び声を一瞬かき消すほどだった。

「彼らの行き先は？」ノーブルが問いつめた。

「わたしは知らない。尋ねもしなかった。彼らがここからどこへ行こうが、わたしには関係ない。神々と先祖の記憶に誓って、知らない」レヴィティカ王はひざまずいたまま片目で空を見上げた。もう片方の目は腫れてふさがっており、生き延びたとしても二度と開くことはないだろう。夜明けの太陽をさえぎる黒煙の中を降下艇の編隊が突き抜けてくる。地上に目を転じてみると、あたり一面死体だらけだった。ピンク色に泡立つ血の海の中で死んでいる兵士たち。地表をおおいつくす手足や触手。彼が大切に思っている都市や人びとは消えてしまった。ビルも家屋も破壊しつくされ、遠くにそびえているはずのグレート・ウォーター神殿ももう見えない。完全に廃墟（はいきょ）と化していた。

彼らの目的は破壊なのだ。取引でも、交渉でも、拷問でも、策略でもない。そうしたものは力のない者の道具だ。ノーブルはシャアランを徹底的に壊滅させ、そのあとで質問をするために来た。彼は今、レヴィティカの前に立ち、革手袋のゆがみを直しながら破壊の跡を見渡している。

「同じ質問は二度としない。もう一方の目も失いたいか？」

レヴィティカはかぶりを振った。ちぎれた触手の一本がノーブルの足もとでうごめいている。ノーブルが嫌悪感もあらわにそれを蹴り飛ばした。

「頼む！　わたしは真実を話した。これ以上は何もない。すべてを話したんだ。本当のことを。生き延びた人びとをどうか助けてくれ。わたしはわれわれの文明が信条とするもののために死ぬ覚悟ができている。わたしの命を奪うがよい」

「そのような信念をレルムに対して持っていればな。そう、真実とは……おまえがマザーワールドの敵として知られる者たちを受け入れたこと。おまえは傷の手当てをし、損傷した船を修理した。すべて誉れと慈悲からなるおまえの道徳規範によって」

レヴィティカは首を振った。「われわれの文明は、誉れと慈悲を最も価値のある信条として一万年を生き延び、栄えてきたのだ」

ノーブルが笏をレヴィティカの顎の下に当て、顔を上空に向かせた。巨大戦艦が鋼鉄の王冠のような重々しさで頭上に迫ってきていた。

「誉れについてはわたしも理解できる。あの戦艦は殺害された父君の誉れのために名づけられたのだ。〈王のまなざし〉と。だが、慈愛については理解できない。われらが王は、おまえのような異世界の者に慈愛を示し、その見返りとして殺された。慈愛のためにな。それゆえわれわれは、慈愛によって失われたあの寛大なまなざしに宿る力を忘れずにおくために、戦艦にその名を冠した。そうすれば、神の意志によってそのまなざしがわれわれに降り注ぎ、たとえわずかな時間でも向けられれば、人生が永遠に変わりうるということを忘れずにすむだろう」

「おまえは自分の非道な意志のために真実をねじ曲げている。この宇宙には必ず善が戻るだろう。宇宙にはびこる果てしない争いと無益な死は終わりを告げる。本来の姿へと回復させる者がきっとあらわれる」

ノーブルの表情は険しいままだ。「今日、王のまなざしはおまえに注がれる」彼は笏を王の顎からはずして高くかかげると、そこで動きを止めた。片目を失った王は屈服せず、威厳のある目で相手を見返している。そのとき、甲高い轟音が大気を突き破った。彗星のようにまぶしい白い光が空を染めながら地表に落下した。強烈な光でノーブルのとげとげしい顔が仮面をかぶったように見え、さながら制服を着た髑髏となった。彼はレヴィティカの顔に笏を振り下ろした。

光の衝撃で大地が揺れ、熱風がふたりに押し寄せてきた。ノーブルが身をひるがえし、降下艇に歩いていく。さらなる熱線が次々に黒い煙を突き抜け、惑星を攻撃した。降下艇からカシウスがあらわれ、タラップを駆け下りてノーブルを出迎えた。「ホークショーからの情報です。ブラッドアックスを発見し、今まさに罠が閉じようとしていると」

ノーブルはカシウスと肩を並べてタラップを上った。「ようやくの吉報だな」

カシウスが振り返り、地面でぴくりとも動かないレヴィティカ王を見やった。神官のひとりが王に近づき、その口から歯を一本抜き取ると、イッサ王女の肖像を取り囲む歯の列に加えた。「やはり、この地に立ち寄る必要はなかったのではありませんか」カシウスが言った。

「いや、その必要はあった。理由はおまえもじきにわかるだろう、カシウス。わたしはこれを楽しみたいのだ」降下艇が離昇し始め、彼はタラップの一番上で支柱につかまりながら振り返った。ひざまずいているレヴィティカの姿がどんどん小さくなっていく。都市は燃え、彼らの防衛力はもはや役に立たない。単に破壊されただけでなく、文明の痕跡が消し去られたのだ。惑星は有史以前の状態にまで後退していた。

降下艇が安全な距離まで離れると、まさにレヴィティカがとどまっている広場に白い火の玉が命中した。「よし、わたしのガンシップの準備を。わたしが出向き、反逆の犬どもをこの手で回収する」

ノーブルが機内に入ると、タラップが閉まった。彼は満足げに大きく息をつき、充実感に満ちた笑みをカシウスに向けた。

「〈王のまなざし(キングズゲイズ)〉へのご命令は？」

「そうだな、惑星を破壊し終えたら合流せよ。残りの反乱分子の正確な居場所を突き止め、ひとり残らず始末する」

「承知しました」カシウスが答えた。

ゴンディバルは美しさで知られる場所ではない。空は厚い雷雲におおわれ、大量の雨が降り注ぎ、海はいつも荒れている。東方の空では獰猛(どうもう)な稲妻が一瞬たりとも途切れない。霧が晴れれば空に五つの小さな月が見える。最も大きな月が波立つ海の上に凍りついた涙の粒のように浮かんでいる。その月面にドッキングポイントがある。

貨物船とブラッドアックスの六隻の船は、月面から突き出たカーバイド製のドックに向かって滑空した。複数あるドックは動力によって同期旋回しながら浮かび、風が強まっても可能なかぎりその位置で安定する設計になっている。それぞれの巨大なプレートは隣り合うプレートとカーバイドの渡り板で接続している。ドックにはすでに二隻の貨物船が停泊し、大勢の係員が船の整備や荷下ろしに従事していた。大小さまざまなクレートが積み上げられ、配送や積載を待っている。各ステーションには超巨大クレーンが設置され、まわりにはブイが浮かんでいる。大気が青みがかった灰色に見えるのは、照明に照らされた夜霧のせいだろう。

カイは最初に見えたステーションに貨物船を入れ、ブラッドアックスの船団は二番めのドックに係留した。下船したダリアンと彼の戦闘員たちはドックを見回した。ミリウスがリーダーの横に行った。「何を考えてる？　その顔には見覚えがあるぜ」

ダリアンはいつもより声を低めて言った。「目を配り、耳を澄ませておけ。みんなに伝えるんだ。この場所は開放的すぎる。なんだか裸にされたみたいな気分だ」ミリウスはうなずき、ほかの者たちのもとへ戻った。

貨物船からタラップが下ろされると、カイが真っ先にドックに降り立った。彼はつなぎ服の係員にまっすぐ近づき、何やら話しかけると、船で自動的に開き始めた貨物室の扉のほうを指さした。コラはタラップを下りる前にあたりを見渡した。ドックから見下ろすと、目もくらむほどはるか下方の暗い海でぎざぎざの岩礁に波が打ち寄せている。その動きと音には眠気を誘われそうだ。風が強まってきたので、彼女は胸の前でマントを引き合わせた。霧雨で肌や髪がじわじわ濡れていく。過去の任務ではもっとひどい場所にもたびたび行ったが、彼女はこの場所がどうにも好きになれず、一刻も早く離れたかった。

「おい、足もとに気をつけろ」コラは声をかけてきたカイを見た。「とっとと荷物を下ろして、この

びしょ濡れの場所からおさらばしようぜ。まず銀色のブツからだ」

彼女は離れた場所に立ってこちらを見ている係員を見やり、カイに叫んだ。「ほかのみんなを連れてくる」

戦士たちが貨物室に向かう。クレートを運び出したタラクがコラと並んで歩いた。彼も震えるような寒さに厚いケープを身体に巻きつけている。「なぜおれたちはあいつに金を儲けさせるために時間を無駄にしてるんだ？」

コラはタラクを横目で見た。「あなたがここにいるのは彼のおかげでしょ。戦いに勝つつもりなら、まずはおたがいを信頼しないと」

タラクがカイを見やった。ヘムピルの根を噛みながら係員と話している。「だからといって、あいつを好きになる必要はない。あの夜の一件以来は特にな。おれがあいつから目を離さずにいても気にしないでくれ」

「彼が好きかどうかなんて話はしてない」コラはそこでぎくりと立ち止まった。ここにいるはずのない男の顔を見て眉をひそめる。プロヴィデンスの記憶がよみがえった。ホークショーのひとりに目をとめたのは、顔の横に大きな傷跡が走っていたからだった。今、目の当たりにしたのと同じ傷跡だ。ホークショーが横を向いた隙に、コラはクレートを下ろすなりタラクの手首をつかんで声をひそめた。「何かおかしい」カイのほうに目を向けると、彼がコラを見返して笑みを浮かべた。その瞬間、彼女は悟った。

頭上で大きな破裂音が聞こえた。ブラッドアックスの船の一隻が炎を上げ、破片と火の粉がドックに降り注いだ。コラと戦士たちは即座に武器をつかみ、攻撃してくる船を探して空を見上げた。ドックの係員たちが罵声を上げ、身を隠そうと走っていく。近くに隠れる場所などない。

「戦闘準備！」遠くでダリアンが叫んだ。混乱の元凶を必死に探している。彼の船の一隻が銃撃を始めたが、たちまち船体を火だるまにされた。戦士たちは燃えながら飛んでくる破片に気を取られ、近くで歯車が嚙み合う金属音がしたのに気づかなかった。彼らは周囲を見回し、いまだ見えない敵と戦うべく身がまえた。そのとき、貨物室から運び出した銀色のクレートが、きしみ音をたてながら開いた。中にたたまれていた金属がオリガミの精密さで開き始め、あっという間に大きなシェルを形成した。

伸ばされたロボットの拘束具がコラの首と腰と両腕をつかみ、シェルの中に引きこむなり万力のように締め上げた。ほかの戦士たちも反応する間もなく同じように拘束されてしまった。ネメシスがどうにか腕をはずそうともがいたが、抵抗すればするほどかせが強く締まる。金属の手首の圧点を強烈に圧迫され、たまらず手放してしまった剣が地面で音をたてた。彼女は歯嚙みをした。泣き叫びこそしないが、敗北を認めざるをえず、無駄な身じろぎをやめた。コラは誰の顔も見ることができなかった。これは彼女の過失だった。だが、いったいどの時点でしくじったのだろう。

「コラ！」グンナーが叫んだ。彼はまだ捕まっておらず、やはり自由に動けるダリアンの戦闘員たちのそばにいる。戦闘員たちが武器に手に伸ばそうとしたが、銃を抜く間もないままカイと賞金稼ぎのホークショーたちから銃口を向けられた。グンナーと戦闘員たちは降伏するほかなかった。

カイがにやつきながら拘束された者たちのまわりを悠然と歩き、コラの前で立ち止まった。彼女は

怒りの目でカイをにらみつけたが、内心では多くの感情が渦巻いていた。人生で最初に受けた重大な裏切りを思い出さずにはいられなかった。「このクソ野郎。いつから？」拘束具から逃れようともがきながらタラクが叫んだ。

「やつが嘘つき野郎なのは最初からわかってた！」

カイが高笑いした。彼が何か言おうと口を開いたとき、まるで東方の嵐が移動してきたかのようにドック全体が重々しく振動した。彼らはいっせいに空を見上げ、次いで眼下を見た。海と岩礁をおいつくす暗い霧の中からガンシップがせり上がってきた。コラはまだにやついているカイを見やり、視線をガンシップに戻した。たちまち恐怖で震えた。カイが目の前に来た。

「いつから、か？　ヴェルトさ。プロヴィデンスで初めてあんたの話を聞いたときから。あんたが語る抵抗の理想があれば二、三人は集められるだろうと思った。たとえば、タラク。あいつの星は奴隷化された。それから、ネメシス。家族を全員虐殺されてる。だが、タイタス将軍は？　彼ひとりだけでどれだけ価値があると思う？　みんなレルムに復讐できるなら、どんな小さなチャンスにだって飛びつくに決まってる。たとえ報酬がひと袋の穀物でもな。そして、あんただ、コラ。それとも、アルテレーズと呼ぶべきか？　この中で一番でっかい獲物だ」

コラは第三のドックに接続するガンシップに目を向けた。扉が開き、タラップが下ろされる。彼女はカイを振り向いた。「あなたの故郷は？　破壊されたの？」

カイが真顔になった。「マザーワールドがおれの星に何をしたか知ってるか？　連中はただ破壊しただけじゃない。男も女もガキも、ひとり残らず拷問にかけたんだ。そして、命にしがみつかせておいて低空軌道から灰にしやがった。それでおれが何を学んだかわかるか？　歴史のまちがった側に立たないってことさ」

「わたしたちのしてることが、まちがった側だというの？」

カイが顔をしかめ、首を横に振った。「いや。あんたが選んだのは歴史の本にも載らない側だよ」

金属の上を歩く足音が聞こえ、彼らはガンシップに注意を向けた。先頭を歩いてきたのはベルトに剣を吊るし、手に骨の笏を持ったノーブルだった。その後ろにクリプト人の護衛官バルバスとフェリックスがつきしたがう。コラは注意をカイに戻した。「あなたの名誉はどうなったの？」

カイは「どうなったかな？」としか言わなかった。

ノーブルが昂然と顎を上げ、品定めするように戦士たちを見渡した。最初に足を止めたのはダリアンの前だった。「ほほう、誰を捕まえたかと思えば、ブラッドアックス司令官ではないか。〈王のまなざし〉がわざわざこの銀河の辺境まで送られることになったお尋ね者にして反逆者のリーダー。この男ひとりだけでも、元老院でわたしの議席は保証されたようなものだ」

ダリアンが小鼻をふくらませ、目をすがめた。「アティカス・ノーブル。この月から生きて出られると思うな」

ノーブルはダリアンの自由を奪っている装置を笏でたたいた。「興味深い脅しだ……かせの中の男から聞くとは。けっして希望を捨てないのだな、たとえ悪あがきだとしても。おまえは今ここで死ぬのだ。おまえのきょうだいにも間もなく死んでもらう」

ダリアンは飛びかかろうとしたが、きつく締まるシェルの中ではまったく無益だった。

ノーブルが低く笑いながら戦士たちのあいだを歩いた。タラクの前で足を止めると、わずかに頭を

下げた。「われわれが王族の面前にいることに触れておかねば、わたしの怠慢と言えるだろう。タラク・デキムス。あるいはタラク王子と言うべきかな?」

タラクは平静を保ちながらも、ノーブルの足もとに唾を吐いた。ノーブルはそれ見下ろしてから次の捕虜へと進んだ。

「タイタス将軍。あえて紹介するまでもないだろう。サラウの戦いで取った行動の結果、ここにいるわけだ」

「どこかへ行け。おまえの息からにおうインペリアムの悪臭で気分が悪くなる」タイタスが怒鳴った。

ノーブルがタイタスに顔をしかめてみせた。「それはおたがいさまだ」彼はさらに移動し、ネメシスと向かい合った。彼女は目に敵意を燃やし、金属の両手を震わせた。

「〝ネメシス〟の名でのみ知られた伝説の女剣士。インペリアムの高級将校十六名とその警護兵たちを暗殺した。殺されたわが子の復讐のためだ、むろん」

ネメシスが怒声を上げた。「あの子たちの話をするな。おまえに死んだ子たちの名前を口にする資格はない」

「わたしはその名すら知らない」彼がこともなげに言った。

ホークショーのひとりがネメシスの横に落ちている剣をつま先でつついた。「オラクル鋼の剣……こいつをずっと探してたんだ。どうやって光らせるんだ」彼は剣をもっとよく見ようと身をかがめた。

ネメシスはそちらに首をねじった。「その剣をおまえの手からもぎ取り、首をはねてやる。そうすれば、剣はビョルの鍛冶(かじ)の炎でオレンジ色に光り輝く」

ホークショーが鼻を鳴らし、一本の剣を拾い上げるとベルトにはさみこんだ。「今はおれのもんだ」立ち去る彼をネメシスが憎悪の目で追った。

ノーブルが捕虜たちを見渡した末にグンナーに目をとめ、そちらにゆっくり歩いていった。「農民ではないか。ずいぶんと野心のある農民だな。わたしはけっして驚かないことを誇りにしているが、これは驚きだ。ほかの者がここにいる理由はわかるが、おまえだけはわからない。おまえは何を得られると思ったのだ、そのような……なんの力も持たぬ身で？　教えてくれ」

「ぼくは支配や人殺しや憎しみを超えた何かを支持してる」

ノーブルはあざけるように顔をしかめた。「なんと愚かな」彼はグンナーの左頬をぴたぴたとたたき、最後に強い平手打ちを食らわせた。

「ゲームはもういい、ノーブル」コラは言った。

ノーブルが彼女に近づき、目の前に立つと彼女の全身を舐め回すように見た。彼女のホルスターから拳銃を取り出し、足もとに投げ捨てる。「あのみすぼらしい村でおまえを見たとき、何か引っかかりを感じたのだ。この宇宙で最重要指名手配にかけられている逃亡者、〝傷跡を刻む者〟ことアルテレーズ」

「それは本当の名前じゃない。本当のわたしじゃない」

ノーブルが手を振ってその言葉をしりぞけた。「アルテレーズ、おまえがわたしに対してしたことや、そのせいでおまえがそのようになったことを本当に自覚しているのか？　おまえたちの麻痺した身体を執権の足もとに並べたとき、わたしはレルムの英雄になるだろう。人びとはわたしの功績を歌

にして讃(たた)えるにちがいない」

カイが咳払(せきばら)いをし、小さな声で言った。「全部おれの手柄じゃないらしい」

ノーブルが怒りも驚きも何もない目をカイに向けた。目は心の窓であり、そのときカイはノーブルに心がないことを知った。彼はそれ以上何も言わずに引き下がった。

「ことを先に進めよう」ノーブルが言った。

カイがうなずきを返し、コラたちが運び出した銀色のクレートのひとつからボルトガンを取り出した。目の前にかざし、銃身と中から飛び出すボルトを点検した。「暴れられると厄介だから、全員を麻痺状態にして運搬するといい。こいつで背骨を一発撃って断ち切れば十分だ」彼は銃をグンナーのほうに向け、引き金を引いた。銃身からボルトが飛び出し、すぐに引っこんだ。カイはグンナーに近づいて銃を差し出した。「ちゃんと立て。あんたに仕事をやろう。うまく立ち回れば、少なくとも生きてここから出られるかもしれないぞ」

グンナーは動かなかった。ごくりと唾を呑(の)み、彼がどうするかを見つめている戦士たちを見やった。

ノーブルがカイを一瞥(いちべつ)し、グンナーに目をやる。「その農民が何かたくらまないか?」

カイが大口を開けて笑った。「最初に会ったときは撃ち合いだったが、そのときこの男がどうしてたと思います? 彼女の足の下に逃げこんで、彼女が汚れ仕事をするあいだ、陰でずっと縮こまってたんだ。まったくの意気地なしですよ、この男は」

グンナーはどう異議を唱えるべきかわからず、うつむいた。どれについて嘘だと主張できるのか、自分でも判然としない。目を上げ、カイが差し出すボルトガンを見た。それを引ったくるように受け取る。カイがコラのほうに頭をくいっと動かした。グンナーは今にも泣きだしそうにかぶりを振った。

カイが薄笑いを浮かべ、ノーブルを振り返る。「これがおれ流のエンターテインメントです。こいつは彼女に恋をしてる。彼女に見られてないと思ったとき、うっとり眺めるこいつの顔ときたら。哀れなもんだ。こいつはここに来るまでずっと何もできなかったし、これからも何もしないほうにおれの船を賭けてもいい。恋にも戦闘にもからっきし度胸がない男なんだ」

グンナーがコラの前に立った。たがいに目を見合わせた。「グンナー……これをやったところで……やっぱりあなたも殺される。それでも名誉とともに死ねるわ」

彼はコラの背後に回った。震える手でボルトガンを拘束シェルの結合リングと合わせた。カイが大股で近づき、グンナーの隣に立った。「怖がるな。やるんだ。彼女みたいな女はあんたみたいな男には絶対に惚れない。あんたのためを思って言ってるんだぜ。コラは勇敢で、残忍で、強い。一方あんたは……あんただ」

グンナーはカイや周囲の人間を無視してコラに顔を寄せた。「すまない」彼はコラの背骨の画像を映し出している画面を見た。グンナーは歯を食いしばり、引き金を引く代わりにボルトガンを思いきり九十度ねじった。たちまち連続した機械音が静寂を破り、コラを締め上げていた鋼鉄の爪がすべて解除された。コラは瞬時に動き、ホークショーのひとりに突進した。

グンナーはボルトガンを引き抜き、カイの顎に突きつけた。「ぼくにだって何かのために死ぬ勇気はある」カイがグンナーのまなざしに強い決意を見て目を見開いたとき、グンナーが引き金を引いた。矢のように噴出したボルトがカイの頭蓋骨を貫いた。彼が白目をむき、噴き出した鼻血がぽかんと開けた口に流れこむ。ぐったりと倒れるカイの死体からグンナーはボルトガンを引き抜いた。すぐにネメシスのもとに走り、彼女を解放する。新たに兵士たちがあらわれて銃撃してきたので、グンナーはクレートの背後に身を隠した。ネメシスが拘束具から跳躍し、落ちている剣をつかんだ。彼女の手が触れたとたん、剣が赤く輝いた。

ホークショーたちがコラの突進に身がまえたとき、ダリアンの戦闘員たちが混乱に乗じて動いた。雄叫（おたけ）びを上げながら、銃を抜くよりも先にホークショーに飛びかかった。たちまちすさまじい乱闘になった。コラは一番近くにいたホークショーに襲いかかり、たったひとつの動きで武器を取り上げ、次の動きで絶命させた。彼女はドックの端にある燃料タンクを狙って撃った。タンクが爆発し、誰もが身を伏せた。闇の中に炎が踊る中、ドックの係員たちが隠れ場所を求めて右往左往する。

ネメシスは周囲にすばやく目を配り、彼女のもう一本の剣を持つホークショーを見つけた。一直線に走っていくと、ホークショーがライフル銃をかまえた。ネメシスはひざまずき、勢いよくすべっていきながら彼のベルトから自分の剣を奪い返した。そのまま腰を切り裂く。カミソリでバターを切るようにホークショーの身体がなめらかに分断され、上半身と下半身が別々の方向に転がった。彼女は息をつく間もなく剣で銃弾をかわし、タラクに駆け寄った。シェルの背面に剣を振り下ろして彼を解放すると、復讐の業火で剣が光り輝いた。

最後はタイタスが自由になる番だった。ネメシスが近づこうとしたが銃撃が激しくなり、彼女は剣でさらに多くの銃弾を弾（はじ）くことに忙殺された。タイタスはすでに戦う気満々で、荒い息でこぶしを握っている。タラクが攻撃を開始すると彼が敵の標的となり、その隙にネメシスはタイタスの拘束具を剣で破壊した。タイタスがドックの床に倒れこんだとき、彼の顔の数センチ前にネメシスの剣が突き出された。驚愕で見開いたタイタスの瞳孔に剣のオレンジ色の光が反射した瞬間、剣の表面で跳弾の大きな音が響き、離れた場所でその弾が命中したホークショーが悲鳴とともに倒れた。ネメシスが盾代わりの剣ごしにタイタスの目を見た。「ひとつ借りができたな」彼が言った。

ネメシスはうなずき、激しい銃撃戦に顔を向けた。タラクがホークショーから武器を取り上げていた。太さが人間の腕二本分もあり、骨をも砕く弾を連射できる銃だ。彼は筋肉の発達した両腕で銃を高くかかげ、迫ってくる兵士やホークショーに銃弾の雨を浴びせていく。コラはその機をとらえ、クレートや死体のあいだをぬって走った。ひとつの箱の背後に飛びこむと、彼女に気づいていない兵士の群れに狙いをつけた。恐ろしいまでの正確さで次々に命中させ、敵を倒していった。めまぐるしく動いていた彼女の照準がひとりの男の上で止まった。絶対に死ななければならない男……アティカス・ノーブル。

ノーブルはひとりきりでいる。クリプト人の護衛官二名はホークショーの劣勢を取り戻そうとしていた。コラは指を引き金にあてがい、息を殺した。だが、放った銃弾は急に射線を横切ったホークショーの首を撃ち抜いた。「くそっ！」思わずつぶやいたとき、宇宙船の動力音が高まり、コラはそちらに気を取られた。ノーブルのガンシップがドックから離昇し、機関砲が活気づいた。彼女は地上の戦いに目を向けた。次に何が起こるか明白だ。それに気づいたのは彼女だけではなかった。

ダリアンが戦闘状況をすばやく見渡し、誰が残っているか把握した。彼は上昇していくガンシップに注意を戻した。「パイロット！　乗船しろ！」戦闘員たちに怒鳴り、並んでいる船を指さす。彼ら

は船が係留してあるドックに急行した。
コラは彼らの背後を警戒し、パイロットたちの移動を妨害しようとする者を狙い撃ちにした。だが、それでは不十分だった。ダリアンの部下たちが発進し始めると、ノーブルの船がその真上におおいかぶさり、無差別に攻撃してきた。ダリアンは自軍の船が爆発した衝撃で後ろに吹き飛ばされてしまった。本能的に顔をかばって上げた両腕を下ろしたとき、彼は血も凍るような叫び声を上げ、今度は両手のこぶしを高くかかげた。太い首に血管が浮き出るほど憤怒の叫びを上げ続ける。彼はもはや単なる反逆者ではない。その瞬間、全身全霊でシャスの戦士になっていた。
タラクが大型銃でガンシップと敵兵を撃ちながらダリアンの横まで走った。肉片と血が次々に宙に噴き上がっていく。タイタスがホークショーの落とした自動小銃を拾い上げ、タラクの隣に仁王立ちした。タラクとタイタスがたがいに目を見合わせ、にやりと笑うと、レルムから受けた無慈悲――マザーワールドが他者の破滅という欲求によって宇宙に広めた無慈悲――をそのまま返す形でレルムの兵士たちを殺戮（さつりく）した。戦士たちはみなレルムに対する憎悪を硝煙と金属の形で吐き出した。
コラは依然として遮蔽物の後ろにとどまっていた。重火器による攻撃をタラクとタイタスにまかせ、ふたたびノーブルの姿を探した。彼を見つけたとき、思わず口の中で悪態をついた。側近たちがノーブルの意向を無視して強引に後退させ、狙撃から守ろうとしている。あの男は征服にともなう殺戮と混乱が好きでたまらないのだ。彼を負傷させたりおびえさせるだけでは足りない。完全に息の根を止めなくては。彼女はノーブルを取り囲んでいる人間を可能なかぎり撃ったものの、いったんタイタスとダリアンとタラクのいる場所に戻って仕切り直そうと決めた。離れた場所でネメシスが戦っており、金属と金属がこすれる不快な音や敵の断末魔の声が聞こえる。

　ネメシスは谷間を自由に飛び回る猛禽(もうきん)の優雅さと美しさで剣を振るった。彼女の通ったあとにはホークショーと兵士たちの死体が残った。

「そこのおまえ！」クリプト人の護衛官フェリックスが叫び、ネメシスに向かって発砲し始めた。ネメシスは受けて立ち、まだ熱い二本の刃で彼の銃弾を次々にそらした。転がっている死体の髪や血が剣の熱で焦げた。フェリックスは弾が切れると銃を投げ捨て、うなりながら黄色い歯をむき出した。彼は剣になっている片腕をかざし、振り下ろされたネメシスの剣を受けた。ぶつかった剣のあいだで火花が散り、数センチの距離でにらみ合う目と目にそれが映った。フェリックスがさっと後ずさり、腕の剣を横に払う。だが、ネメシスはその一撃を受け止め、相手の刃先を折った。フェリックスが怒声とともに彼女にタックルしようとしたが、彼の刃がさらに短く断ち切られる結果に終わった。剣を合わせて押し合ううちに、フェリックスはそのエネルギーの変化によって後ろによろめいた。ネメシスが前に突き進み、剣の動きが一撃ごとにより激しく、より速くなった。閃光(せんこう)が走り、護衛官の剣は大半が折れて飛んでいった。

　彼は剣のつけ根でネメシスの腕を殴った。その拍子にネメシスがバランスを崩した。そこへこめかみに追い打ちの殴打を受け、衝撃で彼女は倒れてしまった。まばたきをして方向感覚を取り戻したときには、護衛官の大きな身体が馬乗りになっていた。フェリックスが剣の残りを振りかざした。鼻をふくらませ、屈辱と復讐で目を血走らせ、口のまわりの無精ひげを唾液で濡らしたクリプト人は、ネメシスにはけだものにしか見えなかった。彼女は自分がいずれ剣で死ぬだろうとわかっていた。だ

が、今日ではない。このけだものの手によってではない。

「力いっぱい突いてやるぜ、このアマ。まわりに誰もいなきゃ……おまえに何をしてやるか……」

ネメシスは手を離れた剣が近くに落ちていると知った。その熱を感じることができる。剣の熱は彼女の魂の憤怒とつながり、悲しみを超えて彼女を動かし続ける炎だ。左手を伸ばして柄を握ると、彼女はフェリックスの両肩を切り裂いた。血がいくつもの細い流れとなって空中に噴き上がった。ネメシスが腰を跳ね上げると、彼の身体が真横に倒れた。彼女は立ち上がって死体を見下ろし、その頭をかかとで踏みつけた。ほんの短いあいだとはいえ自分が苦境に立たされたことが腹立たしかった。

「わたしを援護して！　ノーブルが逃げる！」コラが叫ぶのを聞き、ネメシスは顔を上げてうなずきを返した。

コラは退却するノーブルを追うために遮蔽物の後ろから飛び出した。ガンシップはなおも空中で銃撃を続けていたが、クレーンを回りこむ必要に迫られていた。コラが横を見ると、ダリアンが猛然と走って彼女を追い抜き、クレーンに走った。そのすぐ後ろをミリウスが追っていく。ダリアンはためらうことなくガンシップに近いクレーンに走った。階段を上ったとき、ガンシップが銃撃してきて彼は左肩を撃たれた。ダリアンは苦痛に罵声を上げながらよろめいたが、ガンシップから目を離そうとしない。階段の途中で、彼は落ちていた槍のような形状の細長い金属片をつかんだ。階段を駆け上り続け、ガンシップに十分接近したところで、両手両足を大きく開いて跳躍した。

コラは失敗したかと思ったが、ダリアンは船のノーズに取りつき、機体の継ぎ目に指を食いこませていた。彼を振り落とそうとパイロットが機体を傾けた。ダリアンは関節が白くなるほど指に力をこめ、バランスを保とうとする。片足がすべったが、すぐに足場を確保した。彼は右手に持っている鋭い金属片を機体に突き刺した。それを手がかりにしてよじ登り、金属片を引き抜くと、それでコックピットのガラスを割った。飛び散ったガラスとともに、突き出された金属片がパイロットを突き刺す寸前まで迫った。不意を突かれたパイロットが船のコントロールを失い、機体がぐらりと傾く。パイロットは拳銃を引き抜くと、ダリアンに向けて撃った。アドレナリンと怒りで興奮状態にあったダリアンは胸を撃ち抜かれた。

彼は目をしばたたいたが、それで動きが止まる様子はない。パイロットが震える手で発砲した二発めは前腕をかすめた。ダリアンはよけいに怒りをつのらせ、傷口から血を流しながら叫んだ。「おれが死ぬなら、おまえも道連れだ！」

ダリアンはコックピット内に身を乗り出すと、金属片の槍をパイロットの胸に突き刺して即死させた。船が空中で大きく揺れ、機体側面の兵器が火を噴いたまま旋回し始めた。ダリアンは赤く点滅する制御盤を見やり、操縦桿に手を伸ばして握りしめた。もはや地表に向かわせるしかない。今にも意識が遠のきそうな中、頭を振り続けて集中力を保つ。命の炎は消えかけ、今しがみついている金属の巨大なかたまりと同様に身体の機能が停止しようとしていた。

「マザーワールドに死を！　レルムに死を！　シャスのために！」彼は叫びながら狂ったように笑い、自由の名のもとに船を墜落させた。

コラは混乱の中を駆け抜け、ノーブルを見つけた。彼はとうとう最後の部下ともはぐれてひとりだった。彼女は先ほどまで使っていた銃の弾が切れたので、それを投げ捨てた。目的はノーブルを殺

すこと。どんな方法でもいい。たとえ素手であってもかまわない。霧まじりの風が激しく吹きつけ、今もなお遠くから戦闘の音が聞こえてくる。コラが走っていくと、足音に気づいたのかノーブルが振り向いた。コラと向き合った彼は傲慢にも顎をわずかに上げた。

「わたしはこれを楽しむつもりだ、アルテレーズ。バリサリウスがおまえの死体を見るまで、もう少しの辛抱だな」彼はそう言うと片手で笏をかかげた。その姿は殺しを求めて牙をむく怪物のようだった。ノーブルやバリサリウスのような人間を止める方法は死しかない。彼らの権力や破壊に対する飽くなき渇望は時とともに増すばかりなのだ。

　コラはノーブルと同じ訓練を積んでおり、それは彼女に有利に働く。彼の動きのひとつひとつは正確に計算されたものだろう。最初の一撃を放つためにふたりは同時に動き、猛然と前に出た。ノーブルが彼女の頭を狙って笏を振るう。コラは直前で身をかわし、跳びすさって安全な距離をおいた。

「驚いたわ、ノーブル。あなたの殺しは古びたかと思ってた。やっぱり、あなたは殺しの達人ね」

「人殺しが何を言うか」

　突然、金属がきしんでつぶれる音と叫び声があたりにとどろいた。ふたりともそちらに顔を向け、ドックに墜落してくるガンシップの進路から逃げるために身体を投げ出した。コラにはノーズにしがみついている男の輪郭がはっきり見えた。はっと振り向くと、ノーブルがすでに立ち上がって彼女に向かってきていた。繰り出された笏でコラは肋骨(ろっこつ)を打たれ、思わず身体をふたつに折ったが、目だけは相手から離さなかった。腰を押さえながらも突進し、彼の腹に頭突きを食らわす。その一撃でノーブルは不意を突かれたが、そのまま彼女を抱きかかえ、ふたりいっしょに倒れこんだ。コラは歯を食いしばって叫び、彼の動きを封じようと殴ったり蹴ったりしたが、彼のほうも目に憎悪を浮かべて必死に抗戦した。

はるか下方で波が岩礁にぶつかる音が聞こえる。風が一段と強まったようだ。コラはちらっと左側を見た。ふたりはドックのへりに近い場所にいる。あそこから彼を落としたら助かる見込みはない。その考えはコラに新たな決意と力を与えた。彼女はノーブルをドックの縁へ近づけようと懸命に戦った。彼も同じことに気づいたようだ。組み合って転がった末にノーブルがコラの上にのしかかり、笏を水平にして彼女の首に押しつけた。彼はコラを鋭い目で見下ろし、もがく彼女を見て薄笑いを浮かべた。

死ぬ前に最後に見るのがノーブルの卑しい顔であってたまるものか。コラは両手で笏をつかむと、相手の身体を左側にひねった。それと同時に自由になった両脚を彼の腰にからませ、その脚をドックの外へ投げ出した。冷たい突風にあおられるのを感じた瞬間、ふたりはドックから落ちた。だが、落下してたたきつけられたのは岩礁ではなく、ドックの数メートル下方に浮かぶ八角形のブイだった。ふたりとも先を争うように立ち上がり、ノーブルがちょうど近くに落ちていた笏をつかみ上げた。コラはすばやく距離をつめ、相手の顔面にこぶしを炸裂(さくれつ)させた。彼も殴られるたびに殴り返す。たがいの顔が見る間に血だらけになった。ノーブルが彼女のこめかみをめがけて笏を振った。コラは身をすくめ、横に転がって回避した。

「おまえは逃げるばかりだ。わたしはおまえの死体を引きずって帰り、栄誉を受ける。だいぶ時間がかかった栄誉だがな」彼が冷ややかに笑う。

コラはわずかに身をかがめて両手を広げ、彼の次の動きを予測しながらゆっくりと移動した。「あなたも同じ。惑星から惑星へと逃げ回ってる。でも、あなたがもたらすのは死と恐怖だけ。わたしはあなたが死んだ場所に死体をそのまま残していく。この人生で、あなたにはそれよりふさわしい仕打ちはない」

彼の目が細くなり、コラの両脚をめがけて笏を振った。コラは倒れこみ、ブイの端まで転がった。ふわっと身体が浮き、はるか眼下の岩礁に落ちるかと思ったとき、垂れ下がっていたロープをつかんだ。冷たい風に両脚を揺らされながら、ロープをよじ登る。ノーブルが笏をたたきつけてロープを断ち切ったが、その前に彼女は金属の縁をつかんでいた。身体をブイの上に引き上げ、残っていたロープを握ると、それを彼に向けて振り回し始めた。しなったロープがノーブルの胸や脚を激しく打つ。ひるんだ隙に笏を持った彼の腕をつかみ、渾身(こんしん)の力でねじり上げた。前腕の骨が折れて皮膚から突き出し、ノーブルはたまらずに悲鳴を上げた。その機を逃さず彼女は笏を真っ二つに折り、片方を彼の太ももに突き刺した。

武器を失ったノーブルが後ろによろめく。笏のもう半分はコラの手に残っている。彼が怒りで目をぎらつかせながら後ずさった。コラは少しでもいいから相手に恐怖を感じさせたくて笏を力いっぱい振り回した。にらみ合いながら彼女が迫っていくと、ノーブルがさらに後退した。彼が足を止め、ちらっと背後を見た。その髪が風であおられる。彼が立っているのは狭いブイの端で、その先は暗い死の海が下方に広がっているだけだった。

コラは握っている笏に目をやり、それからノーブルに視線を戻した。「あなたはこれで時間切れよ」

そう言って笏を振り上げる。

彼は冷笑した。「時間とはなんだ？　記憶とは、愛とは、忠誠心とはなんだ？　それらすべてがインペリアムなのだ。インペリアムはあらゆるものを含み、けっして敗れることがない。おまえやあの反逆者どもこそ希望などないし、じきに時間切れになる。この宇宙におまえが見つからずにいられる場所などない」

彼女は笏を肩の高さにかまえ、ノーブルに向かって力いっぱい投げつけた。彼は自分の胸を見下ろし、驚きの目を見開いた。胸骨の中心に笏が突き立っていた。口の端に血をにじませ、彼は背後を見やって逃げ場のないことを知り、困惑した目をふたたびコラに向けた。コラは落ち着いた足取りで彼に近づいた。彼は胸から引き抜こうとするかのように笏を両手でつかんでいる。コラは片足を上げると、無言のまま彼をブイの外へと蹴り飛ばした。彼女はノーブルの死を確信するため、落下した彼の身体が海面に露出した岩礁にたたきつけられるまで見届けた。彼の両腕と両脚は砕け、ありえない形に曲がっている。流れ出た血がケープのように海面に広がっていく。押し寄せる波が岩礁のまわりで海草のようにゆらゆらと渦を巻いた。

コラは心の片隅で、死んだのがバリサリウスだったらよかったのに、と思っていた。もしも本当に死に値する者がいるとしたら、それはバリサリウスだ。コラの忠誠心をねじ曲げ、傷ついた心を操ったのだから。おそらくこの先、彼と対面できる機会はないだろう。言えぬままでいる言葉をぶつける機会はもうない。彼とすごした年月や逃亡した日のことを考える時間があったとしても、彼があんなことをした理由を知ることはできないのだろう。コラの心の中で過去のできごとが眼下の波のように

渦巻いては打ち寄せた。

ぴくりとも動かないノーブルの姿に満足し、コラは戦闘を終えた誰かが救助に来てくれるだろうと期待してドックを見上げた。被害状況を調べたり生存者を探しているらしきタラクとミリウスの姿がドックの端に見えたので、コラは手を振った。タラクが彼女のほうを指さし、「しっかりつかまってろ！」と怒鳴った。

ブイの上でひとり立っていると寒さが身にしみた。これで終わった。だが、この状態はいつまでつだろう。今はヴェルトで何が起きているのか。村に戻ってずっとそこで暮らすことを考えてもいいだろうか。それはすてきな夢に思える。彼女はグンナーについてカイが言ったことを思い出した。グンナーが助けてくれたときのことを思い、胸が痛んだ。彼女は助けを必要としないし、求めようとも思わない。それでも、自分のためにあえて危険を冒してくれる人がひとりでもいると知るのはうれしいことだった。

先端に結び目を作ったロープが落ちてきてブイの手すりにしっかりからみついた。彼女が見上げると、タラクがロープを握ってブイごとドックに引っぱり上げようとしている。上昇していくと、彼の後ろでグンナーもロープをたぐり寄せているのが見えた。戦闘による火災で彼のシルエットがくっきり浮かび上がっている。その服や顔には血が飛び散っていた。コラはブイからドックに飛び移った。穏やかな安堵がこみ上げ、思わずグンナーに駆け寄りたくなったが、それは彼女のやり方ではない。飛びこむ胸など持たずに生きてきたのだ。彼女はただグンナーにうなずいてみせた。

「やったな」グンナーが彼女に近づいて言った。

コラは彼の肩ごしに拘束シェルを見やった。「あなたもね。ありがとう」

「それで死んでも価値のあることだから」彼は目をそらさずに言った。コラは彼の息を頬に感じた。彼は手を持ち上げたら触れられるほど近い。唇がすぐそこにある。

タイタスがほかの戦士をしたがえてやってきたので、微妙な空気が壊れ、グンナーが一歩さがった。そしてベルトの後ろからコラの拳銃を取り出した。

「これを見つけた。きみが取り返したいんじゃないかと思って」

彼女は笑みをもらし、両手で受け取った。

タイタスが姿勢を正し、頭を高く上げて、破壊の跡と死んだ兵士たちを見渡した。「今日われわれがしたことはマザーワールドへの一撃となった。犯罪者と名もなき者たちが巨大な戦争機構に立ち向かったのだ。この小さな反乱は、声なき者に声を与える。これは堕落した将校とその部下たちが死んだという話ではない。何かの始まりだ」

コラはタイタスの話をじっと聞いていた。「なんの始まり?」

タイタスは首を振り、空を見上げた。「まだわからん。強大な何かだ」

彼はコラに大きな笑みを向けると、フラスクを取り出して長いひと口を飲んだ。それを手渡されたタラクも同じように飲んだ。

「やつらは報復に出るだろうか? これから何をしてくる?」ネメシスがきいた。

コラはドックを見回した。「インペリアムの下位の人員はけっして勇敢というわけじゃない。提督が死んだら、船の返還を求めるのが通常の手順よ」

「よかった」とグンナー。

「われわれはまだ支払ってもらえるのだろうな?」タイタスがきいた。

「取引は取引よ。ヴェルトに着いたら支払いをする」コラは答えた。

タラクがグンナーの背中をたたいて笑った。「あんたに感謝しないと、グンナー。あのパイロットは最初から信用ならなかった」

コラはグンナーに視線を向けた。「わたしたちはみんな彼に感謝しないとね。彼がみんなを救ってくれた」

タイタスがフラスクをかかげてみせた。「グンナーに乾杯だ」

口々に褒められたグンナーは顔を赤らめ、話題を変えた。「ここを出てヴェルトに帰ろう。誰かあれの飛ばし方を知ってるか?」彼は無傷で残っているカイの貨物船を指さす。コラはうなずいてほほ笑んだ。


アリスは穀物倉で寝なくてすむのがうれしかったが、それでも通信には目を光らせておく必要があった。コラとグンナーがノーブルに先んじて戻れるよう、できるだけ時間を稼がなくてはならない。サムは親切にも、彼女が母親から受け継いだ小さな家のひと部屋を宿泊用に提供してくれた。家の中に入る前にサムは玄関口で立ち止まり、扉のノブをつかんだまま言った。「たぶん、あなたの住み慣れた家ほどすてきじゃないと思う。でも、暖かいし居心地はいいわ。わたしはここで生まれたの。この家をずっと維持できてるのは村の人たちが手伝ってくれたおかげ。家族がわたしに残してくれたのはこの家だけだから、できるかぎりいい状態で保たないとね」

「きっとすてきだと思うよ」

サムが扉を開けた。寝室と居間が木製の背の低い壁で仕切られ、片方に彼女のベッド、もう片方に小さな四角いテーブルと椅子が二脚ある。ガラス瓶に野の花が生けてあった。テーブルの後ろに大きな窓があり、光が射しこんでくる。簡素なキッチンと、その横は暖炉。アリスは壁とベッドを見やった。壁には美しいキルトがかけられ、ベッドにも一枚かけてある。キルトに刺繍(ししゅう)で描かれているのは村の風景だ。アリスが思わず笑みを浮かべると、それに気づいたらしくサムが言った。「畑の手伝いがないときは、いろいろ作ってるのよ。わたし、裁縫やキルト作りが大好きなの」

「すばらしいキルトだ。どこで作り方を習ったの？」

「おばあちゃんから。わたしが針と糸を持てる年になったとき、教えてくれた。母が亡くなってからは、キルトを作ることで時間をつぶして、母のいない寂しさをまぎらわしてるの。誰か新しい毛布が必要な人がいたら、わたしが作ってあげてる」

「才能があるんだね」

サムは顔を赤らめた。「あなたが気に入ってくれてうれしい。だって、今夜はあなたもそれをかけて眠るんだもの。たくさん種類があるわ」

「ありがとう、サム。ぼくもこの村で働いて稼げたらな」彼は部屋を見回し、暖炉の横にあるバスケットが空(から)なのに気づいた。「薪を運んでこようか？」

「そうしてくれるとうれしいわ。そしたら火を入れて、ささやかな夕食にしましょう」

アリスが追加の薪を抱えて戻ってきたとき、サムがテーブルにパンとチーズとスライスした根菜のサラダを並べ終えて席に着いていた。彼は薪をバスケットの中に入れ、テーブルに着いた。「本当に寛いだ気分にさせてくれて、感謝のしようがないよ」

「わたしにできるのはせいぜいこれくらい。ほかにもやらなきゃいけない仕事がいくつかあるから」

食事中はふたりともよく笑った。サムがパンにかぶりつきながら急にまじめな顔になった。「あなたは死ぬのが怖い？　自分は本当は兵士じゃないって言ってたでしょ？」

アリスは食べる手を止めた。「ぼくは死にたくないけれど、それを怖がってはいない。死ぬよりもひどいことがあるから」

「たとえば、殺すこと？」

アリスは彼女のほうを見ずにうなずいた。「きみは怖かったから、そんなことをきくのかい？　あれは全然ひどいことじゃない。あの男たちがきみにしたこと、しようとしたことを考えれば」

「わかってる。でも、自分が生きるために殺さなきゃいけないとしたら？　きっとまだまだたくさん見たり経験したりするのね。そして、コラたちが戻ったときに何が起こるかによっては……」

アリスは彼女を見た。「彼女たちが戻ったら、どうかここを離れてほしい。ぼくが手を貸すから。ここからできるだけ遠くに行くんだ。きみは戦争にはふさわしくない」

サムが自分の手を彼の手に重ねた。「ふさわしい人なんて誰もいないわ。残虐行為や故郷を奪われること、それに家族が引き裂かれることにふさわしい人なんていない。わたしはここに残って、みんなといっしょに戦う。たとえそれで死ぬことになっても」

彼はほほ笑んだ。「きみはぼくがこれまでに会った兵士の何人かより勇敢だよ」

サムは目をそらした。「それはわからないけど、自分の仕事と、幼いころからひとりで生きてきたことには誇りを持ってるわ」

「お母さんはいつ亡くなったの？」

「わたしが十二歳のとき」

アリスは妹たちのことを思い、彼女たちに安定した家族生活を与えるために両親がいかに愛情を注いでいたかを思った。与えられた人生に比べてずっとやさしく育ったサムのことを思うと、胸が痛んだ。彼女は恨みなどかけらも持っていないように見える。その内面には魂から湧き出る泉があり、まわりのあらゆる存在にやさしく触れる。まさに彼女の勇気や美しさの源泉だ。アリスは彼女と知り合えたことに感謝した。自分の家族たちもきっと彼女を愛しただろう。

「ぼくはもっと年が上のときだった。でも、よくわかるよ」彼は暖炉を見やった。「今度はぼくが火を入れようか？」

サムがにっこり笑い、それを見たとたんアリスは気持ちがゆったりした。

「そうね。それからあなたのベッドに予備のキルトを準備するわ」

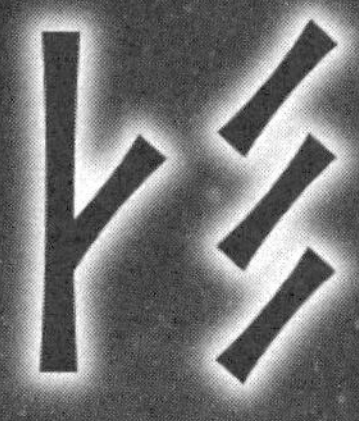

第十章

貨物船は夕暮れのプロヴィデンスに着陸した。グンナーとコラが最初に船を降りた。グンナーが深呼吸をして彼女を見た。「ああ。ここに戻れたのが不思議に思えるよ……それも助っ人を連れて。ぼくたちは計画どおりにやり遂げたんだな。戻ってこられて、ありがたく思ってる。もちろんきみが助けてくれたことも」

コラはほほ笑んだ。「村に帰りましょ。今はハーゲンの家でぐっすり眠るのが一番の楽しみ」

貨物船から戦士たちが次々に降りてきて、周囲を見回した。タラクが娯楽の館〈クラウン・シティ・エンポリアム〉を目ざとく見つけた。「一杯飲む時間はあるか？　別れのしるしに」

タイタスがひじで彼をつつく。「酒だと？　おまえの頭にはそれしかないのか？」

「おい、おれはとんでもなく長いあいだ足かせをつけられてたんだぞ。あんただって飲みたくてしかたないくせに」

コラが彼についてくるよう合図した。「がっかりさせて悪いけど、できるだけ早く村に帰らないと。やることがたくさんあるから」

グンナーが一同を馬宿に案内し、夜の闇にまぎれて村に戻るために必要なウラキを正当な値段で手に入れた。彼らはプロヴィデンスを離れ、太陽が山の上に昇って赤色巨星マーラが大地の向こうに見えるまで、ウラキを走らせた。コラはウラキの足を速めてほかの者たちから少し距離をおき、自分がこれからどうするかを考える時間を作った。ヴェルトにとどまるべきか、それとも立ち去るべきときが来たのか。彼女の気持ちはまるでゴンディバルの空のようにはっきりしない。別のウラキの鼻息が近づいてきた。追いついてきたのはタイタスだった。

「あの死んだ賞金稼ぎの言っていたことは本当なのか？　きみのことをアルテレーズと呼んでいたが」

コラは前を向いたままでいた。彼女がふつうの人生を送れる唯一の方法は、過去の人生が消えて忘れ去られることだ。そこにはその名前も含まれる。それは自分の生まれついた名ではない。「カイは嘘つきの泥棒で、金儲けのためにもう少しであなたを売ろうとした男よ。それでわかるでしょ、将軍？」

彼は真偽を測りかねる目でコラを見ている。だが、それ以上は触れてこなかった。「わたしを〝将軍〟と呼ぶな」

コラはうなずくと彼を追い越してウラキを先に進めた。やがて一行は乾いた山道の終点までたどり着き、あとは村に下っていくだけとなった。その場所からは盆地の全景が見渡せる。盆地は雪をいただく山々と森におおわれた丘に囲まれ、中心部をくねくねと川が流れている。山々の向こうから昇ったマーラが朝もやを赤く染め、それが太陽に照らされた淡い黄色の部分と溶け合う。コラは口にこそ出さなかったが、そこにまだ村があるのを見て心の一部に穏やかな感覚を覚えた。

幼いころ知らぬ間にインペリアムの宇宙船に乗せられ、もう二度と故郷の星を目にすることはないと告げられて以来、ひとつの場所に強い思慕の念を抱くことはないのだろうと思っていた。何年もの

あいだ、彼女は多くの星が壊滅するのを見てきた。この村が無になるまで破壊され、知り合ってきた人びとが拷問の末に死んでいったら、きっと心が粉々に砕けてしまうだろう。

「ぼくたちの村だ。故郷だよ」グンナーがコラに並んで笑みを浮かべた。小さな村を遠く眺めるまなざしには誇らしさが感じられる。まるでコラの思いを見透かすかのようだった。

「故郷……。わたしはその言葉であらわされる場所を持ったことがなかった」彼女は言った。グンナーが彼女の手に触れようと手を伸ばしかけたが、すぐに引っこめた。

ふたりの横にタラクが来て、息を呑むような景色を眺めた。「あんたがあのクソ野郎のノーブルを殺して、おれたちが戦わずにすんだのはちょっと残念だな。こんな美しい場所で死ねたら本望だ」

コラは笑い、さわやかな朝の空気を吸いこんだ。「確かにそう。でも、しばらくのあいだはここが故郷になるのかもしれない」彼女とグンナーはウラキの胴体をかかとで蹴り、盆地へと下っていった。

ウラキに乗った一行の姿が遠く小さくなったあと、山道から少し上がった茂みがガサガサと揺れた。二名のホークショーが村に帰る戦士たちを尾行してきたのだ。ホークショーのひとりがもうひとりを振り返った。「次はどうする？」

「待つんだ。命令があるまで何もしない。滝に戻るぞ」

マーラ滝は村を見下ろす場所にあり、岩の淵に水を落としている。冷たく澄んだ水は雪化粧の山々から流れてきたものだ。盆地から百五十メートルほど上がったところに、山の斜面がえぐられたような平らな岩棚がある。プロヴィデンスからコラたちを追ってきたホークショーたちはこの隠れ場所を拠点にして、戦士たちや村の動向を探ることにした。ひとりが断崖の縁に立って双眼鏡で監視しているところへ、ほかのふたりが戻ってきて物資や装備を下ろした。

小柄で細身のホークショーが崖の縁まで近づいた。「何かあったか、シーラ？」

シーラが振り返る。「ストリープ、今さっき、やつらがそろって集会所に入ってった。たぶん飲み食いするんだろう。そのあいだにこっちは通信機を設置できる。カアンに薪を集めさせよう。次の命令が入るまではこの場所で十分だ」彼は荷物を解いているひとりを振り向いた。「おまえは薪集めだ」

カアンが顔をしかめて怒鳴った。「面倒くさい仕事はいつもおれだ」

「それはおまえが下っ端だからだ」シーラが怒鳴り返す。

カアンはふくれ面で森に入っていった。わざわざ遠くまで行って仕事をよけい面倒にすることを避け、すぐそばで探し回った。木の枝を踏み折る音がしたので、彼ははっと顔を上げた。何がいるのかと鋭い嗅覚で空気のにおいを確かめる。森のシカ、野鳥、枯れ葉、ネズミ。特に変わったにおいはない。

彼は作業に戻り、焚きつけ用の細い枝と長く燃える太い枝を拾った。鳥が飛び立って木が揺れたので、また顔を上げた。ふたたびにおいを嗅いであたりを見る。遠くで滝の水音がする以外、何も聞こえない。彼は足もとを見下ろし、ブーツに這い登ろうとしていたヘビを蹴り飛ばした。「ここは気に入らねえ。まだプロヴィデンスにいたかった」独り言をつぶやくと、さらに枯れ枝を見つけて駆け寄った。もっと必要なら、あいつらが探せばいい。カアンは森から滝の裏にある洞窟に戻ろうときびすを返した。

静寂の戻った森の中でジミーが立ち上がった。彼が陰に隠れていた大きな倒木は、土のつまった大きな根と密集した葉が申し分のない遮蔽物になってくれた。彼は見渡すかぎり黄金色になった畑で高く伸びた麦の穂に触れながら、自然のありのままの美しさを眺め、孤独を慰めてきたところだ。広大な大地に完全なるバランスが自然ともたらされることは驚嘆に値する。あらゆるものが完璧に調和したダンスの中で相互に影響し合う。二本脚で立つ存在も、大自然のように調和を見いだして学ぶことができたら……。彼は村人たちを遠くから見守りながら、自分自身も学んでいることを自覚していた。

もの言わぬ見守り手でいることは、戦争機構の一員でいるよりもはるかに興味深い。彼はホークショーたちが到着してからずっと、彼らを尾行し、その動向を見張っていた。確実に何かが起こっているが、それが何かは正確にわからない。彼は村に警告する代わりに静観しようと決めた。警告すべきときが来たら、そのとき行動すればよい。だが、今は距離を保ち、必要になったらできることをするつもりだ。

ジミーはふたたび鬱蒼（うっそう）とした森の中に戻り、森に溶けこみ、森の一部となった。彼は自分が生きていると感じた。設定されたプロトコルを超えた目的を見つけたのだ。この目的とは、誰かがジミーを利用するために組みこんだプログラムを超越したもの、すなわちジミー自身の意志だった。それこそが魂と機械とを区別するもの。人間の中には機械を模倣して自分の身体を改造する者がいるが、ジミーはそのどちらも超える存在に自分を変換させたのだ。

第十一章

デヴラ・ブラッドアックスは、まだ惑星に自分の一部が残っているという感覚を抱きながらシャアランをあとにした。この虚ろな気持ちはシャスを離れたときに感じたのと同じものだ。今まではダリアンがいつもそばにいた。過去においてふたりは、同じ一族どうしで争い、たがいに争い、自分とも戦ってきた。デヴラもダリアンもたがいに同意していない方向に進むことを望んでおらず、自分たちの大義をそれぞれの方法で支援することを了承したものの、それは正しいとは思えなかった。

ダリアンに二度と会えないとしたら？　すでに両親はこの世にいない。デヴラは配下の戦闘員たちを家族だと考えてきたが、やはりダリアンは血縁であり、ほかの誰よりも支えてくれた。手首に巻いた赤いビーズのついた黒い紐のブレスレットを触りながら、自分の判断がまちがっていたのではないかと考える。このビーズは子ども時代にダリアンが贈ってくれたものだ。

彼が死ぬ可能性については考えられなかった。自分たちは未知の目的地へとすばやく移動しなければならない。今まで生き延びてきたのは、すばやさと隠密行動のおかげだ。それこそシャスのジャングルに棲む牙のある生物のように動いてきた。そして、母の一族の偉大な先祖である狩人のように攻撃してきた。シャスの先祖を思うと、デヴラは誇らしさがこみ上げてくる。安心と力強さを感じたくて、その思いに深くひたった。船の中でひとりきりの今、これまで以上にその思いが必要だった。信用できる協力者はもうひとりもいないかもしれない。もしもインペリアムの思うがままにさせたら、逃げこめる場所はどこにもなくなるだろう。そこにはマザーワールドしか存在しない。彼らは既知の宇宙のすべてを支配したいのだ。異を唱えることの代償があまりに大きすぎ、もはや誰も本気でやつらに反抗できない。

「デヴラ」聞こえた声に振り向くと、オマリが心配顔で近づいてきた。「行き先は決めてあるのか？今、この船は当てもなく飛んでるから、おれはみんなから質問攻めにあってるんだ」

彼女は首を振った。「まだ決めてない。ダリアンの不在に今も対応中だから。けど、隊全体を立て直す必要がある」

「わかってる。みんな彼がいなくて寂しいが、行き先はすぐに決めたほうがいい。さっき暗号通信を受信した。大規模船団がシャアランに接近してるようだ。こっちが応答する前に通信が切れた」

「どこの船団？」

「不明だが、インペリアムだと思ってまちがいないだろう。おれたちを見つけるためならなんでもする連中だから」

デヴラは目を閉じ、大きく息を吐いた。「レヴィティカ王の備えが万全であるのを祈ろう。立派なリーダーだし、ほかの誰も助けてくれないときにあたしらを助けてくれた」

「彼もリスクは承知の上だ、おれたち同様に」彼はそこで言葉を切った。「デヴラ、出発してから口数が少ないが、何か話したいことはあるか？」

デヴラはいつもならダリアンがすわっている席を見つめた。ふたたびブレスレットに触れ、紐とビーズを指先でもてあそびながら心の奥底で感じていることを口にする。「あたしの判断は正しかったんだろうか？」

「全員で集まったほうがいい。それで作戦を見つけ出そう」

デヴラはうなずいた。「これはあたしにとって、あたしらにとって、重要な転機だと思う。けど、状況を見きわめてじっくり考える時間が要る」

「了解した。だが、おれたちに与えられた時間はわずかだぞ」

「みんなにベース・ワンへ行くと伝えて。この前行ってからだいぶたってるから、きっと安全のはず」

「シャアランに接近してる船団の正体を探ってみようか？」

「いや。これ以上通信を送る危険は冒せない。次にどうするか名案を思いつくまで、身をひそめてよう。船団がインペリアムのものだとしても、今あたしらにできることはない」

「新しい合流地点をみんなに知らせておく」

「ありがとう、オマリ。少しひとりにさせて」

オマリがうなずき、部屋を出ていった。ベース・ワンで再編成することは最もリスクが少ない上、思案に必要な時間が稼げる。デヴラはときとして、自分にダリアンの大胆さがあったらと思う。その一方で、シャスでも、その後も、生き延びてこられたのは自分の慎重なやり方によるものだ、とわかっていた。


ゴンディバルの月は気温が急低下し、潮が荒々しく満ちていた。立ちこめている濃い霧をひと筋のまばゆい光が切り裂いた。光がスポットライトとなり、獲物を探してにおいを嗅ぎ回る獣のようにあちこち動いていく。光がノーブルの死体をとらえた。彼は海に呑みこまれかけた岩礁に横たわっていた。降下してきた船の底部が開くと、長いロボットアームが下ろされ、彼の身体をすくい上げた。手足や頭をだらんと垂らしたノーブルをつかんだアームが引き上げられ、そのまま船内に消えた。

ノーブルをのせたストレッチャーが宙に浮かび、マザーワールドの医療技師たちが取り囲んでいる。技師のひとりが彼の身体をスキャンする。かたわらにはカシウスが立ち、かつて不死身のごとくふるまっていたのに今や心肺停止状態にあるノーブルをじっと見つめていた。「やるべきことをすべてやるんだ」二名の医療スタッフがノーブルから衣服を剥いで処置の準備をするのを見ながら、カシウスは言った。ストレッチャーがヴァイタルや負傷の状態を読み取りながら移動を始め、技師と医師がつき添う。医師は赤いローブを身に着け、作業中の視認性を高めるためのライトが五つ付属した濃い色のプラスティック製マスクを装着している。

「迅速な処置が必要だ。チャンバーの準備はできている」ハドリアン・モンス医師が宙に浮くストレッチャーの隣を足早に進みながら言った。海水で濡れているノーブルは青白い肌がきらきら光り、胸の傷からまだ血が流れている。

「これではなんらかの奇跡が起きないかぎり無理です」傷の穴を覗きながら技師が言う。

「それはじきにわかることだ」

ストレッチャーとともに通路を移動した彼らは角を曲がって医療ベイに入った。背後で扉が自動的に閉まった。

「通信の準備を。バリサリウスが待っている」モンスがストレッチャーの側面にある光の帯に手をかざした。ノーブルは平らなプラットフォームの上に安置された。

技師がノーブルの後頭部を指で探った。「ここらあたりのはずだが……あまり時間がない」彼はようやく皮膚の継ぎ目を見つけ出し、その部分を引っぱって頭蓋骨からめくり上げた。出血し、筋肉の糸が骨から引きはがされる。

「よし。急ぐんだ」

技師が天井からぶら下がっている何本ものケーブルを引き下げ、ノーブルの頭蓋底部にある血まみれのポートに接続していく。

「ヴァイタルを表示」医師の大声が室内に響いた。ノーブルの全身と臓器のホログラムが空中に出現した。停止している心臓の上でホログラムが止まる。「最大エネルギー。今すぐ送りこめ」

ノーブルの周囲にタンク壁がめぐらされ、ただちに液体が満たされた。タンクの底から青い放電が起こり、そのエネルギーでノーブルの全身が震えた。心臓を映すホログラムが不規則に三回動き、また停止した。彼は液体の中にぐったりと浮かんだままだ。

「彼は死ぬ覚悟ができてたんだろうか」技師のひとりがつぶやく。

モンス医師がノーブルの死体に鋭いまなざしを向けた。「彼のような人物は常に覚悟ができている。だから、めったなことでは死なないんだ」

「まさかそれって……彼の中では何も起きてませんよ」

モンス医師は無言のまま、ホログラムの横に流れるデータにわずかでも変化がないかと目をこらした。「起きないかもしれない。だが、われわれは命令を受けているんだ。執権が彼と話したいと待っているんだぞ。結果はじきにわかる」

ノーブルがひたっている液体の中で羊膜状の袋が形成された。彼は胎児のように身を丸めた状態でその袋にすっぽり包まれ、プラットフォームの上に浮かぶ。彼の周囲に青い放電が踊るのを医療チームはじっと見守った。


息を吸いこんでも、肺の中に冷気が入ってくるのが感じられない。ノーブルは足もとを見る。人間ふたり分ほどもある大型のコイたちが氷の下を泳ぎ、たがいに噛みついては冷たい水の中で身をくねらせている。ノーブルが立っているのは王宮の冬の庭園だ。宮殿は遠くに暗い影となって見える。両腕を伸ばし、それから自分の胸に触れてみる。黒い礼装には一分の隙もない。

ここにいるのは自分ひとりではない。泳いで遠ざかるコイの姿を目で追うと、すぐ先にひとりの人物が立っている。ノーブルは反射的に姿勢を正す。背の高い人物は厚いコートをまとい、コートの裾は足もとの氷まで垂れている。ノーブルの笏と同じ形状の金色の杖を持ち、背中を向けている。ほかの誰でもありえない、ただひとりの人物。

「閣下、いつもながらお会いできて光栄です」

バリサリウスがこちらを振り返る。その顔は長きにわたる戦争のせいで厳めしいが、富と科学の力で若さを保っている。「冷たい空気は肺にどのように感じる？　うん？」彼は杖を持ち上げるとカチッと小さな音をたてて氷を突く。杖の先から細くて青い電気が放たれる。

ノーブルの右手人さし指がぴくりと動く。「わたしはなぜここに？」

「何が起こったかを聞いたとき……その報告が一連のできごとの信憑性を低めるように思えたのでな……おまえから直接聞くのがよいと考えた」バリサリウスが一歩近づく。「さあ、何があったか話すのだ」

ノーブルは顔を上げたまま答える。「彼女を見つけました。われわれにとって最も大切な存在を冷酷に殺害した憎むべき人物を。その名を口にするだけで怒りが喉元にこみ上げてきます。わたしはアルテレーズを見つけました」

バリサリウスは感情を示さない。「確かなのか？」

「確かです、閣下。アルテレーズは面汚しのタイタス将軍やダリアン・ブラッドアックスと行動をともにしていました。ですが、もう少しで捕えることができます。われわれの世界は祝賀の気運で団結するでしょう。卑しむべき反逆者どもを壊滅させるだけでなく、あの民族の不純物たる怪物、われわれ全員の敵である〝傷跡を刻む者〟を処断できるのですから」

背後の宮殿のごとく平然とし、肩に降り積もる雪のごとく冷ややかなバリサリウスが、またしても杖で氷の表面をたたく。今回は先ほどよりも強い。杖の先から氷にクモの巣状の亀裂が走る。

ノーブルはまっすぐ自分に向かってくるひび割れを見下ろす。まるで非難の指を突きつけられているようだ。「閣下……」

「して、その知らせがこのわたしに喜びをもたらすとでも？　答えよ、司令官、わたしはおまえに称賛を浴びせ、栄誉を約束せねばならぬのか？」

ノーブルは平静を保とうとする。「わたしは……」

バリサリウスの杖が打ち下ろされ、氷上にさらに青い放電が走る。彼の目には怒りがひらめき、その口が冷笑でゆがむ。

「どうなのだ！　あのアルテレーズが、王家の暗殺者が、王と王妃と護衛対象のイッサ王女を無惨に殺害した者が、武力紛争の歴史において最も凶暴かつ勲功がある戦士のひとりが、今や反乱分子の一員となっているだと？　あの者が戦場の天才指揮官と謳(うた)われたタイタス将軍と手を組んだことを、わたしは喜ばねばならぬのか？　おまえはそれがよい知らせだと思ったのか？」

「アルテレーズはわれわれの手のうちにあるも同然。どうか、わたしにその首を持ってこさせてください」

バリサリウスは金メッキされた骨の杖の上部をつかむと、強い力で氷を打った。さらに割れた氷の鉤爪(かぎづめ)がノーブルに向かって伸びてくる。

「実のところ、ここで最も危ういのはおまえの首であろう。その反逆者どもを最後のひとりまでたたきつぶせ。わかったか？　それから、わが娘を生きたまま捕獲せよ。大切な子をわたしのもとに連れ戻すのだ」

ノーブルは黙ったままでいる。

「さすれば、元老院の名によりあの子を磔(はりつけ)にできるであろう。もしもおまえが連れてこれぬ場合、公開処刑の場に引き立てられて大理石の広間に断末魔の声を響かせることになるのは……おまえだ」バリサリウスがまたしても杖を持ち上げ、両手を重ねて握りしめると、氷に向かって打ち下ろす。青い

電撃が火花を散らしながらジグザグに走り、ノーブルの足もとで氷が砕ける。彼は沈黙したまま冷たい水の中へ落ちていく。

羊膜状の袋が破裂し、全裸でずぶ濡れのノーブルがプラットフォームの金属格子の上に残された。

「もう一度だ」医師の言葉に技師がうなずき、ノーブルに直接接続されているケーブルに電流を流すためにコントローラーを手動で操作した。電気エネルギーの衝撃によって死体が激しく揺れてよじれた。モンスと技師がホログラムを見ると、数字のカウントダウンをともなった警告が表示され続けている。

「すべてを注ぎこんで彼に衝撃を与えろ」

技師が死体を見やり、医師に視線を戻した。「しかし、これではもう……」

「自分の生活や仕事を失いたくなければやるんだ！　そういう命令なんだ」

技師は唇をすぼめ、コントローラーの上で親指をすべらせた。ホログラムがカウントダウンを継続する中、ノーブルの身体が痙攣し、背中が不自然な形に反り返った。ノーブルの目がかっと見開かれ、眼窩から眼球が飛び出そうになる。苦しげに口を大きく開けたが悲鳴は発しない。ホログラムが青色の点滅に変わった。薄暗い照明の中で心拍音だけが聞こえていたが、にわかに彼が叫び声を上げ始めた。耳をつんざくような声が部屋中に響き渡った。

〈パート2　傷跡を刻む者〉に続く

謝辞

以下の方々に感謝したい。途方もない物語を創造し、このようなすばらしいプロジェクトに全力を注ぎ続けるザック・スナイダー。物語の要所要所で大きな助けになってくれたアダム・フォアマン。何百万という読者に物語を届けることに労力を惜しまない〈タイタンブックス〉の全スタッフ。このプロジェクトに精力的に取り組み、ずっとわたしを信じてくれたダクワン・カドガンとマイケル・ビール。よい本というのは開始から完成までかかわったすべての人たちの努力の総和であり、そのプロセスに欠かせないのが編集者である。

日々わたしを導いてくれる先人たちに感謝を捧げる。

【著】V・キャストロ　V.Castro

V・キャストロ（ヴァイオレット・キャストロ）はテキサス州サンアントニオ出身のメキシコ系アメリカ人作家で、現在は英国在住。フルタイムの母親として時間を家族に捧げつつ、ホラー、スペキュレイティブ・フィクション、サイエンス・フィクションにおいてラテン系の物語を執筆している。近著に『The Haunting of Alejandra』『The Queen of the Cicadas』『Goddess of Filth』などがある。

【訳】入間 眞　Shin Iruma

翻訳家・ライター。主な訳書に『ウィリアム・ギブスン　エイリアン3』『1日1本、365日毎日ホラー映画』『ハリウッド・ブック・クラブ　スターたちの読書風景』『「ダーククリスタル」アルティメット・ヴィジュアル・ブック～ジム・ヘンソンによる究極の人形劇映画の舞台裏～』『スティーヴン・キング 映画＆テレビ コンプリートガイド』『ホラー映画で殺されない方法』『女子高生探偵 シャーロット・ホームズ』シリーズ（小社刊）、『長い酷暑』『裸のヒート』（ヴィレッジブックス刊）、『ゼロの総和』『ジョニー＆ルー 絶海のミッション』（ハーパー BOOKS 刊）、『パイレーツ・オブ・カリビアン 最後の海賊』（宝島社刊）などがある。

REBEL MOON パート1：炎の子

2023年12月29日　初版第一刷発行

原案　ザック・スナイダー
脚本　ザック・スナイダー、カート・ジョンスタッド、シェイ・ハッテン
著　V・キャストロ
訳　入間眞

カバーデザイン　石橋成哲
本文組版　IDR
編集協力　魚山志暢

発行人
後藤明信
発行所
株式会社 竹書房
〒102-0075
東京都千代田区三番町8－1
三番町東急ビル6F
email：info@takeshobo.co.jp
http://www.takeshobo.co.jp
印刷所
中央精版印刷株式会社